狗尾草

GOU WEI CAO

刘长永 ◎ 著

南京大学出版社

张小云轻轻地揉着奶奶的脚,嘴里哼着奶奶教她的童谣:"小板凳,坐歪歪,爷爷找了个好奶奶,又搽粉,又戴花,爷爷喜得挠脚丫。"

老人微微一笑，从怀里掏出一个木制的哨子，几声清脆的哨音穿过树梢，飞向瓦蓝的云端。过了一会儿，几声悠长的鸟鸣，和着哨声，穿越蓝天，溜过耳畔。

十几只鞋子如惊飞的蝙蝠，在空中一阵乱撞，落在了狗尾草丛中。

好多人仰着头，紧张地盯着小胖子，不停地劝说着，可是小胖子根本不在乎，身子也晃动起来。

点赞原始情愫的苏醒
——读《狗尾草》感言

高万同

刘长永老师韬光养晦,耗费近三年的业余时间,完成了一部儿童文学力作《狗尾草》。近日,他把书稿电传给我,要我给提提意见。尽管春节期间偶遇风寒、感冒咳嗽,我还是迫不及待地打开书稿,22个章节,洋洋20万言,一鼓作气看完,心灵委实受到不少震撼。说实话,对于儿童文学我是外行,这里只能简单谈几点感触。

其一,金波先生说得好:"儿童在本质上是一种缪斯性存在,儿童文化是缪斯性文化。"儿童文学最本质的特性就是儿童性,它不需要多少"宏大叙事",也无须拐弯抹角把孩子引进成人打造的古灵精怪的"童话世界"、眩晕在不食人间烟火的虚拟情境中,更不应使其一步步傻傻地走向规范的成人道统。《狗尾草》的突出之处在于直面现实的儿童世界、儿童生活,是一部难得一见的原

汁原味、原生态的现实题材的儿童文学作品。全书所记尽是孩子们自己的那点小心思、小秘密、小梦想、小烦恼、小委屈、小不平、小疙瘩、小摩擦、小伎俩乃至小恶作剧……而正是这些时常被成人世界所忽略或不屑一顾的"狗屁孩子们"的"狗屁事",不仅让我们看到了一个无比纯真圣洁、光鲜亮丽、充满无限生命活力和丰富创造力的儿童世界,而且重重地敲击了成人们渐趋麻木的神经,激发他们对人生价值、人类未来或终极目标的重新思考。

其二,不光是儿童文学家,我们每一位家长、老师,我们的学校、社会中所有的成年人,都应该好好想一想,我们是怎样对待孩子的?生存的竞争、事业的打拼,淡化了我们的亲情,简化了我们的责任,也简化了我们的爱!我们不仅极度压缩了自己正常的生活空间,也严重逼仄了本应无比丰富的儿童世界。我们强制孩子披星戴月奔走于"家庭—学校";"课堂—食堂"两点一线;在"考试—作业""作业—考试"的轮环中苦苦煎熬;在"分数—名次""名次—分数"接连不断的"张榜示众"中提心吊胆……

是谁让张小云那样名列前茅的"优秀生""习惯了掌声和鲜花",感觉样样"比别人强"就应该接受别人的"羡慕"?是谁给予小班干的权力,让他们可以"像小老师一样"摔打黑板擦向自己的同学发号施令,最终变成一个令人生厌的"容嬷嬷"?又是谁让备受宠爱、家里有"五台电脑"的王大力迷恋上打游戏,"一天到晚躲在游戏里",企盼在游戏中接受别人的"尊重"与"崇拜"?为什么"从五年级第一学期开始",好多人"发生了明显的变化","男生和女生拉开了距离",老师、班干原来管理班级的老"招数"一下子就"不灵了"?为什么"谁和班委对着干,谁和女生对着干,谁就是英雄好汉,受到男生的尊重"?为什么一次小小的打游戏纠纷,竟然会引起王大力如此强烈的反应,差点儿酿成"跳楼自杀"的惨剧?儿童的世界是奇妙而梦幻的,儿童是这个世界的主人,他们是按照自己的价值观念和游戏规则在这个世界里生活的,成年人不能只顾自个儿一股劲地奔跑,以致"把自己的心跑丢了",把"一直住在心中的那个小人"跑丢了。他们必须下决心回过头来,重新认识被遗忘了的价值。

其三,任何教育都是双向的,只有真情才能换来真情。任何说教都是苍白无力的,唯真爱的力量不可估量。因为有真爱,陈副局长才会成为"孩子们的大朋友",教育局才会"经研究决定,成立'狗尾草基地',并授予五(1)班'狗尾草中队'称号";因为有真爱,黄市长才和同学们一起商量,如何把狗尾草基地建成儿童活动中心;因为有真爱,香草河人的"原始情愫"才得以苏醒,才会使"香草河的老人们回到了快乐的童年,孩子们找到了童年的快乐"。

感谢长永老师通过他的著作,给了孩子们一块"童年的领地"。在钢筋混凝土的城市建筑之间,为孩子们留出一片空旷的狗尾草地,让他们"想跑就跑,想跳就跳,想笑就笑,想打滚就打滚,想发呆就发呆",使他们"只有快乐,没有指责,没有约束;不用担心考试成绩,不用比谁是第一名"。是的,"童年和我们只隔着一片狗尾草地的距离"。有了这块狗尾草地,"大人变成了小孩,

小孩变成了真正的小孩"。

　　成年人应当铭记：生命是主动的，在没有任何外部压力、外部目的和功利的情况下，儿童会自发地担负起发掘自身先天资源的工作——这就是游戏。

目 录

第一章　蓝色的蝴蝶结 …………………… 001
第二章　出水的荷 ………………………… 010
第三章　到底是谁 ………………………… 022
第四章　男女生的战争 …………………… 031
第五章　沉默的狗尾草 …………………… 046
第六章　奶奶听话 ………………………… 068
第七章　神秘的老人 ……………………… 080
第八章　对台戏 …………………………… 094
第九章　原来是你 ………………………… 107
第十章　香草河的节日 …………………… 118
第十一章　家庭风波 ……………………… 132
第十二章　六月十五日 …………………… 147
第十三章　那些不知道的事 ……………… 160
第十四章　狗尾草摇啊摇 ………………… 174
第十五章　童年的味道 …………………… 187

第十六章　溜河风吹啊吹 …………………… 203

第十七章　我们在一起 ……………………… 219

第十八章　世界在微笑 ……………………… 232

第十九章　向着天空飞翔 …………………… 248

第二十章　为您唱首歌 ……………………… 266

第二十一章　等您归来 ……………………… 281

第二十二章　童年的领地 …………………… 298

后记 …………………………………………… 313

第一章　蓝色的蝴蝶结

突然,张小云一阵眩晕。

她的眼前,出现了一群妖魔。他们簇拥着魔王,一个个吐着舌头、张着大嘴巴、露出獠牙,摇晃着身子一步一步地逼向张小云。

"我们早就想收拾你了,你不是有本事吗,来!来!来!比试比试呀!"

"就她那样,不知道自己的斤两,总以为自己了不起。"

"就你能,就你行,天下第一,宇宙无敌。"

"我好怕,你的云来佛掌很厉害哦。"

群妖乱舞,龇着牙,咧着嘴,围着魔王,不可一世。张小云两眼发黑,浑身无力,干张嘴说不出话。

"你看你,平时多威风啊,想管谁就管谁,想说谁就说谁,求求你再威风一次呗。"几个小妖洋洋得意,又扭屁股又扭腰,"你们说话要小心点,别让人家不高兴,这可是一个高高在上的主,小心伺候着。"众妖狂笑,面目狰狞。

怒火在燃烧,热血在奔涌,张小云聚起全身之力,想使出云来佛掌。魔王冷哼一声,身子越长越高,舌头越吐越长,一股阴森之气罩

住了张小云。"跟我们斗,自不量力。"众妖围着张小云,大呼小叫。

"不要伤了她的身,要伤她的心。"魔王一字一顿,话锋如剑,寒光四射。众妖七嘴八舌,轮番攻击:"这身衣服多老土啊,穿成这样好可怜哦。""就她这样子还要臭美,戴着蝴蝶结,垃圾堆里捡来的吧,丑死了……""把她的蝴蝶结拽下来,看着就恶心!""我编一个歇后语送给你,屎壳郎打领带——臭美!"

屈辱!愤怒!恐惧!张小云坚持不住了,她彻底崩溃了。

她不知道自己是怎样跑出校园的,也不知道自己要跑向哪里。她一路狂奔,任风吹乱头发,那枚蓝色的蝴蝶结,上下翻飞。

耳畔是鄙夷的话语,眼前是嘲弄的目光。

她绝望,她害怕。她想大声喊叫,然而喉咙干涩,发不出一点声音。

一路上跌跌撞撞,路人投来好奇的目光,甚至有好心人对她喊道:"孩子你怎么啦?"然而她不会停下脚步,也不会感激那些好心人。她总感觉到处都有针尖一样的目光,落在她的蝴蝶结上。

她要逃离这个世界,找一个没有人的地方,躲起来,包扎撕裂的伤口。

初夏的风,有一股使不完的劲,满世界乱窜。浑浊的空气在阴沉沉的天空中游荡。一只孤独的黑鸟停在了树枝上,忧郁地望着远方。

张小云停下了脚步,这儿一片荒凉,不远处就是个小土堆,那只黑鸟的羽毛被风吹得飞扬。这里应该没有人。谁会光顾这里呢?除非像她这样被世界抛弃的人。

她大口大口地喘着粗气,风儿就像那些妖魔,围着她指指点点,嘲笑她,羞辱她。尊严被践踏的疼痛,一阵阵袭来,她扯开喉咙,张

第一章　蓝色的蝴蝶结

大嘴巴，声嘶力竭地喊道："我讨厌你们，我再也不想见到你们！"心中的愤怒像火山一样爆发了，张小云扯下了蝴蝶结，狠狠地摔向了风中。

蝴蝶结被风撕扯着，抛起又落下，仿佛是一只折断了翅膀的蝴蝶，痛苦地挣扎着。

看着蝴蝶结随风飘远，张小云突然想到了奶奶。

整个小区里，只有奶奶还做针线活。奶奶的针线筐用了好多年，是爷爷用柳条编成的。张小云没有见过爷爷，只是常常听奶奶说起他。爷爷的手很巧，爸爸小时候的玩具都是爷爷做的，可惜爷爷去世得早，要不然也会给她做好多玩具。针线筐又破又旧，像是在水中浸泡过。那是爷爷送给奶奶的礼物，奶奶舍不得扔。一次，张小云在针线筐里找到了几块碎布，是奶奶喜欢的天蓝色，她随手一拼，碎布变成了一只蓝蝴蝶。奶奶看见了笑呵呵地说："来，奶奶教你做个蝴蝶结。"

张奶奶戴上了老花镜，手把手地教张小云。看到针线在布片上细细密密地穿行时，张奶奶扶了扶老花镜得意地说："你这丫头，要是学针线活，一定是把好手。""那必须的，也不看看我是谁的孙女！""你看看，就是经不住夸，这一夸，尾巴就翘上天了。"张小云吐了吐舌头，扮了扮鬼脸："我就是要做个蝴蝶飞上天！"

碎花布仿佛被施了魔法，张小云就是一个魔术师，不一会儿，就变出了一个蓝色的蝴蝶结，太神奇了！张小云笑了，张奶奶笑了。

"奶奶你说好不好看？"

"好看，好看！我孙女做的，能不好看吗？"

"那你说它能不能飞上天？"

"你的尾巴都翘上天了，它能不飞上天吗？"

狗尾草

第一章 蓝色的蝴蝶结

张小云突然发现,奶奶笑起来真好看。

"奶奶,你年轻的时候一定很好看!"

"鬼丫头,就知道哄奶奶开心。"

"没骗你,不信你照照镜子,自己看看。"

张小云连拉带拽把奶奶拖到了镜子前,趁奶奶不注意,她把蝴蝶结戴在了奶奶的头上。奶奶反应过来,从头上拿下蝴蝶结,把张小云揽在怀里,拢了拢她的头发,又把蝴蝶结戴在了她的头上说:"小时候我们自己做蝴蝶结,有的姑娘喜欢红色,有的喜欢黄色,有的喜欢绿色,我喜欢天蓝色。做好了蝴蝶结,大家总要在一起比较一番。到了赶集的日子,就聚在一起,戴上蝴蝶结一起去集市。"

"奶奶做的蝴蝶结一定最漂亮!"

"你这个鬼丫头,嘴巴上抹了蜜啦!"张奶奶紧紧地搂着张小云,一脸慈爱,一脸幸福。"你爷爷在世时,常夸我做的蝴蝶结好看,他喜欢蓝色,看着蓝色的蝴蝶结觉得顺眼。"

"那我就天天戴着蝴蝶结!"

张小云猛然清醒过来:"蝴蝶结!我的蝴蝶结!"蝴蝶结呢?蝴蝶结在哪里?

风呼啸着,从天空吹过地面。

"蝴蝶结你在哪里?"

"蝴蝶结我错了,我不该抛弃你!"

土堆旁到处坑坑洼洼,张小云顾不得脚下坎坷,跌倒了爬起来,爬起来又跌倒。伤心的泪,像开闸的水,奔涌而出。

"都怪我不好,你回来吧,蝴蝶结,你在哪里?"风随心所欲地吹着,那痛彻心扉的哭喊声淹没在风里。

当张小云再次站起来的时候,她看到了一个塑料袋在风中翻

飞,像被枪声惊飞的鸟儿。

突然,张小云的眼前一亮,在心里叫道:"蝴蝶结,我知道怎样找到你了!"

她站直了身子,擦了擦眼泪,朝着塑料袋飘走的方向追去。

塑料袋被风吹到了小土堆上,她手脚并用,爬了上去。塑料袋刚落下,又被风吹起,向小土堆下方飞去。她从高处往下跑,一不小心,身子往前一倾,双腿一软,人跌坐下去,奔跑的惯性,让她向下滚去。

忘记了疼痛的感觉,张小云咬着牙,站了起来!她要战胜这不可一世的风:"你可以耍弄我,但你不可以看不起我!"

风终于屈服了,塑料袋落了下来,就在不远处,挂在一片半人高的草丛上。她看到了一线希望,但瞬间也有了一丝恐慌。蝴蝶结会不会被风吹到这里?如果找不到蝴蝶结,那该怎么办?

短短的距离,她仿佛走了一个世纪。草丛就在眼前了,她睁大了双眼,看到了!草丛深处一抹天蓝色映入她的眼帘!张小云情不自禁地叫了起来:"蝴蝶结,我的蝴蝶结!"

几乎是一瞬间,张小云的身上迸发出强大的能量,她不顾一切地扑向草丛。

野草没在腰间,密集的草梗上,长着狗尾巴似的穗子,上面缀着颗粒状的小种子。野草随风摇晃,仿佛是好客的主人,拉拉张小云的手,拽拽她的腿。每前进一步,如同在大海里游泳,双手扒拉着,草穗子碰到脸上,毛茸茸的,像嬉闹的小猫咪,挠得她身上痒痒的。

这片野草地有香草小学那么大。张小云走到了草丛中间,看到蝴蝶结就在眼前:它在草穗上舞动着,就像一个受了委屈的孩子见到了亲人。

第一章 蓝色的蝴蝶结

"蝴蝶结,我找到你了,你不要害怕,我再也不会抛弃你了!你一个人好孤独、好可怜!"

张小云迫不及待地伸出双手,把蝴蝶结捧在手里,可是脚下一滑,身子直直地倒下,但她依旧把蝴蝶结攥在手心里——她要保护蝴蝶结。

出乎意料的是,张小云没有摔在地上的疼痛:身下是柔软的野草,身躯像被一双柔和有力的手托着,整个人躺在了草丛上。张小云看着手中的蝴蝶结,暗自庆幸。风从她的头顶吹过,耳畔只有草穗摇晃时发出的声响。透过草叶的缝隙,可以看到几缕流云淡若墨痕,在天空中悠悠地飘过。没有谁可以发现自己,这里可以把一切收藏:她的恐惧,她的悲伤,她的绝望……

这种感觉,就像在寒风凛冽的冬日,躲进了生着炉火的玻璃房。

张小云顿感身心疲累,躺在柔软的草丛上,一丝丝野草的清香钻进了心脾,这味道很熟悉!怎么会这么熟悉呢?

哦!张小云想起来了:

小时候,奶奶总会带着张小云到农村的姑妈家。晚上,奶奶坐在小院子里,搂着张小云看星星、讲故事。月光皎洁的时候,奶奶会采些花花草草编个花环戴在张小云头上。

每每这时,奶奶总要逗张小云开心:"我的孙女长得真好看,戴着花环就像仙女下凡。"奶奶边说边咂着嘴,仿佛在端详着稀世宝贝。

张小云双手托腮,眉头紧锁,嘟着小嘴,头摇得像拨浪鼓:"我不做仙女,我不做仙女……"她边说边往奶奶的怀里钻,张奶奶搂着小云,轻轻地摇晃着。张小云"咯咯"笑着,奶奶的怀抱就是她幸福的摇篮。

"做仙女多好啊,住在月宫里,有好吃的又有好玩的。"

这时候张小云不笑了,静静地看着奶奶,然后一字一顿地说:"我不做仙女,我就做奶奶的孙女!"

张奶奶搂着小云,轻轻地摇晃着,在她的耳边轻轻地唱着:

"月光月光白茫茫,

我给小云做衣裳。

七仙女真漂亮,

见到小云羞得慌

小云小云你快长,

长大做个状元郎!"

每当这时,张小云就变成了快乐的天使,一串串银铃般的笑声,在月夜里回荡,和着清新的草香,飘过了矮墙。

对!就是这种草香味!这熟悉的味道让张小云心碎。她好想奶奶,好想躲进奶奶的怀抱。孤独像涨潮的水,迅速淹没了张小云。风一阵阵地吹着,草地上泛起层层绿波,发出一阵阵声响,仿佛在和张小云说着话:

"朋友,你的心情不好,是不是很痛苦啊?"

"是的,我的朋友。那些讨厌的男生欺负我,嘲笑我,你知道我有多痛苦吗?"

"我们老是被风欺负,不过没什么的,风总会过去的,一切都会好起来的。"

"一切都会好起来?怎么可能?"

又一阵风疾驰而过,草地里波翻浪涌,天地间回荡着张小云的怒吼声。那几个男生仿佛站在了她的面前,轮番指责她:

"你还好意思说我们?什么事情你都要管,你知道人家都叫你

什么吗？容—嬷—嬷！"

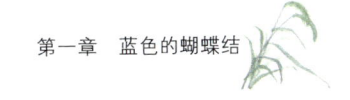

"要是我早就知趣了，书包一拎，哪来回哪去。"

"张小云你是我们的'呕象'，呕吐的对象，就算我们求你了，离我们远一点！一看到你，我们就会精神崩溃、茶饭不香！你不是思想境界高吗？就权当做好事了，放过我们吧！求求你啦！"

……

恶毒的语言，轻蔑的表情，烙在了张小云的心头，挥之不去。

"我为班级付出了那么多！每天第一个到校，为班级开门的是我；每天最后一个离开，为班级关灯是我；同学有困难了，第一个冲上去帮忙的是我；维护班级荣誉时，第一个站出来的是我……"

张小云想不通，她的心里堵得慌。

"这是为什么？为什么？"

风过后，大地一片宁静，万物舔舐着被风撕裂的伤口。野草静静地站立着，狗尾巴似的穗子低垂着。

张小云身心疲惫。

她慢慢地闭上了双眼。奶奶的笑容挂在了天边，她追呀追呀，越追越远。最后她变成了一只蓝色的蝴蝶，孤零零地落在了野草上，这野草长着狗尾巴似的穗子。

第二章　出水的荷

一丝微光在张小云的眼前晃动着，越来越亮，越来越白。仿佛来自天外，穿过了原始森林的阴影，落在了一片野草上，被风吹得一晃一晃的，刺得眼睛生疼。

张小云想睁开眼睛，可眼皮重于磐石，怎么也挣脱不开。

那束刺眼的光线里，飞着一只蝴蝶，一只蓝色的蝴蝶。眼看着它被风吹远，张小云焦急万分，不顾一切地追过去。

"我怕……我怕……不要抛下我……"

"醒了，小云醒了！"

是谁的声音？那么熟悉？

张小云用尽全身力气，眼睛睁开了一条缝，模模糊糊中，她看到了奶奶，看到了老师。渐渐地，这些面孔清晰起来：

那花白的头发，那深深浅浅的皱纹，那疲倦的面容，那慈眉善目间喷涌而出的惊喜，却难掩满眼的焦急。这不是奶奶吗？是奶奶！她的身边站着班主任李老师，长发披肩，目光温和，脸上写满了关切。在张小云的心中，李老师就是妈妈。

"你这孩子，一个人跑到了荒郊野外，叫奶奶怎么找？你要是有

第二章　出水的荷

个三长两短怎么办？"

"张奶奶不要激动，孩子刚醒，身体还虚弱，不要吵着她。"

李老师的话提醒了张奶奶，她意识到自己失态了，她太心疼张小云了：这孩子从小就没了爹妈，是她一手带大的。孩子受了这么大的委屈，她能不着急吗？

张小云多想叫一声奶奶，多想扑到奶奶的怀里。可是她喉咙发干，浑身酸软无力，发不出声音，更没力气站起来。张小云感到眼睛一阵酸胀，泪水要冲出眼眶，她努力地睁大了双眼，不想让奶奶看到她流泪，更不想让奶奶为她担心。

检查结果出来了，医生说："这孩子急火攻心，体质又弱，在外面昏迷了四个小时，受了风寒，发了高烧，现在肺部感染，要住院观察。"

王护士把化验单递给了张奶奶，张奶奶握着王护士的手说："谢谢王护士，要不是你打电话，我还不知道小云在医院里。"

张小云从小体质就弱，容易伤风感冒，张奶奶经常带她到医院，王护士和这祖孙俩很熟悉。

"张奶奶不要谢我，你要好好谢谢那位大爷，是他发现了小云，及时送到了医院。"

"王护士，那位好心人在哪里？我好好感谢他！"

"刚才还在急诊室的，我带你去找。"

王护士带着张奶奶，找遍了急诊室，找遍了整个医院，都没有找到那位好心人。看来那位好心人已经走了，没有人知道他是哪里人。"人家救了小云，结果连一句谢谢都没有听到就走了，这算怎么回事嘛！"张奶奶满心遗憾。

当张小云再次醒来的时候，夕阳的余晖透过玻璃窗照在了病床

上,洁白的床单反射着橘红色的光芒。房间里散发着浓浓的药水味,她微微地转动着脑袋,发现奶奶不在。她想爬起来,结果双腿一软,又跌倒在病床上。

响声惊动了邻床的小女孩,她放下了手中的书本,轻柔地说道:"你醒了啊,不要动,你的身体还没有恢复。张奶奶去打开水了,让我照看你。"

张小云轻轻地点了点头,感激地看着对方。女孩脸色有些苍白,一身粉红色的连衣裙,坐在洁白的床单上,就像一只刚刚出水的荷。

"你睡了很久,一定想坐一会儿,我来帮你。"她伸出双手,托着张小云的上身,让张小云靠着枕头坐起。

女孩的声音那么轻柔,好暖心!要不是身子虚弱,张小云真想跳下床好好地拥抱她。

女孩似乎看出了张小云的心思,她摆了摆手,摇了摇头,仿佛一只荷花在微波上荡漾,张小云一时间产生了错觉。

"我叫紫荷,紫色的紫,荷花的荷。"

张小云一个劲地点头,心里不停地说着:就该叫紫荷,看到了你,我就想到了出水的荷。

看着张小云的举动,紫荷一愣一愣的:哪儿出问题啦?她歪斜着脑袋,双手托着腮,那双水灵灵的大眼睛里满是疑问。

张小云直想笑,仿佛一朵荷花抚到了脸上,痒痒的,让人忍俊不禁。紫荷有点手足无措了,她双手开始挠着脑袋。张小云于心不忍,情急之下,一把抓过紫荷的手,在她的掌心里写道:觉得你像一朵刚刚出水的荷!

一抹红晕,掠过紫荷苍白的脸颊,如一朵含羞待放的荷!

"爸爸喜欢荷花,我出生的时候,他养的紫荷正好开放了,于是

第二章　出水的荷

他就叫我紫荷了。"

"你怎么啦?"张小云继续写道。

"爸爸妈妈调动工作,我刚来到这里就生病了,得了肺炎,再住几天院就好了。你闭上眼睛,我给你读《丑小鸭》好吗?"

张小云点点头,她喜欢听紫荷的声音,那声音如水滴落在了荷叶上,清清脆脆的。

张奶奶回来了,她放下手中的保温箱,把手放到了张小云的额头:"什么时候醒的? 还有点烧。"

像一只风雨中无处可逃的小鸟,张小云一头钻进了奶奶的怀抱。张奶奶紧紧地搂着她,害怕一松手,小云会像云彩一样飘走。

"奶——奶——"从喉咙深处发出的嘶哑声,落在张奶奶的心坎上。如同经过了几个世纪的离别,泪水夺眶而出,张小云有太多的委屈要向奶奶倾诉。

"傻孩子,不就是被几个男孩子欺负了嘛,不哭! 没事的,都过去了,小云是最坚强的孩子!"

紫荷想流泪,但转念一想不能哭! 她要想办法缓和气氛,不能让她们伤心:"哎呀,奶奶煲的汤真香,再不喝就凉啦!"张奶奶立刻明白过来,捧起张小云的脸,一点一点地擦去她腮边的泪水。"不哭了,奶奶煲了你最喜欢的莲子汤,清热去火,咱们喝汤。"

张小云爱喝莲子汤,当香甜可口的汤汁顺着喉咙往下滑的时候,莲子的清香直往她的心里钻。张小云每次发热感冒,奶奶总要给她煲莲子汤,以至于张小云有时候突然想生一场病,那样就可以被奶奶揽在怀里喂莲子汤了。

"喝汤了,小病猫。"奶奶把张小云往怀里揽了揽,看她幸福地张大嘴巴。紫荷看着偷偷地笑,汤匙在快接触到张小云嘴巴的时候,张

狗尾草

奶奶突然改变了方向,送到了紫荷的嘴边:"紫荷乖,紫荷先喝汤。"

张小云发觉上当了,她说不出话来,只好噘着嘴,用羡慕嫉妒的眼神看着紫荷。紫荷一边"咯咯"地笑,一边说:"我不喝,我叫紫荷,和莲子是一家人,我喝莲子汤那不是自相残杀啦。"

"一家人就不要客气啦,喝到肚子里就永远在一起啦。"病房的门不知道什么时候打开了,从门外挤进来一个个小脑袋。"你不喝我们喝了啊。""奶奶煲的莲子汤最好喝了。"几个小姑娘七嘴八舌嘻嘻哈哈。

"快进来!快进来!"张奶奶放下碗站起来,"来喝莲子汤。"

幽默可爱的张怡,小巧机灵的田静,腼腆害羞的苗圃,大大咧咧的杨柳,张小云的好朋友来了!她多想站起来拥抱她们,然而她只能身子前倾、伸出双手。几双手紧紧地握在一起,每次为班级的荣誉而战时,她们都会这样。不用说话,那关切的眼神已经告诉了张小云:

"我们会教训那些可恶的男生。"

"我们很担心你,你要快点好起来!"

"我们永远在一起,一起战胜困难!"

她们从小学一年级就在一个班级,四年多了,如同亲姐妹。那天,几个男生用了调虎离山之计,把其他女生骗到了图书馆。另外几个男生专门对付张小云一个人。等她们明白过来时,已经晚了,张小云受不了刺激,已经跑出了校园。一想到这些,她们的心里就憋着一股气,一定要好好教训一下那几个男生,让他们知道女生的厉害。

"喝汤,喝汤,奶奶做的莲子汤你们都来尝尝。"几天来,张奶奶第一次露出笑容。几个小姑娘不依不饶,摇晃着脑袋说:"我们也要奶奶喂。"

今天是个好天气,阳光慷慨地照进了病房。张小云暂时忘记了忧伤,看着好朋友们又说又笑。

"你叫紫荷吧,我叫张怡,我的口号是张怡张怡不争第一。知道为啥不,因为有张小云。"

"我叫杨柳,我有一个雅号,叫侠女一号,是张小云的保镖。这次我失职,中了敌人的诡计,没有保护好张小云,不过下次我会提高警惕,不给敌人可乘之机。"

"切,别吹,智商是硬伤,没办法。"田静打断了杨柳的话语,"我呢,叫田静,最容易被别人忽视,别看我个子小,可我记住了老师的一句名言——静能生慧。田静恬恬,我很有智慧的,就是杨柳他们不听指挥。"

到苗圃了,她还未开口脸先红了。"她叫苗圃,我们班的淑女。"杨柳看着心急,拉过苗圃向紫荷介绍。

狗尾草

"欢迎你做我们的朋友。"几双热情的小手伸到了紫荷的面前。第一次相识,大家都有相见恨晚的感觉,彼此之间没有什么陌生感,很快大家就开始熟悉起来。

"我看紫荷特像一个人。"

"像谁呀?"

"那还用问吗?"

"像我们的才女张小云呗。"

"哎呀,张小云这下子遇到对手了,失去优越感啦,咋办呢?"

"这不简单吗,等她们病好了,来个才女大比拼,当然,还要有电视转播,要请月亮姐姐主持,让她们比个高低。"

"对,先比口才,再比文采,最后再比谁最可爱!"

"不过比一样,张小云一定可以赢。"

"比啥?快说!"杨柳沉不住气了,拉着田静。

"当然是喝莲子汤啦。"田静故意拉长声音,"紫荷和莲子是一家人,是不能喝滴。"

快乐赶走了烦恼,对于张小云来说,她至少暂时忘记了烦恼。越说越热闹,越说话越多。

纯真的世界里,藏不住忧伤,也藏不住快乐。

当朋友们回去后,病房里安静下来了,让人觉得心里空落落的,不仅是张小云,紫荷也有这样的感觉。

挂了几天水,张小云的身体有所恢复。她可以说话了,只是声音有点嘶哑。奶奶要回去摆地摊,这是她俩的生活来源。紫荷让奶奶放心,她可以照顾张小云。紫荷特独立,就连妈妈要晚上留在医院照顾她,也被她劝回了家。

现在病房里只剩下张小云和紫荷了。夜色无声无息地落下,月

第二章 出水的荷

光推窗而入,斜斜地照在床前,像医生的白大褂落在了地上。一开始,两个人都没有说话,她们有太多的话想说,一时间又不知道从何说起。

突然一只猫跳上了窗台,冷不丁地叫了几声。两个人同时跳了起来,然后"咯咯"地笑着。那只大黑猫坐在窗台上,被笑得莫名其妙,眼睛忽闪忽闪地看着她们。紫荷翻过身子,趴在床上,仰起头瞪着大黑猫,捏着鼻子说:"你们俩吓到我啦,我的胆子很小的。"然后张小云清了清嗓子,一脸俏皮地说:"对不起猫小姐,我们的胆子比您还小,麻烦您下次来玩的时候,先敲敲窗户。"

张小云笑得上气不接下气,一个劲地摆着手:"紫荷,你饶了那只猫吧。要不然,窗边会躺着一条死不瞑目的猫,你说它是怎么死的啊?"

"被小云吓死的。"

"错,它是笑死的。"

"小云你是想给那只猫求情吧,老实说你们是不是一伙的?"

"冤枉啊紫荷,你应该亲自去问问那只猫,只有你才能听懂它讲话。"

紫荷一下子明白过来了,这不是说自己是一只猫吗?这个狡猾的张小云,看我怎么收拾你!"张小云你好坏,我饶不了你。"话音未落,紫荷已经跳到了张小云的床上,钻进了张小云的被窝挠她痒痒。那只猫也不甘寂寞,一躬身,跳到了张小云的床上。两个人停止了打闹,向黑猫招招手,黑猫友好地伸了伸前爪。

张小云看得出神,她忍不住地想,要是能变成一只猫多好,没有忧愁,没有烦恼。紫荷看到张小云在发呆,伸出手掌在她的眼前晃了晃:"喂,想什么呢?"

狗尾草

第二章　出水的荷

张小云看着紫荷,双眉微蹙,一丝忧伤飘过眼眸,她喃喃地说道:"紫荷你说猫会有烦恼吗?"

那片忧伤的云落在了紫荷的心头,她不由得抓紧了张小云的双手,心中充满了怜惜。这只刚从围捕中逃脱的小鹿,需要舔舐流血的伤口。

"小云,我们还是说说丑小鸭和白天鹅吧。"

"紫荷你就是白天鹅,是一只高贵的白天鹅!而我现在就是男生眼中的丑小鸭。"

"小云,没有谁一生下来就是白天鹅,你和我都是丑小鸭。我知道你很优秀,学习成绩名列前茅,老师喜欢你,你习惯了掌声和鲜花。所以你会感觉比别人强,别人应该羡慕你,你接受不了男生这样对待你!"

"紫荷你不知道那些男生有多讨厌!他们不好好学习,让老师和家长操心。没有集体荣誉感,也没有理想,除了喜欢打游戏,就是调皮捣蛋,他们凭什么侮辱我?"

"小云,我知道你很委屈,那些男生伤了你的心。但怎样和那些男生相处,是你要跨过的一道坎。把自己看作一只丑小鸭吧,不高傲,不自卑,发现每个人的可爱之处,学会尊重每一个人,也许有一天你会发现,这些男生其实一点都不讨厌,你们可以友好相处。"

丑小鸭?白天鹅?尊重?高傲?……这些词像一块块石头,落在了张小云的心海里,让她思绪起伏。她似乎要明白点什么,似乎又充满了困顿。但是她意识到,紫荷的话很有道理,她对那些男生是不是太苛刻了?紫荷虽然和自己年龄相仿,但说出的话非常有道理。她太优秀了,她是张小云心中的白天鹅,一只高贵而又不高傲的白天鹅。

紫荷似乎看出了张小云的心思，她告诉张小云，妈妈带着她读了很多书，教了她许多做人的道理。有些话是妈妈说的，她记在了心里，一开始还似懂非懂，后来才慢慢地明白了一些。

张小云心中隐隐作痛：有妈妈多好。是记忆中，她从来没有叫过妈妈，她羡慕有妈妈的孩子。李老师从一年级把自己带到五年级，在她心里，李老师就是自己的妈妈，有几次她差点叫了出来。她有时候想问问奶奶，自己的妈妈在哪里，可是话到嘴边，总是问不出口，她怕奶奶伤心。

皎洁的月光静静地洒落，少女的心事带着淡淡的忧伤飘向梦乡。梦中飞过一只白天鹅，一只高贵却不高傲的白天鹅。

紫荷守着张小云，直到她醒来。

紫荷要出院了，妈妈在楼下等她。

才刚刚相识，离别就猝不及防地到来了。人啊，怎么会这样呢？一会儿是相识，一会儿是离别。为什么要分别呢？要是一辈子在一起多好啊！张小云坐在床上痴痴地想。紫荷呢？仿佛是一朵被风吹过被雨打过的荷，耷拉着脑袋，眼睛里闪着晶莹的泪光。

除了沉默，还是沉默。两个人都不敢再多看对方一眼，因为这需要勇气，一种敢于面对离别的勇气。但，她们谁都没有！她们害怕，害怕一旦触及会难以承受。唉，要是永远这样多好，哪怕待在医院，哪怕永远长不大，只要能在一起。

紫荷妈妈请了半天假，急等着回去，让护士上来催了几遍。

紫荷拿过整理好的书，捧给了张小云。张小云知道那是紫荷的珍爱，是她睡前必读的书，她想让自己多读书，懂得做人的道理。

送什么给紫荷呢？张小云想到了蝴蝶结。她告诉紫荷，这个蝴蝶结是奶奶手把手教她做的，是她最好的礼物。

第二章 出水的荷

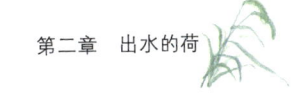

紫荷很喜欢,把蝴蝶结戴在了头上。

该走了,两个人默默无语。

紫荷走了,再见了出水的荷!难道就这样分别了?张小云感到一阵钻心的痛,紫荷走到门口了,张小云从床上跳了下来,她不是一个身体虚弱的人了,她是一个超人,因为她一眨眼就冲到了门边。

"紫荷,紫荷……"

"小云,小云……"

紫荷已经转身,冲向张小云。拥抱,紧紧地拥抱。流泪,尽情地流泪。

"紫荷我们还能再见面吗?"

"不知道,也许能,也许一辈子见不到,小云你要学会坚强!"

"紫荷我不想你走,不想……"

第三章　到底是谁

紫荷走了,张小云的心也被带走了。

整个上午,张小云都在偷偷地流泪。人为什么要分离呢?要是永远在一起多好!这样一想,张小云不由自主地抱紧了奶奶,生怕一不小心,奶奶也要离开。如果真是这样,到哪儿去找奶奶呢?没有奶奶自己怎么过呢?奶奶可是与自己相依为命的人。

张奶奶告诉小云:"世上没有不散的宴席,聚聚散散都是正常的。能不能在一起,要看缘分。就像那位爷爷,你在草地里昏迷了,人家发现了你,把你送到了医院。可是我们没有见到他,连句感谢的话都没有机会对他说。"

是一位爷爷救了自己?还能见到他吗?这两天经历了太多的事情,好多问题还想不明白。张小云感觉脑袋有点累,正在迷迷糊糊间,护士走了进来,拿了个包,说是有人送给张小云的。至于什么时候,是谁放的,没人知道。

还有这样的事情?好神秘!张小云从床上爬起,接过奶奶手中的包。这是个红色的塑料包,打开包的那一刻,张小云的心一阵狂跳。太神奇了!她不敢相信自己的眼睛,她看到了一只用野草编成

的小兔子,这野草长着狗尾巴似的穗子!

而"小兔子"的嘴里竟然衔着一张纸条,上面写着:孩子不怕!

"奶奶,野草!我见过的!我在那片野草中找到了蝴蝶结,然后睡着了。"

"这野草叫狗尾草,你看它的穗子多像狗尾巴啊,这只小兔子就是用狗尾草编的。"

狗尾草?我怎么没有想到它叫狗尾草呢?我应该想到的!

张小云感到惭愧,她看着奶奶,希望奶奶一直讲下去,她太想了解狗尾草了。一种无法言说的感觉,隐隐地牵动着张小云的心。

"小时候,到处都能看到狗尾草。这种草很泼,空地里,田埂上,小路边,石头缝,房子顶,沟沟渠渠,坑坑洼洼,到处都可以见到狗尾草,那毛茸茸的小脑袋左摇右晃,特招人喜爱。"

张奶奶的目光越发悠远,她仿佛在端详着一张老照片:

那时候,大人在田里干活,小孩子薅草。我们满地乱跑,随手扯起几束狗尾草,席地而坐,用狗尾草的穗子编各种东西——小猫、小狗、小兔子、小老鼠、戒指、耳环、二胡……看到什么就编什么,想到什么就编什么,想编什么就编什么,想怎么编就怎么编。一边编还一边讲着从大人那儿听来的故事,什么猪八戒娶媳妇啊,猴子掰玉米啊,蟠桃会啊,牛郎织女啊……那些编好的东西,就是我们的玩具。好的呢,有时候会被别人抢了去,当然少不了一番打打闹闹。

大人原本就没指望小孩子能干多少活,也就任由我们疯去了。

有时候大家来了兴致,把草筐往路旁一放,往狗尾草丛里一钻,女孩子玩捉迷藏,男孩子打埋伏,躲在齐腰深的狗尾草里,可以听到很多昆虫鸣叫,运气好的话,还可以捉到一只蟋蟀。那样的话就顾不得躲藏了,站起来主动投降,接受惩罚,大家会拿着狗尾草的穗子

狗尾草

往你的身上挠,痒得你又跳又叫又笑,大声求饶。惩罚一结束,赶紧用狗尾草编个笼子,把蟋蟀放进去,提在手中,神气得不得了。

我们还会把母亲做的布鞋脱下来,然后闭眼,数过"一、二、三",使劲往身后掷去。鞋子落地后,再数"一、二、三",大家转身跑去,看谁在草地里先找到自己的鞋子,谁就赢。最后一个要拔下一株长得壮实的狗尾草,插在裤腰带上,来来回回地走,狗尾草在屁股后面左摇右晃,一旁围观的人笑得人仰马翻。

玩累了,我们就躺在树荫下,什么也不用想。嘴里叼着一根狗尾草,看蓝蓝的天上,飘着朵朵白云。看鸟儿一会儿钻进空中,一会儿钻进草丛,一会儿拍着翅膀落在你的近旁。看沟渠里的水清清地流,绕过野花,绕过野草,围着田埂跑。风儿从我们的发梢吹过,知了在耳边鸣叫,泥土散发着清香,太阳慢慢地滑落……直到大人扯着嗓子叫唤的时候,我们才慢腾腾地回去。

张小云静静地听着,奶奶的声音来自遥远的记忆,时光在流转,眼前是一个远去的童年,那里长满了狗尾草,随风飘摇,没有牵挂,没有烦恼,快乐地歌唱,快乐地舞蹈。那狗尾草地里的童年,藏在了奶奶的记忆里。远去的时光,儿时的伙伴,一旦触及,就会感慨万千:

"慢慢地,我们长大了,变老了,那些儿时的伙伴也不知道在哪里,他们过得好不好?都老了,就像这狗尾草,当年长得那么泼,可现在呢?已经稀少了!你爷爷早就走了,你张爷爷几年前也走了,李奶奶得了脑血栓,丁奶奶身体还好,就是很少有机会碰面……这人啊就是一株狗尾草。"

恍惚间,张小云觉得奶奶的童年并未走远,往事就像发生在昨天。无论经过多少岁月,童年总是静静地躲在某个角落,它绿了记忆,青了岁月。

人就是一株狗尾草! 第一次听奶奶这样说。可是人为什么就是一株狗尾草呢? 张小云虽然不太明白,但她却深信不疑,如果不是,那她怎么会在最伤心的时候遇到狗尾草? 如果不是,为什么自己总会觉得和狗尾草有着某种联系?

张小云觉得自己就是一株狗尾草,就像紫荷是那出水的荷,这不需要理由,她也说不出理由。这些懵懵懂懂的问题如同一个害羞的孩子,站在门框边,想进来,又不进来。张小云很想念紫荷,要是紫荷在身边该多好。

看着狗尾草做的小兔子,毛茸茸的尾巴,长长的耳朵,微微张开的嘴巴,肉嘟嘟的身子,前腿伸开,后腿弯着,张小云忍不住抱在怀里亲了亲,简简单单的快乐,就像狗尾草那样在张小云的心中生长。

是谁在关心自己? 到底是谁? 张小云如坠云雾之中。

第三天早上,又是同样的包。这次包里装的是一只小狗,纸条上写着一首儿歌:

小狗尾巴摇摇
小狗尾巴翘翘
摇一摇翘一翘
变成一株狗尾巴草
摇啊摇　翘啊翘
翘啊翘　摇啊摇
快快乐乐真热闹

张小云情不自禁地唱起来,她开始想念那片狗尾草了。

狗尾草

打完点滴后,医生给张小云做了检查,她身体恢复很快,最多两天就要出院了。那个关心自己的人到底是谁呢?还有两天就出院了,她不想留下这个秘密,她要揭开谜底。

张小云想到了田静,她主意最多。

今天是星期五,吃了晚饭后,田静到医院里陪张小云。两个人一合计,便有了主意。

第二天,田静一大早就来了。因为受不了医院里的药水味,她特意戴了个大口罩,躲在医院的大厅里,进来的人她都能看得见。就像一个侦探,她要守株待兔。

田静以为自己来早了,没想到大厅里已经有人进来了。

这不,一个看上去很强壮的中年男人,可能是肚子疼吧,弯着腰,脸色蜡黄,豆大的汗珠挂在额上,在妻子的搀扶下,走进了医院大厅。没过一会儿,一位妈妈抱着孩子跑了进来,孩子在妈妈怀里哭喊着:"妈妈,疼,妈妈,救救我!"妈妈心疼得眼泪直流,不停地安慰孩子:"宝贝不哭,一会就好了,不哭哦!"

田静听了直想流眼泪,她想到了张小云,要是张小云有妈妈疼多好。

田静正胡思乱想着,一个老爷爷急匆匆地走进了大厅。她眼前一亮,这不是那个红色的塑料包吗?一模一样的塑料包!老爷爷东张张,西望望,然后向咨询台快步走去。咨询台?红色的塑料包每

第三章 到底是谁

次都是放在咨询台上的。是他,肯定是他!内心一阵狂喜,终于要揭开谜底了,田静快速地冲了过去。

老人正把包放在咨询台上,田静正好跑到了跟前,双手接住了那个红色的塑料包。

老人一愣,呆了几秒钟后连声说道:"你,你,你要干吗?谁家的孩子这么淘啊,没大人管了是吧,大清早戴着口罩出来吓唬人,这也太不像话了!"

田静只想着打开包,老人的话根本没听到。

老人见田静不但不理他,还要打开包,看来这不是开玩笑了,他连忙把衣袖一挽,大声喝道:"看来不是开玩笑,快把包拿来,我可是练过的哦!"

田静一看老人伸手夺包,急中生智,三十六计,跑为上计。

老人一见不妙:抢了我的包还想逃跑?撒腿就追。

"站住,你别跑!"

老人一边跑一边叫,眼看就要追到了,他伸着手准备抓住包。

谁知道田静突然一个急转身,向楼梯口跑去。老人扑了个空,脚下一滑,双手慌乱地抓着,身子摇摇晃晃地倒了下来。

没想到被一个孩子欺负成这样,老人气得哇哇大叫:

"抓小偷哦!"

喊声惊动了医院保安,大家纷纷上前,跟着老人往前跑,到了楼梯口,有的人突然明白过来,这抓谁呀?长得啥样啊?老人已经跑得上气不接下气了,喘了半天才说出一句:"那个戴口罩的小孩。"

"戴口罩的小孩?"

"没搞错吧,小孩子偷了你的包?"

狗尾草

"包里装的是什么？"

"几包草药，还没放下就被抢走了，防不胜防哦。"

"你们信吗？反正我不信！一个孩子戴着口罩，来抢你几包草药，这是为什么啊？你那是草药还是黄金啊？你这人也太能编了吧。"

说话的人是医院的保安队长，去年从刑侦大队退休，他的经验非常丰富："你是不是出现幻觉啦，休息一下，我去给你倒杯水，一会就好了。"

老人一时间解释不清楚，急得乱嚷嚷："我的包，快去追……"

正闹得不可开交，只听有人在叫：

"我在这里。"

众人抬起头，看到田静站在二楼，口罩挂在耳朵上，手里举着包包。众人惊得目瞪口呆，一时间僵在那里。保安队长摸着脑袋，嘴里嘟囔着："这个小女孩是小偷？这怎么可能呢？"

小女孩的话大家都听得清清楚楚，就是不信也得信了！

那老人舒了一口气，放松地整理了一下衣服："信了吧，我没有编故事，谁大清早来逗你们玩啊。幸亏这孩子站了出来，她要是躲了猫猫，我可成了大家的笑柄了！"

田静故作无辜，摆出一副乖乖女的样子，用最柔弱的声音说道："爷爷好幽默，我好崇拜你哦。"

那老人顿时来了精神："我孙女也是这么夸我的。我和你说哦，幽默是一种智慧，不像他们哦……"老人得意地瞅瞅众人。

"在这件事情上，我承认缺少了智慧，要向您老学习！"保安队长友好地拍了拍老人的肩膀，两人相视而笑。

"既然这孩子主动站出来了，我们听听她怎么说，就知道怎么一回事了。"保安队长向田静招招手，"孩子下来说吧。"

第三章 到底是谁

田静出去了好久,还没有回来,张小云不放心,从病房里溜了出来。看到了张小云,田静如释重负。张小云拉着田静走了下来,她说出了事情的原委。

老人挠着光亮的脑壳说:"早说嘛,我最喜欢做好事啦,明天我也给你编一个,然后悄悄地给你送过去。"

"我早就猜到啦,这里头肯定有故事!"保安队长一边说,一边点着头,那神情都有点佩服自己了,"一场误会,散了吧,都散了吧。"

一场误会,在众人的笑声中烟消云散。而张小云却高兴不起来,她越来越好奇,到底是谁送的礼物?难道自己遇到了传说中的神秘事件?

到了中午,李老师来看望张小云。她和张奶奶商量一番后,想和张小云谈谈出院的事情,毕竟五天没上课了,李老师很着急。张小云也恨不得马上就回到学校,除了假日,她还从来没有离开班级这么久。可是她心里又有些纠结,那些可恶的男生,她还没想好怎样去面对。

李老师看出了张小云的心思,她把张小云搂在怀里。每次张小云难过的时候,李老师就像妈妈一样安慰她:"我知道你心里有道坎,现在还迈不过去。困难越大,越要勇敢地面对!坚强起来,没什么大不了的,老师和你一起去解决,这件事情该怎么处理,等你回到了学校再商量。"

张奶奶看着小云,孩子长这么大,头一次受了这么大的委屈,她心疼小云:

"人生难免磕磕碰碰,你遇到了,奶奶也遇到过,大家早晚都会遇到。跌倒了千万不能怕,你一怕,就站不起来了!"

张小云望着奶奶:奶奶真的不怕吗?如果不怕,那奶奶为什么

狗尾草

偷偷地叹气呢？不过，在张小云的心中，奶奶是最坚强的人。

张小云拿出了那张纸条，小心翼翼地展开："孩子不怕！"一股暖流在体内流淌着，她感受到了一种力量。

要回去了，张小云在心里鼓励着自己。

第四章　男女生的战争

香草小学坐落在香草河畔,香草河从城乡的结合处流过。香草河南岸是城郊,北岸是乡镇。香草小学在香草河的南岸,是一所城郊小学。

五(1)班是全校闻名的班级。李老师从一年级开始就带这个班级,她是区优秀班主任,对孩子教育特有耐心,在她的教导下,班里一帮孩子聪明乖巧,像张小云、田静、杨柳、张怡,不仅学习好,还是老师的好帮手,班级在学校举办的各项活动中,总是名列前茅。

到了五年级,情况发生了变化,一个文明班级,竟然变成了落后班级。

这个变化是从五年级第一学期开始的。开学了,一个假期没见,好多人发生了明显的变化。尤其是男生,个子长高了,声音有点低沉了,和女生拉开距离了,许多男生看上去就变成了一个小大人。

而变化不仅仅如此!

"小猴子,把你身边的纸捡起来。"卫生委员田静开始检查班级卫生了。

"不要叫我小猴子,我有名有姓,请叫我王阳。"班里响起了一阵

嬉笑声,"你是卫生委员,要捡你自己捡,这当官的要为人民服务是不?"

太意外了!以前叫他"小猴子",他总是"嘿嘿"地傻笑。如果他的座位下有废纸,田静只要往那儿一站,他就会赔着笑脸,立刻捡起——他最害怕被扣分,一扣分就要哭鼻子。可是他怎么突然变了呢?还要她叫他王阳。

"我呸!你捡还是不捡?我数三,再不捡我就扣分了。"

"扣分就扣分,谁怕谁呀!"

"哎呀,还长本事了!敢反抗了!不哭鼻子了啦?"田静一看扣分不管用了,只好拿出绝招——"揭短"。"小猴子"最爱哭了,但最怕人家说他爱哭,一说准蔫了。

谁知"小猴子"却挺了挺胸,那样子就是一只小老虎,嘴巴一撇,满不在乎地说:"你看我还是哭鼻子的人吗?都是过去的事了,老提着不放也忒没意思了吧。"

没想到啊,绝招都不管用了,这让田静有点措手不及。看热闹的男生开始起哄,"小猴子"扬扬得意。

"笑什么?都坐好了,我看谁再瞎起哄。"黑板擦拍在讲台上"啪啪"地响,严厉的目光,严肃的话语,俨然就是一个小老师。从一年级开始做班长,张小云树立起的威严起了作用,没人再交头接耳,"小猴子"也乖乖地捡起了垃圾。

而这些只是暂时的,很快,张小云的权威也受到了挑战。

那是一节体育课,体育老师有事情没来,让学生自由活动。张小云去找李老师了。同学们坐不住了,男生想到操场上踢足球,女生要到阅览室看书。意见分歧,互不相让,一番争论难以避免。

男生扯着嗓子叫:"踢足球,踢足球!"只是有些男生的声音变得低沉了,没有穿透力,情急之下,为了使出吃奶的力气,他们有的半蹲着叫,有的捏着脖子喊,有的甩着膀子叫唤。只见男生们一个个面红耳赤,咄咄逼人。最惹眼的是王阳,他猴性大发,又蹦又跳,抓耳挠腮。

女生呢?看着从来没有如此好斗的男生,相互对视了一下,在田静的指挥下,竟然做起了男生的啦啦队,她们挥舞着双手,尖着嗓子喊道:"男生加油,男生真牛,男生漏油!"

女生以柔克刚,不正面接招,男生的招式都打在了空气上。这不是把男生当猴耍了吗?这招也太损了吧!男生气冲牛斗,无法发泄,只好变招:你有损招我有赖招。他们一个个又吐舌头又扭屁股,闹得操场上一片混乱。

张小云从老师那里回来了,一看全乱套了,这也太影响班级形象了。她赶紧叫停,可是嗓子都喊破了,也只有女生停了下来,男生无视张小云这个班长的存在,继续挑衅女生,女生气得直跺脚,眼巴巴地看着张小云。从一年级到现在,这可是男生第一次敢违抗班长的命令。

张小云只好用她惯用的方式,一把拉住男生卢亮,用不容置疑的口吻命令道:"你先停下来,从你开始,站好了!"谁知道这个乖巧的男生竟然双手用力一甩,大声吼道:"为什么叫我先停下来!我不停,他们停我就停。"

看来不行,张小云想起老师常用的办法:"比一比,看哪个男生最先停下来,有奖励的。"

男生一阵哄笑:"太老土了吧,去骗一年级的小朋友吧!"

张小云气得眼泪在眼圈里直打转,今天她这个班长不好收场了,该用绝招了。张小云高举右手,准备使出云来佛掌。云来佛掌,

狗尾草

这可是张小云的终极大杀招,班里几个调皮的男生,都尝过云来佛掌的滋味。三年级的时候,卢亮调皮,说他还不听,被张小云一巴掌拍在了屁股上,虽然不疼,但张小云气势逼人,吓得卢亮把头缩在了桌子底下。从那以后,男生把张小云这招叫作云来佛掌。

张小云举起右手,准备出招。

一秒钟的安静之后,男生不约而同地叫了起来:"班长打人啦!班长打人啦!"卢亮呢?扭着屁股,指着张小云说:"你打呀,朝着这儿打!"惹得大家哄堂大笑。

幸亏李老师来了,才制止了这些男生。

这次风波过后,男生之间好像形成了默契,谁和班委对着干,谁和女生对着干,谁就是英雄好汉,就能受到男生尊重。

王晗外号保镖。叫他保镖,不是因为他个子大,而是嗓门大。他学习成绩不好,一有空就到张小云跟前:"张小云这道题怎么做?""张小云这个片段怎么写?"他一天到晚跟着张小云,就有人打趣王晗,说他是张小云的保镖,慢慢地保镖也就代替了他的真名王晗。

有时候张小云被问得不耐烦了,就拿眼睛瞪他,就像老师瞪不听话的学生那样,挖苦他说:"你烦不烦?木头!"

那时候王晗只是一个劲地挠头,这么大的个子,站在柔弱的张小云面前,就像站在老师面前那样腼腆。

现在呢?数学题目王晗还是不会做,老师特意嘱咐张小云给他补补。可是王晗再也不愿意到张小云跟前。张小云叫他,他装作听不见,实在装不下去了就回敬张小云一句:"想补你过来,老叫我烦不烦?"

见王晗不领情,张小云生气道:"不补拉倒,反正老师明天不会批评我。"

第四章 男女生的战争

"拉倒就拉倒,狗拿耗子。"

张小云气得七窍生烟,男生却幸灾乐祸:敢惹班长?保镖居然"造反"了!偶像哦,简直帅呆了!王晗的身边立刻围了许多粉丝。

十月十日是香草小学的体育节,体育节最佳看点是拔河比赛,每班男女生各10名组成一队,三局两胜制,循环淘汰。五(1)班连续三届夺取冠军了,这一届他们也志在必得。

这一天很热闹。家长们慷慨地给孩子一些零花钱,陪着孩子早早地来到了学校,坐在指定的位置,等待着运动会开幕。

谁会在这一天晚来呢?不可思议的事情就是出现了:比赛快要开始了,王晗和王阳还没来。你说急人不急人?无奈之下,李老师叫几个班委赶紧四处找找。

东面的假山,西面的凉亭,南面的小树林,几个男生爱去的地方都没有。可能没来,张小云决定出去找,刚到大门口,就看到两个人背着书包在路边晃悠。

几个班委猫着腰,从三面包抄过去。到了跟前,张小云、田静拦住退路,杨柳、张怡从后面猛扑过去,像抓毫无防备的猎物,还没等王晗、王阳明白是怎么回事,已被拦腰抱住。

"妈呀!谁呀?抢劫啊!"看到是张小云他们,两个人满不在乎,歪着头,嘀咕着,"搞偷袭不算本事!要是我们想躲,就你们这智商也能找得到?"

杨柳一下子把王晗推到一边,张小云看着他们一字一顿地说:"比赛就要开始了,你们走还是不走?"

见两个人还是没反应,张小云向田静使了使眼色:"你去找李老师,我们在这看着。"

一听这话,两个人的态度软了下来:"回去可以,不过我们有个

条件。"王阳慢吞吞地说,"我们没钱买玩具,给我们买一个。"

"你们的零花钱呢?"

"还用问吗?这次考试不及格,爸妈不给。"

几个女生哈哈大笑:"骗谁呢?想要玩具,跟姐说一声,不要演苦肉计,真虚伪!"王晗和王阳被她们像押俘虏一样带到操场,许多学生跟着围观,似乎这是千年一遇的看点。这下子五(1)班想不出名都难了。李老师站在那儿脸色很难看:还没比赛首先就乱了阵脚,五(1)班士气大落。

拔河比赛主要靠队员间的默契合作,比的是团队意识。张小云负责指挥,她举着红色的令旗,随着裁判一声令下,令旗开始有节奏地上下舞动。张小云的动作坚定有力,同学们动作整齐划一,一进两退,红带子慢慢地向五(1)移动着,眼看就要取得胜利了。忽然一声闷响,不知是谁放了个臭屁。这关键时刻哪能放屁啊!几个男生挤眉弄眼,嘴巴抿得紧紧的,屏住呼吸,强忍笑容;女生眉头紧锁,怒火心生。

张小云原本已经把令旗高高举起,然后猛地往下一挥,她想发动致命一击。谁知道,这一个臭屁,让队友分心分神,力道泄了下来,绳子一松,对方被闪了个趔趄,踉踉跄跄地倒退几步,有的踩住了别人的脚,有的绊住了别人的腿,一个个失去了重心,身子向后仰去,二十个队员齐刷刷跌在了地上,还没弄明白咋回事呢,五(1)班

那边吵了起来：

"谁放的屁？"

"干吗看我们男生？说不定是你们女生。"

"管天管地还管谁放屁啊？"

这边吵得不可开交，那边总算明白了怎么回事，拍拍摔得酸痛的屁股，刚要发作，前面的同学惊得语无伦次："红领巾在我们这边了，赢了，我们赢了！"这个胜利来得实在太意外了，有的同学把掉在地上的鞋子扔向空中，结果落在了正在争吵的五(1)班同学中。

"谁扔的？有本事不要搞偷袭。"被鞋子打中的男同学一脸无辜，女同学转怒为喜。"鞋子臭不臭？""鞋子干吗就扔到你啊，知道为啥不？这叫臭味相投。"

"我看就是你们扔的，有本事自己承认。"王晗站了出来，为那个男生出头。杨柳可是侠女一号，这个时候该她出场了："你是哪一只眼睛看到的？你看看那是男式鞋还是女式鞋？"

王晗拿起鞋子一看，果然是一只男生穿的鞋，他理屈词穷，只好找个台阶下："送鞋子干吗就送一只啊，这怎么穿？是谁的赶紧拿走。"

比赛变成了一场闹剧，草草收场。外班的学生看得意犹未尽，说得津津有味。五(1)班的女生真想找个地洞钻进去，这太伤自尊了！必须整治这些男生，班委们被逼到了死角。

在回家的路上，有几个外班的学生给张小云送来情报，说放屁的是王阳，他们听见王阳、王晗几个男生商量，在拔河的时候放个屁，逗大家笑，要是输了更好，打击一下那些高傲的女生。

五(1)班的男生该好好管管了，用李老师的话说，就是整治班风。

第二天班会课上,李老师苦口婆心地讲了一番道理,列举了男生的不良表现,点名批评了几个风头人物。最后全体男生写反思,什么时候认识到错误、能服从班干管理了,什么时候结束整顿。一开始,男生们还想着抵抗,可是一个星期过后,这念头彻底没了。谁能受得了没休没止的班会教育?谁不害怕没完没了的反思检讨?在"残酷"的现实面前,男生们不得不低头。

五(1)班终于风平浪静了,至少表面上是这样。

到了第二学期,班里转来了一个新生。他一米七的个头,黑黑的皮肤,留着寸头,说话的声音低沉有力:"各位班花班草好!我叫王大力。"他一边说一边晃动着身子,仿佛站在了跷跷板上。班里一阵哄笑,尤其是男孩子眼睛里突然放出了光,好像找到了精神寄托。

李老师用手示意王大力站好了:"自我介绍要严肃点,不要班花班草的。"王大力突然提高了嗓门:"老师你不认为我这样很幽默吗?"班里一阵静寂,第一次有人敢和老师这样说话,大家都屏住了呼吸。李老师脸色煞白,她深深地呼吸几次,终于稳住了情绪:"王大力同学,你的个头在我们班最高,应该懂事了吧,怎么连最起码的尊重也不知道呢?"

王大力身子晃动得更厉害了,头扭向窗外,老师的话就是耳旁风,根本不值得一听。

王大力,这个陌生的名字,迅速地被大家熟悉,经过一个大课间,香草小学已经无人不知了。

第二天,关于他的种种传闻,不断地从各个班级向五(1)班汇集。一下课,三五个男生在一起,说着听来的小道消息:

"王大力是从市实小转过来的,那可是全市最好的小学,王大力看不惯老师偏袒女生,和老师吵了一架,就被爸爸转到了香草小学。"

第四章 男女生的战争

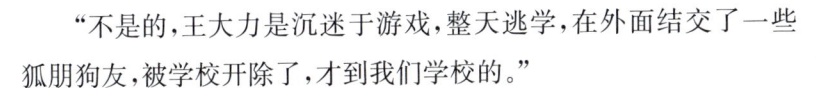

"不是的,王大力是沉迷于游戏,整天逃学,在外面结交了一些狐朋狗友,被学校开除了,才到我们学校的。"

"你们说的都不对,王大力的爸爸是个大老板,要在我们这边搞开发,所以才把王大力转到这边上学,听说王大力和他爸爸谈了条件,一天必须给100元零花钱,否则就不上学。"

关于王大力的小道消息也越来越多,争论不下的时候,他们就到五(1)班找一个熟悉的男生,让他评判一下,被找到的男生感觉好有面子。比如王晗,以前成绩不好,别人看不起他,现在他和王大力是同桌,自然也是最具权威的裁判了,外班的男生一见到他,总要拉住他问上一番。有了被尊重的感觉,王晗的胸脯挺得老高。他每天围着王大力转,俨然是一个忠实的跟班。

不到一个星期的时间,王大力就征服了五(1)班的所有男生。五(1)班开始暗流涌动,而王大力就是巨大的漩涡,水流围绕着他旋转。

"你干吗拿我的橡皮!"

"王大力用的。"

"那你干吗不拿自己的啊!"卢亮要赶着午饭前把作业做好,正用着橡皮,语气有点着急。

"一二三四五,学习真辛苦,趁着青春在,好好享享福。"王大力一边说一边晃动着身子,椅子被摇得"吱吱"响。男生们放下了笔,纷纷找出橡皮:"王大力用我的,王大力用我的。"王大力索性双腿跷在了桌子上,双手拍着大腿打节拍:"一二三四五,老师来诉苦,妈妈跆拳道,爸爸用掌削。"

这时候,男生们围着王大力,摇头晃脑地唱了起来,一个个扬眉吐气,满脸兴奋。教室里吵吵闹闹一片混乱,张小云把黑板擦拍得

狗尾草

山响,也没有人理会,她气得直跺脚。王大力的双腿抖得更有节奏了,在男生欢呼声中,望着张小云冷笑。

"王大力你坐好!"张小云从来没有这样冲动过。

"干吗呀,这是课间,凭什么坐好啊!"王大力的话音一落,许多男生跟着起哄了:"凭什么啊?你以为上课啊!""你这个班长管得太多了吧,是不是下课了也不能上厕所?"

一股热血直冲脑门,张小云猛地一摔黑板擦,大声吼道:"王大力你过来!"

从来没见过张小云发这么大的火,起哄的男生被镇住了,缩着头要溜回座位。这时候王大力的眼睛也斜着,看着张小云,就像在看一只被耍弄的猴子,他拉长了声调,慢腾腾地说:"哥不是饭店里的服务员,做不到随叫随到!爱怎么着就怎么着,求你别跟猴子一样又叫又跳!"

王大力的话就像一针兴奋剂,打在了男生们的神经上,他们幡然醒悟:和王大力相比,他们太狼狈了,真丢面子!为了掩饰刚才的慌张,更多的男生开始起哄:"干吗这么嚣张!""别拿黑板擦出气,那是损坏公物!""别仗着自己是班长就指手画脚,影响我班光辉形象!"

散去的人又回来了,围着王大力,越说越起劲,内心的畅快如泉水一般喷涌而出。

眼泪在眼圈里打转,张小云浑身颤抖。杨柳见张小云受了委屈,热血喷涌,憋得满脸通红,腾地从座位上跳起,推开几个男生,站到了王大力的面前:"你了不起是吧,欺负女生算什么男子汉?"

"看样子想打架是不?你们女生可以欺负男生,男生就不能欺负你们女生?"这句话就像一只无形的手,一下点中了五(1)班每一个人的穴道。男生顿感终见天日,个个扬眉吐气。女生似乎哑口无

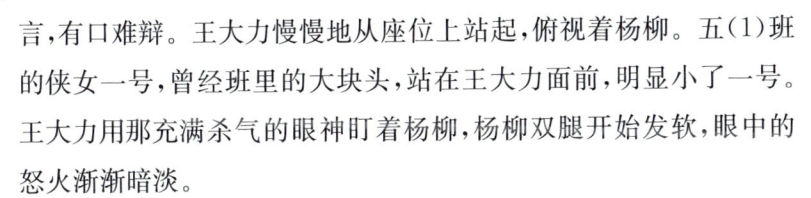

言,有口难辩。王大力慢慢地从座位上站起,俯视着杨柳。五(1)班的侠女一号,曾经班里的大块头,站在王大力面前,明显小了一号。王大力用那充满杀气的眼神盯着杨柳,杨柳双腿开始发软,眼中的怒火渐渐暗淡。

一场压倒性的胜利,让男生扬扬得意,他们的腰杆顿时挺得直了。"谁怕谁呀?只要我乐意,我也能欺负谁!"原来几个见到杨柳就躲得远远的男生,现在围着杨柳转着圈,拍着手叫着:"说得好,说得妙,气得女生哇哇叫,哇哇叫!"

哈,哈,哈……

男生终于扬眉吐气了,王大力成了男生心中的英雄,他们像追星族一样,关注着王大力。

一条关于王大力的小道消息在男生中传播着,大家带着无限向往的心情听了一遍又一遍:"他家有五台电脑,两台台式的,三个笔记本,晚上10点之前随便玩。"

对于这些孩子来说,谁家有几台电脑,谁家的电脑可以随便玩,那是不得了的事情。这样的消息,在那些已经让虎爸虎妈断了网游念想的孩子们中间,肆意地流传着。他们就像干渴的人看到天空中丢下几个雨点,下意识地舔了舔干裂的嘴唇。

很快就有人证实这并非传言了。由于和班委公开对抗过,王晗和王阳算是王大力看得上眼的男生。上个礼拜五,王大力邀请他们去家里玩,在那幢花园别墅里,他们的确看到了五台电脑!

一个人玩一台,还剩两台。王晗和王阳都激动地不知道玩哪台好,总感觉太对不住剩下那两台电脑了。

"这要是搁我家一台多好,我保证夜里睡觉都要搂着。"

"那还是放在我家吧,要是放你家,晚上搂着睡觉,夜里从电脑

里钻出个魔兽把你给收了,那你爸妈还不天天到电脑里找你。"

那天王大力带着他们玩了一款新游戏,那超爽的感觉,就像一个乞丐猛吃了一顿丰盛的宴席。第二天一回到班级,王晗和王阳就炫耀起来:

"他家五台电脑,他一人就两台!"

"你看到了五台电脑了?"

"看到了,不信你问王阳。"

"每天都可以玩游戏?"

"这还有假?你问王晗,大力光买游戏装备的钱就花了好几万,在网游论坛里,大力被叫作大少,后面跟着一堆人,很威风的。"

"真的吗?那啥时候你和大力说说,我也去玩玩好吧?"卢亮和王阳关系最铁,这个忙他相信王阳会帮的。周围的男生一听,也都纷纷找王阳和王晗帮忙。此刻,从来没有过的风光,让两个人自我感觉高大起来,不自觉地昂起了头——被人羡慕的感觉超爽。

又到了礼拜五,学校早放学。一大群男生神神秘秘地跑出了校园,他们兴奋得像一群发现了食物的麻雀。剩下的男生,一个个垂头丧气,像霜打的茄子,无精打采地回家了。

等到礼拜一上课的时候,更多的同学带着一脸的羡慕,激动不已地说着自己的见闻,那副样子比吃了一顿大餐还过瘾。王大力一副不屑一顾的神情,悠然地摇头晃脑,半天才从喉咙里挤出了一句:"不就是五台电脑嘛。只要我想要,就是十台也不成问题。"

所有男生看着他,就像看外星人,真的这么牛?这个对于他们来说只能是个传说。王大力看出了他们的心思:"知道我是怎么做到的吗?我告诉你们一个诀窍:'一哭,二叫,三胡闹'。这就看你们有没有这个智慧,要不就做你家爸妈的羔羊,要不就做你家爸妈的皇上。"

第四章 男女生的战争

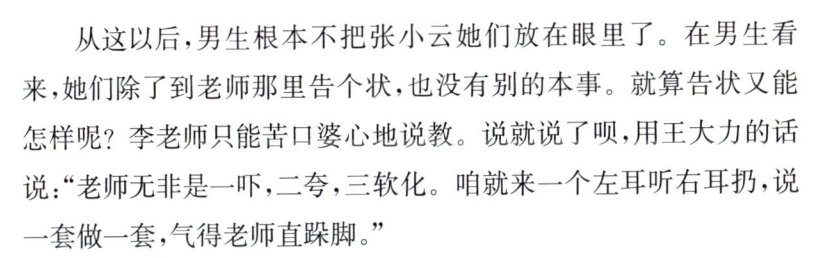

从这以后,男生根本不把张小云她们放在眼里了。在男生看来,她们除了到老师那里告个状,也没有别的本事。就算告状又能怎样呢?李老师只能苦口婆心地说教。说就说了呗,用王大力的话说:"老师无非是一吓,二夸,三软化。咱就来一个左耳听右耳扔,说一套做一套,气得老师直跺脚。"

有些男生得意忘形,开始不做作业了,老师也频频约见家长。回家后,哪个男生挨了板子,以前会觉得丢人,现在还觉得挺光荣的。第二天一到校,书包还没放下,就添油加醋地开讲了,其他人还要附和着开心一下。

"王晗你这眼咋又成了熊猫眼了啊?"

"不是熬夜熬的吧?"

"一看就是打的,哎哟哟,还是男女混合双打呢。"

"你咋看出来的?"

"左边黑眼圈大,右边黑眼圈小。左边是爸爸打的,右边是妈妈打的。"

这个班级成了男生的世界,女生好像不存在了。他们说话也越来越肆无忌惮,学校明令禁止不准玩游戏谈游戏,五(1)班的男生们开始打破禁忌了。

起先,王大力说到游戏的时候,其他人会紧张地看看四周,然后压着嗓子说几句。后来,在王大力的带动下,声音渐渐大了起来。他们学着王大力的样子,摇头晃脑地唱着:"锄禾日当午,啥都不靠谱。闲来没事做,不如斗地主!"

几个星期后,班里会陆续听到,谁家又买了电脑,五(1)班有电脑的孩子多了起来,男生的眼中有着一股掩饰不住的激动。他们一下课,就围到了王大力跟前。

"王大力,穿越火线真爽,好火爆!"

"要是组队更好玩,一起浴血拼杀,很热血的!"

"王大力你组队,算我一个!""也算我一个!"男生们围着王大力,一个个争先恐后。

"那我再告诉你们,还可以玩更爽的真人 CS,保证你们玩起来不想睡觉。"

"我的天啊,还有更好玩的,我们这不都是白活了吗?"王阳一副猴急相,"不要拉我啊,我找块豆腐撞晕算了。"

"放心吧,大家都帮你找豆腐去了,没人有空去拉你。"

王晗话音未落,王阳已经跳了起来:"你这没良心的,看你就是个坏人,我干脆为民除害了。"两人满教室追闹,王晗边跑边笑,脚下一滑,赶紧用手扶住课桌,谁知道后面的王阳一个猛冲,来不及"刹车",撞在王晗后背上,王晗身体前倾,一头撞向正在做作业的杨柳身上。杨柳没留神,板凳一歪,身子一斜,一屁股跌到了地上,由于身子太肥,被卡在了课桌间,任凭双腿乱蹬,双手乱抓,怎么也站不起来。

"大家看看这造型像什么?"王大力来了精神,跷起二郎腿,摇头晃脑。

王阳双手托腮做出了一副思考状,然后双手一拍满脸神秘地说:"这造型要受到国家保护滴。"

这个造型还要保护?男生一时没明白过来,不知道王阳葫芦里卖的是啥药。

"不知道了吧,这造型就是国家保护动物。"有几个男生明白过来,开始大笑。王阳更加起劲了:"你们看这又伸胳膊又蹬腿的,像不像一只被翻了身的大海龟?像不像?"

田静见杨柳受了欺负,扔下手中的作业本,睁圆了眼睛瞪着王

阳:"只是有些人,长得一副猴相,尾巴翘的比天高,还不受国家保护呢,要不你申请一下,做我们班的保护动物吧。"

一阵阵哄堂大笑,教室里一下子乱了套。张小云知道就算黑板擦拍碎了也没用,只好拉起杨柳,去找李老师告状。

放学的时候,五(1)班的家长在校信通里收到了这样一条消息:

各位家长,最近班里很多男生打游戏,影响学习,希望各位家长能严加管束,看管好电脑,让您的孩子远离游戏。

第二天一到校,许多男生哭丧着脸,不能玩游戏,王阳和王晗还挨了一顿混合双打。女生心里暗暗得意:看你们这下子还玩不玩游戏!班里这些天都被搞得乌烟瘴气了。

几个男生越想越生气,游戏不能玩了,还让几个女生整了一顿,不能咽下这口恶气。他们正要找几个班委理论,王大力朝他们摇了摇头,他们不解地看着王大力,王大力一扭头走出了教室。

几个人来到了校园南边的小树林。"你们几个长脑壳了没?"王大力凶巴巴地看着他们。

"我们就是想教训她们,忍了她们这么久,还想管着我们,不让我们打游戏,没门!"王阳一甩手,一枚小石子被扔出了好远。

"那也要动动脑筋,俗话说擒贼先擒王,把张小云和她的死党想办法分开,集中火力打败张小云,她们就不敢嚣张了。"

"怎么收拾张小云?"

"张小云最爱面子,我们就要让她没面子,她不是有只蝴蝶结吗,那只蝴蝶结她很喜欢,那我们就嘲笑她,说她老土,说她的蝴蝶结难看……"

第五章　沉默的狗尾草

回到了五(1)班,张小云感觉到一边是火焰,一边是冰山。

女生跑出了教室,她们围着张小云,像迎接久别的亲人。这个虽然柔弱,但却像大姐姐一样保护着她们的班长,如今受到了伤害。她们为张小云担心,盼着她回到班级:没有她,这个班级就少了主心骨,这些女生已经习惯了一个有张小云做班长的班级。

其实上五年级之前,男生们也是这样想的。

然而此刻,面对张小云的归来,他们一脸冷漠。

走进教室前,张小云深深地吸了一口气,给自己鼓了鼓劲:"沉住气,不要怕!"在一群女生簇拥下,张小云昂起了头,走过讲台时,她平静地扫视了一下教室,在遇到王大力他们挑衅的目光时,她没有退缩,目光淡然地注视着对方。

李老师一大早就来到了教室,她把张小云叫到了办公室。李老师像往常一样,从抽屉里拿出一把梳子,给张小云梳头。

"小云,那件事还在心里过不去是吧?"梳子在张小云的发际轻轻柔柔地滑过。

"怎么说呢?说过不去吧,好像能过得去,说能过去吧,好像又

第五章 沉默的狗尾草

过不去。"张小云闭着双眼,此刻她仿佛看到了紫荷。

梳子停在了半空中,李老师看了看张小云,这还是她熟悉的张小云吗?说起话来都有点像大人了,才几天啊,发生了这么大的变化。"都在长大哦。"不知道是感慨,还是无奈,伴着一声轻微的叹息。

"老师你说长大好吗?"

"怎么说呢,又好,又不好!"

见老师学着自己的语气,张小云脸红了:"老师你学我。"

"好了,不和你闹了。"李老师放下了梳子,看着张小云,目光里掠过一丝忧虑,"我当然希望你们快点长大,但心里又有点不舍,想想你们之前多可爱,现在要长大了,也复杂了,不好管啦。"李老师的语气突然变得低沉,张小云一转头,看到李老师的眼睛湿湿的。

张小云的心隐隐作痛。

她爱李老师。李老师为人善良和气,说话慢声细语。她特爱笑,一笑,那圆圆的脸上就露出两个深深的酒窝。这个妈妈一样的老师,用心呵护着班级的每一位同学,从一年级开始,看着他们一点点长大,就像一只老母鸡带着一群"叽叽喳喳"的鸡仔,她用温暖的羽翼,为这群孩子遮风挡雨。

今天,她流泪了。

这是张小云第二次看到老师流泪。

第一次是上二年级的时候,正值农忙季节,李老师的婆婆回老家农忙了,李老师只好把三岁的儿子贝贝带到学校。下课的时候班里的学生争着哄贝贝,他玩得挺开心的。可是一到李老师上课,他就开始又哭又闹。别的老师帮忙抱过去,没一会儿,哭声就传到了教室:"我要妈妈,我要妈妈……"一边哭还一边把玩具往地上扔。

无奈之下，李老师只好让其他老师暂时代课，拉起赖在地上不起的贝贝说："小贝贝最听话了，不要哭了，妈妈要给大哥哥大姐姐上课，让阿姨先和你玩，好不好？"

"不好，贝贝要抱抱。"小贝贝嘟着小嘴，伸着小手，两腮上还挂着泪珠。

"贝贝不听话，大哥哥大姐姐会不喜欢你的，妈妈也不喜欢贝贝，和阿姨玩一会，妈妈下课给你吃巧克力。"

"不要，不要，妈妈坏坏。"

"贝贝不讲理了是不是？那妈妈不理你了。"李老师故作生气地站起来要走。谁知道贝贝很快就爬了过来，抱着妈妈的双腿大哭大叫："妈妈不走，我怕，我要妈妈！"一边哭喊，一边抽泣着，惹得班里的学生伸着脑袋往外看。

"贝贝，妈妈得去上课，马上要考试了，妈妈不上课，校长会批评妈妈的，不给妈妈发工资，贝贝就没有巧克力吃了。听话，妈妈上完课就抱你。"李老师捧着贝贝的小脸蛋，边给他擦眼泪，边安慰他。

可是，任性的贝贝拽着妈妈的手，直往妈妈的怀里扑。李老师看了看没有心思上课的学生，突然把贝贝拎起来，在他的屁股上打了一个响亮的巴掌。旁边的老师连忙跑过来把贝贝抱走了，贝贝还挥舞着小手哭喊着："我要妈妈，我要妈妈……"

李老师别过脸去，揉了揉双眼，然后走进了教室。那一刻，张小云看到眼泪在老师的眼圈里打转。

今天，张小云又看到老师流泪了。

张小云倚在老师的怀里，轻轻地擦去老师的眼角的泪痕。李老师感觉到了失态，尴尬地笑了笑："我没事了，小云你会记恨那些伤害你的男生吗？"

张小云摇了摇头,她又想到了紫荷。男生会不会欺负紫荷呢?应该不会!这是为什么呢?张小云说不清楚。但有一点她可以肯定,紫荷不会记恨这些男生。

"傻丫头,想什么呢?有心事了啊?要是心里过不去,我叫这几个人给你道歉,给你找回面子。"

"老师,不用他们道歉。我想明白了,我也有不对的地方,过去的就算了,一切重新开始吧!"

李老师睁大眼睛,仔仔细细,上上下下,来来回回地打量着张小云,嘴里嘀咕着:"真长大了,说话都像大人了。"

晨会开始前,张小云跟着李老师回到了班级。

王阳用课本遮住脸,偏过身子向王大力挤眉弄眼。王晗写了一

张纸条,在男生中间传着,上面写道:有老师撑腰,容嬷嬷要撒娇。卢亮回道:批斗大会要开始,若是胆小先求饶。

可是,直到下课铃声响起,李老师都没有批评男生,好多人都不敢相信自己的耳朵:晨会就这样结束了?好像少了一件最重要的事情没做。

李老师一出教室,几个男生就围着王大力开始窃窃私语了:

"看来天气预报有点不准哦。"

"这葫芦里都卖的是啥药?"

"这心里怎么有点忐忑了呢?"

"哎呀,淡定,淡定!"王大力故意提高了嗓门,看着几个做贼似的男生,"没看出来吧,容嬷嬷不斗气了,人家要斗智了。"

王大力阴阳怪气地说着,全班人都听到了,同学们的目光齐刷刷地投向了张小云,所有的人都屏住了呼吸:狂风暴雨要来了,就在下一秒!

杨柳几个班委已经站了起来,走向张小云。

张小云放下了手中的课本,拍了拍杨柳她们的肩膀,转过身去,看着王大力说:"哦,我是容嬷嬷啊,谢谢你们这么抬举我,这样叫挺好的,只要能管好这个班,我就喜欢。"

平静的目光,平和的语气,看不出喜,看不出怒,就像一个风平浪静的湖面,没有波浪滔天。好多人疑惑地看着这个喜欢用黑板擦敲着讲台的班长,这个对任何人都不甘示弱的班长,今天这是怎么了?面对王大力如此露骨的挑衅,就来了这么一句平平淡淡的话,他们不习惯,内心有些失望。

"听着没,进步了,这才是高手,明明是头狼现在却要装成一只羊……"

第五章　沉默的狗尾草

　　无论王大力怎么讽刺挖苦,张小云充耳不闻,一会和田静讨论问题,一会儿做着习题,她沉浸在自己的世界里。

　　放学的路上,班里的同学三五个一群,谈论着班里发生的事,张小云回来之后就像一个谜,让人摸不着头脑。

　　"我看这张小云八成是怕王大力了,任凭王大力怎么说,她都不敢吱声。"

　　"看来是真怕王大力了,我们就放过她算了,反正她以后也不敢找我们的麻烦了。"

　　王大力漫不经心地走着,偶尔踢了踢路边的小石子,王阳、王晗和卢亮跟在身后喋喋不休,他有些烦乱,接下来怎么办呢?

　　夏至过后的傍晚,太阳迟迟不肯落山。

　　吃过了晚饭,奶奶到小区门口摆地摊了。张小云拿出了课本,准备预习一下明天的功课,这是张小云的习惯。可是今天,张小云老是分心走神,王大力的话就像讨厌的苍蝇,在耳边飞来飞去嗡嗡乱叫。在班里她可以装作若无其事,那是她把自己想成了紫荷,她相信紫荷会这么做。

　　其实她的心里还是很在意。

　　张小云有点坐立不安,她索性放下了课本,起身站在窗前。几天前的情景又出现在自己的眼前,风吹过那片野草地,吹过她的心田,她似乎听到了呼唤……

　　一阵不安,在张小云的心中涌动着。

　　"我要去找它,这就去!"

　　凭着直觉,张小云向那片草地奔去。一路上,有同学会好奇地拦住张小云:"你干吗,怎么又和自己过不去,是不是又被男生欺负啦?"

狗尾草

"没有,我这是锻炼身体。"

"我看你这哪是锻炼,是吃饱撑的没事干。"

张小云挥挥手,留下一个俏皮的微笑,继续奔跑。

风儿从耳畔吹过,像一个调皮的孩子,拨弄着张小云的头发;闻到了,风里飘着那熟悉的味道;看到了,那棵老树站在那里,守候那只未归的黑鸟。

张小云的正前方是一条小路,小路的西边是一片宽约300米的水杉林,静静地守护着香草河。沿着小路走了500米后,小路向右边来了个急转弯,那片狗尾草就躺在它的臂弯里了。

晚风轻柔地吹着,夕阳洒下一片金色的光芒,狗尾草静静地站立着,那毛茸茸的穗子上,开着紫红色的花,细细密密地排列在一起,一大片毛茸茸的"狗尾巴",沐浴在夕阳的光辉里,闪烁着紫红的光泽。

像要拥抱一个久别的朋友,张小云跳进了草丛中。迎着晚风,狗尾草轻轻地摇动,仿佛在挥舞着紫红色的尾巴,欢迎重逢的朋友。

"我知道你叫狗尾草,上次我就应该猜出来的,对不起,我的狗尾草。"

张小云俯下身子,亲了亲胖嘟嘟的狗尾花,那毛茸茸的穗子刺在脸上,痒痒的,就像奶奶把她抱在怀里,给她挠痒痒,让人直想笑,笑得肆无忌惮。张小云情不自禁地倒在了草丛上,伸了伸胳膊,蹬了蹬腿,尽情地打几个滚,然后静静地躺着,看蓝蓝的天空,听夕阳落到狗尾草上的声响,任清幽的草香钻进心扉。

天地之间,只有张小云和狗尾草。张小云把一束狗尾草揽在怀里,金红的狗尾花,如同灿烂的微笑。风风雨雨过后,它们平静地站在这里,没有抱怨,没有哭泣,没有退缩,也没有畏惧。

第五章　沉默的狗尾草

一片沉默的狗尾草,沉默中迸发着生长的力量,张小云抚摸着狗尾草,她的内心从来没有如此平静过。

回到香草小区时,薄薄的暮色正慢慢地降临。

香草小区是学校周边最大的一个小区,大部分学生都住在这里,小区中央有一个儿童娱乐场,做完了作业,许多人都到这里来,玩一玩,闹一闹,听一听班里的新鲜事,直到大人再三叫唤才各自回去。

晚上七点多是最热闹的时候,王晗和王阳从人堆里钻了出来,王大力就在喷泉旁边。

"完成任务了?"

"一切顺利,肯定会成为头号新闻。"

王阳和王晗一脸兴奋,好戏就要开场了。"张小云你等着瞧!"王大力的嘴角上露出了一丝不易觉察的坏笑。

第二天,张小云总感觉有点不对劲,从上学的路上开始,同学们看她的眼光就有些异样,好像还在背后指指点点。这是怎么啦?张小云理了理头发,拉了拉衣服,感觉不应该有什么问题呀。

班里就像一锅煮沸了的水。同学们看到张小云都装作若无其事,一旦张小云背过身去,几个人就一起又开始小声议论。张小云看了看田静,田静把脸转了过去,张小云用疑惑的目光看看张怡,张怡嘟着嘴好像和谁赌气。这到底是怎么了?张小云像被装在了闷葫芦里,有点透不过来气。大家都这么神神秘秘的,到底发生了什么?张小云走到了杨柳身边,用恳切的目光望着杨柳:"发生了什么事?"

"你告诉大家你没有那么做!"杨柳很激动,情绪突然爆发,从座位上站了起来。

狗尾草

"我做了什么？你把话讲清楚。我们是好朋友，告诉我到底发生了什么事？"张小云稳定了一下情绪，她在心里告诉自己不要着急。

大家都放下了手中的作业，女同学一脸难过，男同学幸灾乐祸，王大力有节奏地晃动着身体，不时有男生转过脸来，朝着他挤眉弄眼。

田静走到杨柳面前，拍了拍她的双肩，杨柳深深地吸了一口气问道："你的蝴蝶结呢？你告诉他们蝴蝶结哪去了。"

"在医院的时候送给紫荷了，你们知道的。"

"他们说你那天跑回了家，把蝴蝶结摔在了奶奶面前，奶奶想拾起来给你戴上，你把她推到了，然后跑掉了。"

一阵眩晕，张小云有些站立不稳，连忙扶住了桌角。这一刻，她真想闭上眼睛，倒下去，倒在那片狗尾草丛中，什么也不用想，也不再有什么烦恼。

见张小云两眼发痴，杨柳几个人很着急，连声说："你快告诉大家是怎么回事。""你怎么不说话啊？把人急死了。""我们相信你不会这么做，你快解释一下。"

几个男生一脸得意，王大力朝他们递着眼色，王阳几个人立刻明白，该他们加把火了。

"大班长，我还记得老师读过你的一篇作文《蝴蝶结》，说你爱蝴蝶结，更爱你的奶奶。但是你扔了蝴蝶结，还把奶奶推倒在地上，请问，你对这样的人有何感想？"

王阳左眼瞅着张小云，右眼瞟着王大力。只见：张小云在发痴，王大力频频点头。王阳不禁扬扬得意，手舞足蹈。

杨柳看到王阳咄咄逼人，走下位子，站在王阳面前，瞪着王阳吼

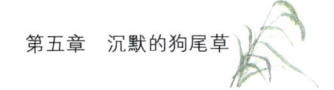

道:"不是告诉你了嘛,蝴蝶结送给紫荷了。"

"这真是皇帝不急太监急了,又没问你,你急啥呢?"王晗挡在了王阳的面前。杨柳一时着急,不知道该怎么回答,气得抓耳挠腮。

张小云想到了那片狗尾草,那片经历了风风雨雨的狗尾草,她仿佛站在了草丛中,慢慢地平静下来。张小云拉着杨柳劝道:"他们要是能相信,就不会这样问了,和他们解释有意思吗?你知道的,我怎么可能推奶奶呢?算了吧,不要和他们一般见识。"

张小云语气平淡,一副无所谓的样子,这正击中了王大力的要害,他有些沉不住气了,怪腔怪调地说道:"那你奶奶的腿是怎么回事啊?"

"我奶奶的腿没有什么事啊,怎么啦?"

"卢亮和你家住一起,让卢亮告诉大家。"

"没错!张奶奶的腿受伤了,这是我奶奶亲眼看到的。"

卢亮的话就像一枚炸弹,把班里炸开了锅,大家议论纷纷:

"哇,还真能装,奶奶都跌伤了,还装作不知道!"

"这是本年度最大的新闻,家庭暴力,不过是一个孩子打了奶奶!"

苗圃仔细地回忆着,她想起来了,在医院走廊里遇到张奶奶的时候,看到她从外科门诊出来,走路的时候有点瘸。当时她没有太在意,现在看来传言是真的啦。

苗圃看着张小云,自己一直信赖的班长,此刻是那样的陌生,她的声音有些颤抖:"那你说说奶奶的腿是怎么瘸了的?"

"苗圃你不要胡说!"

"田静我没有胡说,我在医院里看到的!"

尽管苗圃的声音很小,但无异于一块巨石,从半空中砸向了水

狗尾草

面。女同学惊掉了下巴,苗圃不会说谎,她可是张小云的好朋友。

"张小云,你就承认了吧,不要一错再错了,你是我的好朋友,我不想你这样。"苗圃几乎哭着说道。

这是张小云怎么也想不到的。事情太突然了。

这场戏越来越好玩了,王大力要出场了。

"张小云,你就不要再装了,苗圃用心良苦,你就迷途知返吧。她可是为了你好,不要让大家失望了,把真相说出来,大家会原谅你这只迷途的羔羊的。"

王大力模仿着老师的语气,说得语重心长,还不时叹叹气摇摇头,男生们开怀大笑。

此时,张小云的心中只有奶奶,一个个疑问在她的脑海中闪过:奶奶的腿真的受伤了?天哪!我怎么不知道?我居然这么粗心,我对不起奶奶!她双腿一软,跌倒在座位旁。

看来这是事实,一个无情的事实!男生开始欢呼胜利,女生尴尬地低下了头。没有人再去看张小云,没有人在乎她,甚至连女生也对她嗤之以鼻。

张小云真想冲出教室,她要去看看奶奶,她不放心。而理智告诉她不能这样做,否则就跳进了王大力挖的坑里。她的眼前又出现了那片狗尾草,狂风过后,它们依然挺直了腰杆。

张小云扶住课桌,慢慢地站了起来,她打了打衣服上的尘土,坐了下来,拿出紫荷送的《少年维特的烦恼》,静静地看了起来,目光又变得平静从容。

如同风雨过后的狗尾草,好像什么也没有发生过,一片静默。

那些好事的男生们开始忙活起来,证据确凿,大家不再遮遮掩掩,关于张小云的"暴行",作为当天的头版头条在各个班级传播着。

王大力几个男生充满了成功的快乐,效果出乎意料,他们开始相互祝贺。

终于熬到放学了,张小云立刻冲出了教室,她要回家,她要看看奶奶。一路上许多同学都躲着她,投来鄙夷的目光,甚至有的同学对着她大声喊道:"张小云你真坏!"

十分钟的路,张小云感觉跑了很久,离家越近,她的内心就越忐忑不安,开门的时候,双手微微地颤抖。

听到开门声,张奶奶从厨房间探出头来:"小云回来了啊,先做作业,饭一会好了。"

"奶奶,对不起!"情感的闸门打开了,泪如泉涌,张小云跌跌撞撞地扑向奶奶。

"怎么啦?这是怎么啦?"张奶奶感觉不对,连忙迎上去扶住张小云,"别急,慢慢说,有奶奶在,不怕!"

张小云低下头,伸手去拉奶奶的裤管。张奶奶突然明白过来,连忙躲开张小云。

"奶奶你让我看看,你的腿到底受伤了没有?"

"我这好好的,你这是听谁瞎说的啊。"

"我不信,你给我看看,同学都知道了,就是我不知道,对不起奶奶,我没有关心你。"张小云跌坐在了地板上,抽泣着。

张奶奶想拉起张小云,一用力,右腿一阵剧痛,她想坚持住,但疼痛让她不得不把双手放在大腿上,支撑着要倒下的身体。

"奶奶!"张小云一声惊叫,迅速爬起,抱住了奶奶,把她扶到了沙发上。

张小云进家时没有关门,叫声惊动了对门的卢奶奶:"这是怎么了?刚刚不是好好的吗?"

"我奶奶的腿!"

"让我看看。"张奶奶还想阻拦,卢奶奶是个急性子,一把推开张奶奶的手,"你就是犟,让我看看要紧不!"

掀起了奶奶的裤管,张小云看到奶奶的右脚踝肿得连袜子都穿不上了。她抱着奶奶哭道:"怎么会这样?"

"没什么大不了的,就是扭了一下,听话不哭了。"

"还没有什么大不了的?都差点伤到骨头了,幸好是韧带撕裂,医生不是叫你好好休养的吗?你就是不听!要是留下后遗症看谁来照顾你,都这么大岁数了还不知道爱惜自己。"卢奶奶的话语就像落地的珠子,又快又急。

"奶奶,你的脚到底怎么扭伤的?"

张奶奶刚要张嘴搪塞,卢奶奶就抢过了话茬:"听说你不见了,她慌慌张张地去找你,天黑看不见路,一脚踏空,从台阶上摔了下去,当时还硬撑着,我好说歹说,她才做了检查,做了几次理疗,这两天又没去。"

张小云终于明白了,在医院里奶奶每天都说回家有事情,让紫荷来照看自己,原来是奶奶瞒着自己去治疗脚伤了。奶奶不想让自己担心,也不想浪费医药费,要不是卢奶奶劝说,她才不会花钱看医生。

"哎呀!"张小云一拍大腿,她想到了卢亮的话,"卢奶奶,卢亮说是你告诉他我把奶奶推倒的。"

"什么?我会说这话?"卢奶奶是个急性子,一下子跳了起来,拔腿就往外走,人还没出门就开始叫唤了,"卢亮你过来,我什么时候说过小云推倒张奶奶啦?"

"老卢你别急,我还不相信你吗?肯定是那孩子不懂事乱说的。"

你千万别和孩子一般见识。"

过道里回荡着开门和关门声,卢奶奶的叫唤声越来越远了,看来卢亮不在家里。

"小云这到底是怎么回事?不要瞒着奶奶。"

"哎呀,没什么的,就是几个男生在学校里造谣,说我把你推倒摔伤了。"

"我知道你的心里特委屈,他们也太不像话了,哪有这样欺负人的,我明天找他们算账去,上次的事情我都没说什么,这还蹬鼻子上脸了。这帮兔崽子,不给他们点颜色瞧瞧,还要上房揭瓦了!"

"好啦,我知道您是我们学校家委会委员,对我们学校有过贡献,不过这样的小事情就不用劳您大驾了。"张小云故意说着俏皮话,她想缓和一下气氛,"谣言就是谣言,我不怕。我只担心你,你的腿受伤了我都不知道,说明我平时没有关心你,奶奶我错了。"张小云把奶奶抱在怀里,这是她第一次抱奶奶。

"孩子……不说了……不说了……"一向说话干脆利落的张奶奶,声音断断续续,她努力地睁大眼睛,几滴浑浊的泪水在眼眶里打转,"奶奶没有白疼你,有你这句话奶奶就知足了!"

张小云紧紧地抱着奶奶,她第一次发现,奶奶是那么瘦弱,脸上的皱纹那么密,就像小区里那棵老榆树的皮。

"奶奶你怎么会跌倒呢?你说你原来经常走夜路的。"

"天黑了还没有找到你,我当时心急,慌里慌张的,要不奶奶怎么会跌倒呢?"

"奶奶,你心里是不是害怕啊?"张小云想起了奶奶在医院里说过的话,当时她就想知道奶奶怕什么。

奶奶轻轻地叹息着,脸上写满了疼爱:"我害怕你伤心,害怕你

受委屈,害怕你将来不能照顾好自己。那天找不到你,我慌了神,头重脚轻地就摔倒了。"

"奶奶……"张小云把头埋在奶奶的胸前,任泪水流淌。

张小云的心中,奶奶就是那棵老榆树,她就是一只小鸟。不管多大的风雨,老榆树总是挺直腰杆,伸展着枝干,保护着那只小鸟,鸟儿的快乐就是它的快乐。

可是奶奶已经老了,她也需要别人照顾。

"奶奶我用热水给你烫烫脚,然后再敷上云南白药,这样会好得快些。"

张小云端来一盆热水,用手指试了试,确定不烫后,拿起奶奶的脚,小心翼翼地脱掉袜子,奶奶的脚脖子已经肿得像吹了气,皮肤变成了暗紫色,张小云又是一阵心酸,连忙用手擦了一下眼睛,故作调皮道:"水有点烫,不许叫,要听话。"

奶奶被逗笑了,连声说:"好,好,奶奶听你的。"

张小云轻轻地揉搓着奶奶的脚,嘴里哼着奶奶教她的童谣:

"小板凳,坐歪歪,爷爷找了个好奶奶,又搽粉,又戴花,爷爷喜得挠脚丫。"

张奶奶身子斜靠在沙发上,幸福地微笑着,操劳了大半辈子,终于可以放松一下,哪怕时间短暂,她也知足了。

张小云给奶奶敷云南白药的时候,奶奶微闭着双眼,轻轻地哼着童谣,脸颊上挂着晶莹的泪花。

第二天,一条新闻传遍了校园。新闻的主角是卢亮和他的奶奶,地点在香草小区,时间是周四下午六点。事件的经过是这样的:

> 卢奶奶扯着嗓子叫唤着卢亮,卢亮和王阳、王晗几个人在

第五章 沉默的狗尾草

狗尾草

小区那儿吹牛皮,就随声应道:"知道了,马上就回家吃饭。"

"你这个兔崽子,还回家吃饭呢,我要打断你的狗腿。"

卢亮一看奶奶来势汹汹,一下子懵住了,奶奶干吗发这么大的火?我招谁惹谁了啊?

正想着呢,王阳站起来猛地推了他一把叫道:"还不快跑,等狗腿打断了,想跑也跑不了了!"卢亮这才如梦初醒,撒腿狂奔。

王晗提醒卢亮:"问问奶奶为啥要打断你的狗腿。"

卢亮这才想起问奶奶:"你为啥要打断我的狗腿?不,说错了,是打断我的腿啊?"

"我为啥要打断你的狗腿,你还不知道?"

"你不说我怎么知道啊?"

"你自己做的错事你不知道?"

"奶奶我是真的不知道,你就告诉我吧,你这样追,我的腿不打也跑断了。"

一阵猛追,两个人都感觉到累了,相距十几米停了下来,都双手扶着膝盖,大口喘着粗气。

卢奶奶瞪着孙子说:"你坏了奶奶的名声!我啥时候告诉你张小云推倒了张奶奶?你说我要不要打断你的狗腿?"话音还未落,卢奶奶又冲了出去。

"妈呀!"卢亮一声惊叫,转身就跑。眼看就要被抓到衣角了,卢亮一个左突右晃,卢奶奶扑了个空,一个趔趄差点被晃倒。这下子卢奶奶吸取了教训,在卢亮围着花园转圈的时候,故意放慢了脚步,在转弯处,一个急转身,迅速掉头,迎面赶了上去。卢亮一看差点和奶奶碰了面,一下子跳进了花坛。一边张口喘着粗气,一边说:

"你要是再追,我就不出来了。"

"你出来我就不追了。"

"我不相信你,你骗人,你到底要怎样才不追。"

"你告诉我你为啥要撒谎,我就不追了。"

"不是我要撒谎的,是有人要我这么做的。"

"是谁?敢教你撒谎,我要打断他的狗腿。"

卢亮看了看王阳和王晗:"对不起了,我跑不过奶奶,没办法只好老实交代了。"

王阳和王晗一看情况不妙,吓得撒腿就跑,卢奶奶明白过来后,气得直跺脚。

同学们三个一堆五个一团,亲眼看见的人成了中心,讲了一遍又一遍,每一遍都讲得眉飞色舞,听的人呢?听了一遍又一遍,每一遍都听得兴致盎然。不时有外班的学生趴在窗口往班级里看,看到熟悉的人总要取笑几句:

"王阳、王晗够机灵的,要不然狗腿就被打断了。"

"这俩小子没被打断狗腿,但是吓破了狗胆。"

"这卢亮的奶奶还真虎,她要是我奶奶,那我怕是羊入虎口、生不如死啦。"

"这才是现实版的容嬷嬷,超级无敌。"

大家一边说,一边笑,相互打趣,相互取笑,还不时地斜着眼睛,瞟一瞟两个人:

卢亮羞得无地自容,手捂着脸,趴在桌子上。

张小云聚精会神地读书,安安静静,从从容容。

卢亮和张小云是同桌。许多人用揶揄的目光看过卢亮后,又讨

好地看了一眼张小云,好像在说:"张小云,我帮你出出气,谁叫他撒谎污蔑你。"他们在嬉笑中带着一丝歉意,毕竟冤枉了张小云。尤其是女同学,故意对着张小云打趣卢亮,在开怀大笑的时候看着张小云,她们期望能够逗笑张小云,这样她们才会心安。

苗圃和杨柳几个女生走到张小云座位前,苗圃一脸歉意地对张小云说:"对不起,我误会你了。"

张小云拍了拍苗圃的肩膀,微笑着对几个好伙伴说:"我不怪你们,是事情太巧合了。没事的,已经过去了,我只想奶奶的脚能好得快一点。"

"那奶奶的伤现在怎么样了?"

"昨晚又扭了一下,加重了,今天早上我把她送到了医院针灸了。"

"有什么要我们帮忙你尽管说。"杨柳有些心急。

"不着急,今晚我们会有行动。"田静眼睛一眨有了主意,"不过呢,暂时不能告诉你们。"田静故意制造神秘的气氛。

"你不说是吧,我叫卢奶奶来追你,看你说不说。"说着,张怡就要挠田静痒痒。几个人正要伸手帮忙,这时临班的一个男生站在门外吼了一声:"卢亮的奶奶来了!"

谁信呢?没人相信。这家伙真会开玩笑,没事想让大家玩心跳,真无聊。

"卢奶奶来了,还拿了根打狗棒!"大家刚刚稳住神,坐在窗口的杨子涵吼了起来。平时他负责通风报信,从窗口看到老师来教室,总会一声"嘘"后来一句:"目标出现。"然后大家开始装模作样。而这次连一贯处变不惊的杨子涵都慌了,大家开始信了,班级里一下子安静下来,王晗和王阳站起来紧张地向外面张望。

卢奶奶真的来了,她的手里真的拿着一根木棍。

第五章 沉默的狗尾草

卢亮吓得要躲到桌子底下，王晗和王阳吓得傻了，看着王大力，王大力不耐烦地说："你们看我干啥啊，傻了啊，该干吗干吗呗。"

"那我们先出去躲躲。"

"你放心我们不会出卖你的。"

"你们已经出卖我了。"王大力是哭笑不得、进退两难，他干脆摆出了一副无所谓的样子。看着几个男生的狼狈相，大家忍俊不禁。

每个人的目光都定定地看着教室外，卢奶奶走到了教室门口，手里的木棍往地上一敲，把每个人的心都敲得"咚咚"直跳，她的目光扫过每一个人后，转身向办公室走去。

每个人都松了一口气，几个胆小鬼拍了拍胸脯连声说："吓死我了，这气场也太强大了。"

大家刚刚松了一口气，卢奶奶又来了，李老师跟在了身边。

"今天我请来了卢奶奶，是想澄清一件事情，那就是张奶奶的腿到底是怎么伤的？"李老师顿了顿，看了一下卢奶奶，卢奶奶又一次扫视了每个同学后，用力地点了点头。

"有些同学对张奶奶还不了解，所以我要先讲讲张奶奶的事迹。香草小学是一九九八年重建的，前后花了一年的时间，当时条件非常不好，建校的资金很紧张，村里就动员大家义务劳动，有的人不愿意干，张奶奶就找他们做思想工作，告诉他们这是为自己的子孙后代盖学堂，为自己的后人做事情还要报酬啊？那些人被张奶奶说得灰溜溜的，都老老实实地去工地上干活了，我们香草小学是张奶奶带着乡亲们建起来的。"

一口气说了这么多话，卢奶奶停下来喘了口气，因为激动她不停地变换着姿势。"可是有人造谣，不仅伤害了张小云，也伤害了张奶奶，这些同学有良心吗？"又是一声清脆的响声，木棍重重地敲在

了地板上。

"这件事情,除了王晗、王阳、卢亮外,还有谁参与?"王大力故作镇定,他想迎着李老师那双严厉的目光,但有些心虚。"是谁,老师心里有数,同学们心里也有数,你还是自己站起来吧。"许多同学已经偏过头来看着王大力,有的人带着鄙夷的目光。王大力坐不住了,他极力掩饰着自己的不安,慢慢地站起来,把头斜向一边。他想像往常一样,摇晃着身子,但动作僵硬,失去了往日的节奏感。

"杨子涵你去把王阳、王晗找来,他们几个要先向张小云和张奶奶道歉,然后我们再决定怎样处理他们。"

"老师我可以说一句话吗?"张小云站了起来。

她想干什么？看来王大力要栽大跟头喽！每个人都在心里嘀咕着,暴风雨就要来了,对决即将开始!

"老师我看这件事就算了吧,要不是他们,我还不知道奶奶的腿受了伤,我现在只想奶奶的腿能快点好,过去的事情就过去了吧。"

出乎所有人的意料,大家看着张小云,突然想起她是他们的班长,而好多男生有一段时间不这样认为了。王大力努力地挺了挺胸脯,但在这个弱小的女生面前,他有些底气不足。张小云把目光停留在王大力身上,平静又从容。"如果哪位同学对谁不服气,我们就光明正大地比试,当然是比学习、比做人、比能力,千万别比歪门邪道!"

教室里一片静寂,静得能听到急促的呼吸声。

卢奶奶看着张小云,由于激动,木棍不停地敲打着地面:"你看这孩子多懂事,你们都学着点,别光长个子不长心眼。谁要是再做对不起良心的事,我就打断……"卢奶奶把木棍举到了半空,刚想用力一挥,突然双腿一阵酸痛,眼看要站立不稳,双手撑在了讲台上,

木棍"哐当"一声落在了地上,卢奶奶连忙干咳两声,来掩饰满脸的尴尬。

旁边的同学赶紧捡起木棍:"卢奶奶你的打狗棒。"边说边挥舞几下,有些同学开始抿着嘴,偷着乐了。

"谁说我这是打狗棒?看不出来吗?我这是拐杖。"

"那卢奶奶你的腿怎么回事?"

卢奶奶知道上当了,干脆便宜一下这些小鬼:"还不是追卢亮给累的嘛。"

所有的人都笑了。卢奶奶笑的时候,露出了两颗又大又丑的假牙,卢亮急得连忙提醒,卢奶奶连忙用手捂住了嘴巴,木棍又一次掉在了地上,有同学连声叫道:"卢奶奶你的打狗棒。"

"那不是打狗棒,是拐杖,笨。"

"那是打狗拐杖。"

笑声像涨潮的水,一浪高过一浪。笑声中不时有目光投向张小云,目光里有愧疚,有敬佩。

风雨过后,阳光灿烂。

第六章　奶奶听话

香草小区北大门前是一条小路,沿着这条小路一直向前就是香草河,那里还保留着以前的一个老渡口,一艘老旧的客轮在香草河的南岸和北岸之间穿梭。那些走近道的人,每天都从这条小路上经过。于是,许多小商贩们就在香草小区的北大门附近聚集。到了下班时间后,这里就开始热闹起来,不管是南来的还是北往的,经过这里时都要停留一下,看一看有什么要买的顺便带回家。这时小贩们也开始卖力地吆喝起来,叫卖声此起彼伏。

"乡下来的大蒲瓜,香草河边的大西瓜。"

"香蕉、苹果、甜鸭梨,甜鸭梨吃了管喉咙。"

"糖炒——魁栗——"

"火腿——粽子——"

"卖馒头,老面馒头,荞麦馒头。"

"透透鲜个熟陀菱。"卖菱角的挑着个木桶,菱角还是热的,用木桶盛着,上面盖块毛巾,卖时掀开毛巾,热气腾腾的。

卖甜酒的沿着小区叫唤:"甜酒酿——哉嗬。"挑着担子,一边是一圆缸甜酒酿,一边是碗瓢等。买的人可自带回去,也可用担子上

第六章 奶奶听话

的碗瓢吃。

哪个孩子要是得到了家长的奖励,就会把大人带到这儿来。好吃的,好玩的,想买什么就买什么。遇到熟悉的同学,大方地扔过去一些"战利品",然后在一双双羡慕的眼神中,扬扬得意地走过去。

这个地方最能引起大家的注意,只要你在这里转溜一圈,好多人都会问东问西,买了什么,一共花了多少钱,都打听得清清楚楚。

每天总有一些学生,回到家书包一扔,就到香草小区北门转悠一圈,看一会儿热闹,再回家吃晚饭。

放学后,张小云到医院接奶奶了。田静、杨柳、张怡和苗圃一起来到了北门,她们把张奶奶放在传达室的玩具搬了出来,在大门口东侧摆好了地摊。

陆续有孩子拉着大人的手走了过来,几个人干张嘴吆喝不出来。杨柳憋了半天,总算喊出一句:"买玩具喽。"但是声音轻飘飘的,被淹没在嘈杂的叫卖声中。

闲逛的人,一波一波地从摊子边走过去,急得杨柳抓耳挠腮。

田静急中生智:"一个人的声音太小,人多力量大,我们四个人一起叫。"

"买玩具喽。"杨柳一时性急,田静的话音还未落,她就叫唤起来,一看不对,连声问道:"你们怎么不叫?"田静笑得合不拢嘴:"你不是叫了吗?"杨柳一看上当了,伸手要挠田静,田静连忙求饶:"侠女息怒,小女子有妙计献上。"田静说出了自己的想法,几个人连连点头。

"魔术表演,免费观看,真情奉献,魅力无限。"四个人齐声叫唤,那银铃般的声音,穿过讨教还价声,穿过喧闹声,钻进了每个人的耳朵里,立刻有许多人围了上来。

狗尾草

田静见时机已到,马上宣布:"下面有请张怡为大家表演'梦幻魔法球'!"

张怡双腿微微分开站定后,左手捋了捋头发,轻轻地吸了一口气,猛地抬头,右手上下一挥,魔法球开始上下跳动起来。张怡全身仿佛充满了魔力,她不停地变换着舞动的路线,魔法球围着她的身体上下翻飞。手臂不停地舞动着,身体不停地旋转着,越来越快,越来越急,魔法球闪着五色光芒,让人眼花缭乱,张怡全身光芒四射。

"好!"掌声四起,不断有人向这边汇集。张怡更加卖力了,只见暮色里一团五彩的光芒不断地变换着形状,让人眼花缭乱。

人已经围了里三圈外三圈,挤不进来的小孩在外面哭闹着。

"下面有请杨柳为大家表演'奇妙的鱼'。"

第六章 奶奶听话

"我们见过的鱼是在水里游的,今天我给大家看看在陆地上也能游的鱼。"说着杨柳拿出了一条电动仿真鱼,杨柳打开按钮,鱼儿全身闪着光,摇着尾巴,仰着胖乎乎的脑袋,在地上转悠起来。"这条鱼不仅可以在地上游,还可以在地上跳。"杨柳又转动了一下按钮,鱼儿开始在地上甩着尾巴,弯曲着身体,一蹦一跳的。有几个小孩子已经忍不住地叫道:"我要,我要!"

"不要急,只要你们喜欢,每个人都有一份哦。"田静扯着嗓子吆喝起来,"最新的科技产品,亲情大派送活动开始了,都过来看一看瞧一瞧喽。"

一个孩子心急,挣开妈妈的手,跑到摊子上拿了一个魔法球。妈妈一步跨了过去,夺了下来:"又不是白送的,要花钱的。"话还没说完,就拽着孩子往回走。那孩子不甘心,一个劲地往后拽,又哭又闹:"我要魔法球,妈妈我要!"

田静向张怡使了个眼色,张怡立刻心领神会,拿着魔法球,在小孩子面前耍了起来。

田静趁机走了过去,故意提高了嗓门:"阿姨您好,您看小弟弟好喜欢哦,您要是没有钱,这个魔法球就送给他了。"

众人一听纷纷劝道:"就买一个吧,不用多少钱的,难得孩子喜欢。"

那个阿姨脸色由青变白,觉得没有办法下台了,就瞪着大眼睛说道:"我说不给你买了吗?我是说等一会儿给你买!"

苗圃见状,马上拿出几个魔法球:"小弟弟喜欢哪一个自己选。"

众人哈哈大笑,大人不好意思把孩子拽走,只好慷慨地打开了腰包。玩具摊前开始忙碌起来。

有些大人没带孩子出来,见表演结束了,正要离开。田静站了

出来,她酝酿了一下感情说:"各位叔叔阿姨爷爷奶奶,我想对你们说说心里话,大人都希望小孩能好好读书,成为家长的骄傲。可是你们是否想过,我们快乐吗?每天除了学习就是学习,你们怕我们耽误时间,没收我们的玩具。你们这样做,知道我们多么伤心吗?没有玩具的童年,我们多么孤独!我们会因此讨厌学习。"

说到这里,田静停了下来。她走到一位老奶奶跟前,这位老奶奶眼圈红了,田静拉着她的手,可怜兮兮地说着:"奶奶您说句公道话,孩子该不该买玩具?"

"该买,孩子我支持你,我给孙女买一个!"

"谢谢奶奶,做您的孙女真好。各位爷爷奶奶叔叔阿姨,你们还在犹豫什么?今天你们花钱给孩子买了玩具,明天他们会更加努力,因为你们的爱,是对他们最好的激励。顺便告诉大家,我就是在爸爸给我买了玩具后,才开始发奋学习的。小投资大回报,相当划算。"

杨柳、张怡一见效果很明显,立刻推销产品。

"音乐睡枕,水果味的,让你的孩子安然入睡,学习时精力充沛。"

"这是木制口哨,可以培养孩子的艺术细胞,陶冶他们的情操。当然大人也可以玩哦。"

"吉祥鸟系列,不仅会飞,而且会叫,花钱不多,只要十元!"

在场的人仿佛中了魔法,争着往摊前挤,买到了玩具还不停地问:"你说这个我儿子会喜欢吗?"然后急匆匆地往家里赶,他们急着要看到孩子开心的笑脸。

几个人忙得不亦乐乎,俨然成了优秀的推销员。就连腼腆的苗圃,也变得大方起来,她们享受着成功的喜悦。

第六章　奶奶听话

张奶奶做完了理疗，医生专门叮嘱道："韧带撕裂至少要休养一个月，没有人搀扶不要勉强下地。"

张小云搀着奶奶坐到了三轮车上，这时候暮色已经降临，晚风徐徐吹来，张小云用力地蹬着三轮车，她的双脚刚好够到踏板，每蹬一下，身子都要向一边歪斜。

张奶奶不放心，不停地关照张小云："要是蹬不动就下来歇歇，不要硬撑着。"

张小云侧过头去安慰奶奶说："没事的，要是蹬不动我就下来推着，只要你听话，我什么都不怕！"

"我听小云的话，好好养伤，不会乱动的。"

"那你还要自己做饭吗？"

"不了。"

"那你还要做家务吗？"

"不了，不了，我老老实实地待着，等着小云伺候我。"

"奶奶听话，现在我来照顾你，不要让我担心知道吗？"

"小云知道心疼奶奶了，奶奶啥也不做了，安心养伤，我还得把小云养大呢。"

路灯亮起来了，吃过晚饭的一家家手挽手悠然地散着步。张小云突然感觉很幸福，心里甜甜的，甜得就像奶奶给她煲的莲子汤。

三轮车缓慢地前行，路灯散发着昏黄的光，把她们的身影拉得好长。

卢奶奶都已经吃过了晚饭，张奶奶还没从医院回来。卢奶奶正在楼下焦急地等待着，老远就看见一群人跟着三轮车走了过来。原来在小区里碰到了熟人，他们知道张奶奶的腿受伤了，都要跟过来看看。张奶奶乐于助人，平时谁家要是遇到了什么困难、发生了什

么矛盾,她总会热情地帮助,小区里的居民都亲切地称她为"居委会老大妈"。

到了楼道口,大伙正要把张奶奶架到楼上,张小云摆了摆手:"还是让我一个人来吧。"

"你一个孩子哪有这么大的力气?"卢奶奶越说越着急,"要是不小心再摔着了,那可怎么办?你这孩子就是犟。"

"卢奶奶,各位叔叔阿姨,你们跟在我后面,要是我搀不动了,你们再帮我。我要一个人搀奶奶上楼,让奶奶相信我可以照顾她!"

一阵沉默,大家都不知道说什么好,他们紧紧地跟在张小云的后头。开始上楼梯了,看了看张小云那瘦弱的身躯,张奶奶犹豫道:"要不你给奶奶找根拐杖,这样你会省力。"

张小云挺了挺腰杆,右手搂紧了奶奶的腰,把奶奶的左臂横放在肩头,语气坚定地说:"我就是你的拐杖,相信我!"

所有的人都不敢相信自己的眼睛,这个瘦弱的小女孩,哪来这么大的力气?张奶奶的身体几乎都压在她的身上,而她一步一个台阶,步伐坚定沉稳。

还剩下最后一个楼梯了,张小云搀着奶奶靠着扶手喘了口气,此刻她只有一个念头:把奶奶搀上楼!

卢奶奶紧随其后,看着张小云走上了最后一个台阶,长舒了一口气,连连拍手夸道:"哎呀,看人家张小云多了不起,有这样的孙女多福气!"

大家都受到了感染,忘记了关心张奶奶的腿伤,一个劲地夸奖张小云,张奶奶乐呵呵地听着。张小云感到害羞,躲进了厨房间开始做饭。大人的话语让张小云感慨万千:在小孩子的心中,大人为他们做事是理所当然;而在大人的心中,小孩子为他们做事那是受

第六章 奶奶听话

宠若惊。奶奶把自己养这么大,自己以前都不知道照顾奶奶,张小云暗暗地责备自己。

晚上七点多,杨柳她们回来了。

在张奶奶和张小云面前,她们你一言我一语,说个不停。卖玩具时的各种花絮,被眉飞色舞地渲染了一遍,快乐洋溢在每个人的脸上。今天晚上有太多的收获,不仅卖了好多玩具,还锻炼了能力。就连苗圃,也敢在陌生人面前推销玩具了,虽然偶尔还会脸红,但声音大了,底气足了,说话连贯了。

直到小伙伴们回家了,幸福还一直包围着张小云。

张小云把奶奶扶到床上睡好,然后躺在了奶奶的身边,静静地品味着这份幸福的感觉。这是一种怎样的幸福呢?她以前也常常感到幸福,那是被奶奶呵护疼爱的幸福。现在的幸福不一样,这幸福是因为她能照顾奶奶了,让奶奶感到了幸福,所以她才幸福。

想到这里,张小云心里美滋滋的,双手不由地抱紧了奶奶,在奶奶的耳边轻轻地说:"奶奶听话,小云搂你睡觉。"

这些天王大力总是感觉有点烦,心中不时冒出一股莫名其妙的失落感。

好多男生一下课不往他的身边跑了,他们似乎越来越尊敬张小云了,至少不和张小云作对了。张小云再也不敲桌子发火了,哪个同学犯了小错误,她总是微笑着提醒一下,对于有些男生故意刁难的问题,她也是一遍又一遍耐心地解释。她在变化,她越来越不像大家印象中那个小老师一样的班长,她越来越喜欢倾听别人的想法,也越来越喜欢尊重别人的想法了。

王阳和王晗站在王大力的旁边,王大力不停抖动着身体,眼睛斜斜地看着那些总想接近张小云的男生。

"张小云,我的作业本被谁弄脏了,你说怎么办啊?"卢亮拿着作业本向张小云求助。

"看着没,已经叛变了,现在向人家示好了。"王大力望着卢亮一脸不屑地说道。

"不着急,等会和老师好好解释一下,我这有本新的你先拿去。"张小云安慰着卢亮。

王大力看着王晗和王阳嘀咕道:"多学着点,看人家是怎样收买人心的。"说完故意提高嗓门大声问道:"你们说说那款反恐游戏爽不爽?"王晗、王阳心领神会,装出一副超级享受的样子:"超级无敌棒棒棒,一枪爆头,爽——歪——歪!""王大力你的装备真好,什么时候给我弄一个?"

他们一唱一和,有几个男生受不了诱惑,悻悻地走到了王大力跟前,奉承上几句,开始试探着能不能一起玩这个游戏。王大力的身边又多了几个男生听他谈游戏,可更多的男生只会回过头去看一看,或者也附和着说上几句笑上几声,但他们不愿意离开自己的座位,不愿意再像前段时间那样围着王大力了。

让王大力更加焦躁不安的事情继续发生着。

在张小云的带动下,越来越多的人喜欢课余时间阅读课外书了。班级里还办了一个图书角,他们从图书馆和家里搜集了好多课外书,苗圃担任图书管理员,一到课间许多人都挤到苗圃面前登记借书,有的同学为了看同一本书还吵了起来:

"这本书是我先拿到的,所以我应该先看。"

"我昨晚上就想借了,因为马上放学了我才没借,今天应该我先看。"

要是以前,张小云马上会冲着他们两个大声吼道:"吵什么吵,

为了一本书,在这里吵架,多丢人,你们谁也不要看了。"但现在的张小云满脸微笑,两个人为了一本书争吵让她开心,说明他们喜欢读书了。

张小云先把张晓风叫到一边:"这书是你先拿到的?"

"是的呀!我不骗你。"

"我相信是你先拿到书的,理应你先看。可是你想一想,在这个时候,你要是把书让给陈兴看,大家对你会不会刮目相看呢?好好想想。"

张晓风挠了挠头,想了想张小云的话还是有道理的,不情愿地对张小云说:"那就先给他看喽。"

"不急,等一会你看我手势,再告诉陈兴让他先看,那样才大气!"

同样的话,张小云用同样的方式对陈兴说了一遍,两个人都想显示自己的大度。张小云的手一举起来,他们几乎同时说道:"书你先看吧。"两个人的话一出口,都觉得自己不能先看,非要对方先看才有面子。于是,两个人又争了起来。"你先看,书是你先拿到的。""我拿就是给你看的,你先看我才高兴。"一时间争执不下,惹得班里的同学哈哈大笑,有的男生还比画着给双方加油。王晗和王阳忍不住地想去凑热闹,王大力用眼神阻止了他们。

一见时机成熟,张小云出场了:"你们剪刀石头布,谁赢了谁先看。"这是个好主意,陈兴和张晓风一番比拼,陈兴拿到了书,一脸的无辜,张晓风举起了胜利的手势:"噢耶,书先给他看了。"

就像冰封的湖面,吹过几缕春风后,开始慢慢地融化。班里的氛围一天天好转,男生和女生开始讲话了,眼神里也充满了友好。

张奶奶的腿恢复得很快,两周以后,脚踝开始消肿了,撕裂的韧

带也在愈合。张小云把卢奶奶的木棍加工了一下,用刀子在上面雕刻了图案,抹上了水彩,用塑料泡沫刻了个龙头,涂上颜色后装在了拐杖上,然后双手举着,单膝跪地:"奶奶请接杖,这可不是一般的拐杖,这是龙头拐杖,皇上御赐的,上打昏君,下打奸臣。"

奶奶乐呵呵地说:"那我先打你试试。"

"奶奶你不用拿我做试验,要试,我陪奶奶来个穿越,您老人家到宋朝试试,那里的人很怕龙头拐杖的。"

"我还是先在小区里转悠一下,向左邻右舍炫耀一下我孙女做的龙头拐杖吧。"

"奶奶要听话,不准老和别人夸我,人家现在懂得低调了,知——道——不?"

"知——道——了,我最听小云的话啦。"

张奶奶右手拄着拐杖,张小云在左侧搀扶着。张奶奶发现张小云又长高了,已经超出她的肩膀了。想一想日子过得真快,张小云都长这么大了,她的嘴巴和鼻子多像爸爸,眼睛多像妈妈。可怜的孩子啊,刚满月就没了父母,十一年了,都过去十一年了,张奶奶竟忍不住地抽泣起来。

"奶奶你怎么啦?"张小云担心奶奶的伤是不是加重了,赶紧把奶奶扶到花坛边坐下。

张奶奶意识到自己失态了,连忙掩饰道:"没什么,小云这么懂事,奶奶好开心!"

"奶奶听话,不哭了,是你把我养大的,我照顾你是应该的,我现在可以照顾你了。"

"你每天要早起做饭,中午还要把我送到医院,晚上把我接回来,伺候好我还要和田静她们去摆地摊……"奶奶顿了顿,右手轻轻

地抚摸着张小云,"小云这些天累了。"

"我不累,我很开心,因为我能照顾奶奶了!"

夕阳西下,归巢的鸟儿穿过片片晚霞,老榆树静静地站立着,有几只鸟儿落在枝头"叽叽喳喳"。落日的余晖里,祖孙俩紧紧地依偎在一起。

第七章　神秘的老人

日子在忙碌中度过,在张小云的悉心照料下,奶奶的伤痊愈了,她放下了拐杖,可以到处走走了。终于重获自由,张奶奶一吃完早饭就去卢奶奶家唠家常了。

张小云特别开心,她想找个人说说话,来分享自己的快乐。找谁呢?她想到了狗尾草,今天是星期天,不用上课,她一大早就去看狗尾草了。

早晨的阳光透过薄薄的雾气,在狗尾草丛上悠闲地溜达着。潮湿的青草气息,在初夏的清晨肆无忌惮地飘散。几声布谷鸟的鸣叫,清脆悠远。裸露的泥土上,夏花点点。狗尾草做完最后一个梦后,在晨风里摇摇脑袋伸伸懒腰。

天空真蓝,阳光真灿烂。张小云贪婪地呼吸着,她感到周身的血液在快速地流淌着。

"狗尾草你知道吗,我能照顾奶奶了!"张小云抚摸着毛茸茸的狗尾草,狗尾草俏皮地摇晃着脑袋。"还有哦,我知道该怎么和同学相处了,你为我高兴吗?"张小云摇了摇一棵狗尾草,"你怎么还摇头啊,你要我啊,不理你了。"张小云噘着小嘴,把头摇成了拨浪鼓。

第七章　神秘的老人

"不理你是便宜了你,我要挠你痒。"张小云轻轻地拨动着狗尾草,唱起了快乐的歌谣:

  小狗尾巴摇摇
  小草尾巴摇摇
  小狗尾巴翘翘
  小草尾巴翘翘
  摇啊摇　翘啊翘
  摇啊摇　翘啊翘
  变成一棵狗尾草。

张小云像一只自由的精灵,在天地之间尽情地蹦跳,狗尾草给她伴舞,鸟儿陪她歌唱,风儿吹着口哨,太阳偷偷地笑。

这一刻,世界上所有的一切,都躲进了童话的一角。

"摇啊摇,翘啊翘,变成一棵狗尾巴草。"张小云隐约听到有人也在唱歌谣,那声音很苍老。是谁呢?张小云支起了耳朵,可是除了风声,四周静悄悄的。难道自己听错了?准是自己听错了!张小云莞尔一笑,亮起了嗓门又唱了起来。

张小云又听到了!有人在唱歌谣!那苍老声音飘过耳畔。

她迅速地向四周看了看,没有人啊。难道又是耳朵欺骗了自己?哦!想起来了,是狗尾草。除了狗尾草还有谁啊?可是狗尾草怎么会唱歌呢?

这里就她一个人,怎么会有人和她一起唱歌谣呢?而且那声音苍老低沉,难道……

张小云想起了小时候,她喜欢和小伙伴们到香草河边玩。奶奶

狗尾草

告诉她,香草河边有一个老妖怪,变成了一个老爷爷,专门抓小孩。张小云害怕了,就不敢到河边去了。后来张小云知道了,世界上哪来什么妖怪啊,那是奶奶骗她的。

不过,此时她有些害怕了。

她分明听到了苍老低沉的声音,难道真的有妖怪?张小云不由得用眼角向四处瞟瞟,风儿吹过,她感到冷飕飕的,头皮开始发麻,身上起了鸡皮疙瘩。

她想逃,刚要抬脚,看到了狗尾草,它们仿佛在笑她胆小。张小云转念一想,我为什么要逃啊,要是真有妖怪,那才好呢,我是第一个目击者,那可是要轰动宇宙的。一不做二不休,多大的事儿,就算真有妖怪,谁怕谁还不一定呢!

张小云判断了一下声音的来源,应该是在西北方向。她吸了一口气,挺直了腰杆,壮了壮胆子,正要走过去。转念一想,这样过去目标太大,应该注意隐蔽。对,要卧倒,匍匐前进。张小云一拍脑门,暗自庆幸自己想出了好主意。她轻轻地向前爬,手脚并用,身体向前挪动着。前面是一小片灌木丛,张小云正想着怎么过去,忽然"扑棱"一声,灌木丛一阵晃动。

"妈呀!妖怪!"张小云失声尖叫,心跳加速,她双手捂住眼睛,趴在地上,吓得不敢动弹。

"喵喵喵喵……"一阵慌乱惊叫声过后,有个白影从张小云的头顶掠过,张小云从指缝里看到,原来那是一只鸟!那

第七章 神秘的老人

鸟儿拍打着翅膀,直冲云霄。

虚惊一场,张小云躺在狗尾草上,呆呆地望着蓝天,那只鸟不见了,是不是飞到云朵里去了?她多想变成那只鸟,即便害怕,也要勇敢地飞向蓝蓝的天!

这样一想,张小云干脆站了起来,哪有什么妖怪啊,刚才准是自己听错了。

张小云站了起来,就在她拍打身上泥土的时候,发现了路边的沟里,有一个老人,穿着褪色的军装,正倚着一棵柳树向这边张望着。当四目相对的一刹那,一股寒意顺着张小云的脊梁骨往上蹿,让她双腿发软、额头冒汗、呼吸困难。

"香草河边有个妖怪,变成一个老爷爷专门抓小孩!"奶奶的话又响在耳边。

"妖怪啊,真的有妖怪!"张小云语无伦次,惊慌失措,撒腿就跑。

"别跑,别跑……"那苍老低沉的声音越来越近,妖怪追来了。张小云双腿一软,一个踉跄跌倒了。

"别怕,孩子别怕!"

"我能不怕吗?你干吗好好的人不做,要做妖怪啊?"张小云怎么也爬不起来,干脆闭上眼睛,趴在地上听天由命。

"孩子不怕,吓着你了。"那苍老的声音就在耳边。

"遇到了妖怪谁不怕啊?"张小云闭着眼,双手胡乱地挥舞着。

"看来你真被吓到了,都说胡话了。你睁开眼睛看一看,这大白天的哪里来的妖怪啊!"

"你装成了老爷爷,就不是妖怪了啊?说吧,你想把我抓哪里去?"

"哈哈哈……"老人笑得直不起腰,"我是妖怪?你看我像妖怪吗?"

"这样好玩吗？想干吗就直说，你不会要告诉我你是外星人吧。"

"看来你真的被吓傻了，又要上医院了。"

"又要上医院？你什么意思？我干吗又要上医院，我没病。"

"一口一个妖怪的，正常人能看到妖怪吗？"

"我就看到了啊，他躲在沟里，还学人唱歌，做妖怪也要光明正大嘛！"

"哦，我知道了。那个童谣我们小时候经常唱，刚才听到你在唱，就忍不住哼了几声。本来想上去和你打招呼的，看到你爬着去捉鸟，我怕惊跑了鸟，就没敢动，后来鸟儿飞跑了，我看你吓得大叫，就觉得奇怪，所以往你那边看啦。"

"好像有道理哦。"张小云心里想着，偏过头去看了看，老人向张小云伸出双手，张小云把手缩在了身后，"那我问你，没事你到沟里干吗？"

"那我问你，没事你和狗尾草说啥话呀？"老人笑了笑，"还没事找啥妖怪。"

"是我先问你的，你先回答我。"张小云把脸偏到一边去。

"好，我先回答你的问题，不过你要先站起来，我才能告诉你。"老人微笑着伸出了双手，"孩子不怕，爷爷不是妖怪，妖怪早被我打跑了。"

老人的话让张小云想笑，紧张的情绪有些放松了。

"起来吧，不要让妖怪看你的笑话。"

现在听起来，那苍老的声音很温暖。看来是自己太紧张了，她犹犹豫豫地伸出了双手，老人用力一拉，叫了声："起来喽。"

那双拉起张小云的手有些粗糙，但热乎乎的。老人长舒了一口气，帮张小云拍打身上的泥土。

第七章　神秘的老人

张小云这才留意到,老人慈眉善目,古铜色的脸庞,坚毅的目光,笑起来那么慈祥。看样子不像坏人,坏人怎么能长成这样呢?

"我知道你心里有很多疑问,想知道答案的话,就跟我来!"

张小云站着没动,这荒郊野外的,还是要小心点为妙。

老人似乎看出了她的心思,随口来了一句:

"你有一段时间没来了吧?"

不会吧?他怎么连这个都知道?到底是怎么回事?张小云疑虑重重,想立刻弄个明白。见老人已经走出了十几米,张小云赶紧追了上去,她似乎忘记了心中的担忧。

"等一等,你是怎么知道的?"张小云拦住老人,满脸疑惑。

老人一副云淡风轻的样子,轻描淡写地说道:"跟我来,你会明白的。"

张小云还想追问,却见老人已经走到了小路边。香草河在这里转了一个弯,向西北方向流去,留下了一片开阔地。

张小云站在那里,心里又忐忑起来:这老人神神秘秘的,要是坏人怎么办?

老人从小路边走下去,虽然是下坡,但每一步都是那么轻松。到了下面,他回头看着张小云,又露出了慈祥的笑容。

张小云看着老人,觉得他怎么也不像坏人,可转念一想,"坏人"这两个字怎么会写在脸上呢?还是不能放松警惕!

看着张小云一副紧张的样子,老人忍不住地笑了:"我要是坏人,你上次来的时候就把你抓起来了,还用等到现在吗?这样吧,我把手机给你,你和我保持着距离,我要是坏人,你随时打电话给警察叔叔哦。"

张小云转念一想,老人说的有道理,他要是坏人的话,早就把自

己给抓起来了,干吗等到现在啊。再说了,这位老人好像知道她。在好奇心驱使下,张小云决定要一探究竟:"那你走远点,我下去。"

老人笑着,走到了远处。

张小云一下来,就惊呆了!

她的面前,是一个天然的浅坑,深不到一米,有三间屋子那么大,正中间长着一棵粗壮的柳树,柳树的枝干向四周伸展,有一百多平方米,像一个圆圆的房顶,这里就是一个天然的绿房子。

东边,一片狗尾草;西边,香草河流过。

"太美了,还有这样的地方,要是树上住着几只松鼠,地上再有几只毛毛兔,那该多好啊。"张小云出神地望着眼前的一切,"我这不是在做梦吧?"

这里的一切,让张小云抛弃了杂念,仿佛一个美好的世界在向她招手,她不由自主地走到了"屋子"里面。

"屋子"四周开满了野花,柳树长在"屋子"中间,阳光透过树叶的间隙跌落,碎了一地。旁边一根光滑的树桩,上面放着一壶茶,一台老式收音机在播放着戏曲。

"哇,原生态的,我给它起个名字,叫什么呢?"张小云想了想,"树屋,就叫树屋好吧?"她朝着外面的老人喊道。

老人乐呵呵地听着,点点头表示认可。

"这是你的家?你一直住在里面?"

老人摇了摇头,又点点头。

不就是有时候住,有时候不住嘛,装神秘!张小云看了看微笑不语的老人,脑海里冒出了一个问题:

"那你在这里干吗?"张小云越来越好奇,"难道你在等传说中的外星人吗?"

第七章　神秘的老人

"想知道吗？往西边看。"老人指了指河面。

张小云从树屋里探出头，香草河的水从眼前缓缓流过，芡实、菱角随波漂荡，叶子绿得发亮，一丛丛芦苇在微风中摇晃着。

"看水草吗？"张小云疑惑不解。

老人微微一笑，从怀里掏出一个木制的哨子，几声清脆的哨音穿过树梢，飞向瓦蓝的云端。过了一会儿，几声悠长的鸟鸣，和着哨声，穿越蓝天，溜过耳畔。

张小云满心好奇，她想走出树屋，而老人似乎看穿了她的心思，朝她摆了摆手，让她不要动。

一阵拍翅的声响，几只水鸟钻出云彩，从远处飞来。它们在空中盘旋着，鸣叫着，一个低飞，双翅成V字形舞动，身体上斜，黑色的尾尖轻点水面，细长的双腿向下拉伸，落在随波浮动的芡实叶子上，抖动几下羽翼后，抬起头，"喵喵"地叫了几声，好像在和老人打招呼。

张小云太激动了，她有些忘乎所以，正要探出身子，老人摇了摇头，像变魔术似的，拿出了一个望远镜，走了过来，递给了张小云。张小云会心地笑了：老人就像一个变戏法的魔术师，好神秘！

张小云举起望远镜，水鸟就在她的眼前。

多美的鸟儿啊！一身羽毛五彩缤纷，雪花一样洁白的面颊，头戴一顶黑色的贝雷帽，脖子上围着一条镶着黑边的黄丝巾，背上披着一条橄榄色的披风，在阳光下流动着紫色光晕，两翼黑白相间，如泼墨的纸扇相映成趣，黑色细长的尾羽高高翘起，临风而立。

太阳慢慢地升高，云朵在河面上缓缓飘过。几只水鸟拖着长长的尾巴站在芡实、菱角的叶片上，尾巴与倒影合成了一个圆，微风拂过水面，那五彩的羽毛如缤纷的落英，在水中轻轻抖动，曲曲折折的

狗尾草

第七章 神秘的老人

倒影五光十色。

眼前的一切像一幅画,一幅立体的透明的画,透明得没有一丝杂质,透明得让人心中一片宁静,宁静得让人想屏住呼吸,宁静得让人忘记了自己。

时光在张小云的心中静止,光阴此刻不再流转。

"我这是在哪里?"

一切如梦如幻,整个世界就是一个正在绽开的花骨朵,那美丽的鸟儿正在穿越时光,伴着一轮红日飞翔。

"我是在做梦吗?"

老人看着张小云,脸上一副慈祥的笑容:"你在王母娘娘的瑶池边,你现在不是做梦,是在做神仙。"

"神仙?哦,我知道了,你是神仙下凡,快点告诉我你是哪路大神下凡?"

"我不是妖怪是神仙了啊?"老人把望远镜从张小云的眼前拿开,拉着张小云坐在了木桩上。他走出树屋,不远处有一口悬着的锅,老人往锅里加了水,又拿了一把干柴生了火,几分钟后,一锅水就开了。

"先喝一杯菊花茶。野菊花是我在河边采摘的,尝一尝味道咋样。"

张小云看着老人,她有太多的疑问,一时不知从何问起。

老人的目光如缓缓流淌的河水,清澈、悠远。他喝了一口茶,望着香草河。张小云的耳畔,响起了老人低沉的话语,就像这初夏的风吹过,不急,不缓,像是在讲一个故事,又像在自言自语。

"你看它们的姿态多优雅,就像从天上下凡的仙子,这里就是它们的家,飞累了就在水草上栖息……"

狗尾草

这时几只鸟拍打着翅膀,鸣叫着,嬉戏着,一身艳丽的羽毛像五彩的云,在碧绿的水草上飘荡。

"它们是淡水湿地上姿态最优美的鸟,学名叫水雉,人称凌波仙子,或是水凤凰。"

"凌波仙子""水凤凰",多好听的名字。张小云双手托腮,若有所思。

"要是乘着它们飞到云霄里多好啊!"几朵洁白的云挂在湛蓝的天空中,张小云的思绪飞到了云霄上。

"现在环境不断恶化,水质越来越差,绝大部分河流被污染,湿地在迅速消失,水生植物大量减少,所以这种鸟越来越少了。目前数量稀少,只在一些地方有零星发现。"

老人突然一声叹息,语气变得格外沉重:

"我们这儿只有五只!"

"只有五只?"

张小云着急起来,她担心这美丽的鸟儿随时就会消失,再也看不到它们了。

"这种鸟以前很多,后来都飞走了。前年,我在监测香草河水质时,偶然发现了两只。当时是六月份,它们用狗尾草的叶子在水草上营巢,准备产卵孵小宝宝。从那以后我就追踪它们,那年它们一共产下了四枚蛋,到了八月份小鸟就要出壳的时候,一家工厂偷偷地排放污水,水质变了,鸟儿就飞走了,可惜啊!"

"那后来呢?"张小云在为鸟儿担心。

老人的声音有些颤抖,他停顿了一下,深深地叹了一口气。

"我把那几枚鸟蛋拿到了动物保护站孵化,过了几天,有一只雏鸟出壳了。我们想喂养一段时间再到野外放生,没想到它野性太

第七章　神秘的老人

大，在笼子里不停地扑腾,一开始以为是饿的,给它喂食,它不吃,最后死掉了。"

老人双眉紧锁,眼神里满是哀伤。

张小云看着老人,觉得他就是一尊菩萨,想到刚才的担心,她的脸红了。

"爷爷你不要难过了,这不是你的错,你已经尽力了。"

"你叫我爷爷了,太好了,我要是有你这样的孙女就好了。"老人往张小云的杯子里加了点热水,"想起这件事我就会难过,这些鸟要是再不保护,就会灭绝,后人只能在博物馆里见到它们的标本了。"

"那现在不是已经有五只了吗？这是怎么回事啊？"

"后来那家排放污水的企业被关闭了,香草河的水质慢慢地改善了,我在水面上种植了菱角、芡实等水生植物,那两只鸟儿又飞了回来。为了能留住它们,树屋就成了我的家。去年六月份它们产了四枚蛋,经过一个月的孵化,有三只幼鸟成活了,和它们朝夕相处,我们彼此也熟悉了。"

张小云看了看老人手中的木哨,老人每天与鸟儿为伴,这些鸟儿就像他的孩子一样,他关心它们,爱护它们,为它们操心。

两只嬉闹的水雉,拍打着翅膀贴着水面飞舞,水面上荡漾着细碎的水纹。

"水雉还是神奇的魔术师,随着季节更换羽毛的颜色。每年的四月末,进入繁殖季节,就会更换上黑白相间的繁殖羽。一直到十月末,又陆陆续续蜕下繁殖羽,换上黄褐色的冬羽,才宣告繁殖季节的结束。水雉在换羽过程中,飞羽一次全部脱落,会失去飞翔能力。待飞羽长成后,才能继续飞翔。"

狗尾草

老人说着说着,变戏法似的从角落里拿出了几根羽毛,在张小云的眼前轻轻地抖动着,那黑白相间的色彩,让人感觉仿佛是来自另一个世界。

"每年从四月份开始一直到十一月份,看着鸟儿产卵,看着小鸟出壳,看着飞羽脱落长出冬羽,这段时间它们最需要保护。我除了睡觉,平时寸步不离,直到十一月份它们飞走。而它们给我留下的便是这美丽的羽毛。"老人把羽毛递给了张小云,"喜欢吗?送给你。"

一阵河风吹过,羽毛在张小云的手上舞动着,枝叶间落下的阳光,被风吹得乱乱的,如羽毛一样轻柔,落在老人花白的头发上,也落进了张小云的心里。她感觉暖暖的,这是一种莫名的亲切感。

这个突然出现在张小云面前的老人,让张小云坐上了心情的过山车。现在她很想接近这个神秘的老人,她的脑海中不断地冒出新问题,以至于让她忘记了老人是怎么知道她的。

"你也会唱那首童谣吗?"

"那当然,小时候,到处都是狗尾草,我们经常在狗尾草里玩耍,玩累了就唱童谣。想听吗?我再给你唱一个?"

狗尾草,像尾巴。
小狗跑来看,越看越喜欢。
这条尾巴真漂亮,我想跟你换一换。

仿佛穿越了时空,老人像一个快乐的孩童,带着几分顽皮,那苍老的声音里充满了对童年的回忆与留恋。时光在他的身上流转,仿佛能看到一个快乐的男孩,在狗尾草里和玩伴们一起唱着童谣。张小云觉得那个小男孩没有长大,他一直住在老人的心里。

河水无声无息地流淌着,阳光在细密的水纹上跳荡,水葫芦开出了白色的花朵,几只采蜜的野蜂"嗡嗡"地叫着。

一切都是自由的,一切都敞开了怀抱!

第八章　对台戏

王大力做了一个梦,梦中他和拳皇在高山之巅决斗。

拳皇傲然站立,长袍猎猎,目光如炬,狂风中稳如磐石。王大力背负长剑,凌空而立,体内真气聚集,双方准备致命一击。

围观的人屏住了呼吸,狂风呼啸,群山静立。

王大力猛然一声长啸,真气运转,长剑出鞘,剑气如虹,快若闪电。

这一击是必杀技,用尽了王大力所有的真力,他志在必得。

谁知对方却像空气一样,无影无形,任凭王大力穷尽了所有的力气,都不能打到他的身上。

王大力又气又急,有力用不出。拳皇洋洋得意,哈哈大笑。王大力气急败坏,手足并用,追着拳皇乱抓乱挠;拳皇不急不躁,轻飘飘地围着王大力,玩起了猫戏老鼠的游戏。

王大力暴跳如雷,大喊大叫:"有本事和我痛痛快快地打一次,你这样我看不起你!"

拳皇冷笑几声,目光凌厉,一袭长袍迎风而立:"让你看看我是谁!"话音未落,身形大变。

第八章　对台戏

"你,你,你是张小云?我不怕你,张小云!"

叫声惊醒了王大力的爸爸妈妈,他们叫醒了王大力,原来是一场噩梦。妈妈帮王大力擦了擦脸上的虚汗:"谁是张小云?你们闹矛盾啦?"

王大力把脑袋偏向了一边,他不想回答妈妈的问题。

"儿子你告诉妈妈,张小云是谁,你们到底怎么了?"王大力一言不发,妈妈心急如焚。

"张小云就是张小云,一个女生,我们班的班长,明白了吧,烦死人了。"

"好了,儿子不愿意说就不要逼他了,等他想说的时候再说吧!"

爸爸一向宽容,对王大力的事情从不多问,只要王大力想做的事情,他会尽力满足。在他的劝说下,妈妈不放心地离开了王大力的房间。

东边的天空露出了鱼肚白,黎明的曙光钻进了窗,月亮开始和太阳换岗,早起的鸟儿放声鸣唱。

王大力看了看时间,凌晨四点了。

王大力第一次知道,天原来亮得这么早。平时都是太阳晒到了屁股,在大人的再三叫唤声中,他才匆匆忙忙地起床。

王大力回想着梦中情景,不知道为什么,自己总想战胜张小云。那个瘦弱的女孩,就像一座无法逾越的山。一想到她,王大力总会

狗尾草

莫名地心虚,他想摆脱这样的感觉,可是对手不给他这样的机会,甚至对他的挑衅根本不在意。想到这些,王大力睡意全无,干脆站到窗前,梦中的情景让他心烦意乱。

过了一会,小区里开始有人走动了。三轮车发出了几声轻响,张爷爷和张奶奶出门了,他们要在小区门口卖早点。楼下的小伙子开始发动摩托车了,他一大早要去北岸拖运蔬菜。对面阿花的妈妈起来做饭了,阿花今年上高三,听说她学习刻苦,没想到四点多就起床读书了……

他们怎么可以起得那么早?王大力真佩服他们。要不是做了个噩梦,自己还在呼呼大睡呢。这要怪张小云,居然跑到我的梦里来吓唬人。这个可恶的张小云,我就不相信整不了你了。

突然灵光一闪,王大力想到怎么让张小云难堪了。这一次他要第一个到校,比你张小云到得早。哼!看看谁狠!

想到这,王大力迅速洗脸刷牙,背着书包就往外走。妈妈因为担心王大力,躺在床上毫无睡意,听到开门声,赶紧下床。看到王大力走出了家门,她跟在后面追了出去。王大力走得很急,妈妈一时追不上,开始焦急地喊道:"儿子,你一大早干吗去?有啥事和妈说,不要想不开。"

王大力这才发现妈妈追了出来,有些哭笑不得。"你乱说什么啊,我去上学!"王大力拍了拍书包,"你回家吧,我赶时间。"

妈妈简直不相信自己的耳朵:"儿子你说去上学?你这么早就去上学了?"

"不可以吗?我要第一个到校!"

"可以,可以!"这次妈妈听得清清楚楚,儿子要第一个到校!怎么做了一个梦就变了一个人呢?这太阳怎么从西边出来了啊。"你

第八章 对台戏

还没吃早饭,妈妈去做饭给你吃。"

"你真烦,等你做好饭已经晚了。"

王大力说完扭头就走,妈妈紧紧跟在后面,到了小区门口,妈妈老远就喊:"李奶奶,做一个鸡蛋饼,我儿子等着去学校,你快点!"

"这么早就去上学了啊,你家大力了不起,回头要我家孙子向大力学习。"

王大力似乎找到了一种从未有过的感觉,这种被人夸奖的感觉真好。一路上王大力遇到认识的人就大声问好,他们总是惊讶地看看王大力,然后一番夸奖。

太阳爬上了树梢,红彤彤的光芒铺满大地,香草小学一片寂静。站在校园门口,王大力的心剧烈地跳动着,第一次这么早到校,而且是全校第一个,他有些迫不及待了,恨不得一下子就站在教室门口,然后装作焦急的样子等待着张小云开门。

可是学校的大门紧闭着,王大力有些不耐烦了,拍着铁门叫道:"开门,都几点啦,还让不让人上学啦?"

门卫言师傅每天六点钟准时起床,六点半开门。他刚刚起床,还在洗手间,听到有学生在拍着门大叫了,赶紧跑了出来。一看是王大力,有点不相信眼睛,连声问道:"我在做梦吗?今天这么早?你是不是在梦游?"

"早吗?那我明天来得再早些,最好是你还没起来的时候就叫门。"

"好啊,我早上不要用闹钟了,就怕你不准时。"

校园里空荡荡的,有几只鸟在枝头蹦跳着,晨风在校园里溜达,教室里飘着书香味。

王大力站在教室门口,想象着即将出现的情景,暗自得意。过

了半个小时,终于有学生来了,王大力故意迎上前去问道:"看到我们班的张小云了吗? 这都等了好久了,到现在还不来开门。"

对方首先送给王大力一个惊讶的表情,然后说道:"你来得这么早啊,学习挺刻苦的。"

"张小云还没来,急死人了,想积极都不行。"王大力装模作样地叹了口气。

几乎每来一个同学,他都要询问一次,感慨一次。不一会,早来的同学都知道了,五(1)班的王大力,来得特别早,被关在门外一个多小时。

张小云是五(1)班第二个到校的,她刚进校门,王大力就看到了。不知道为什么,一见到张小云,王大力就有点心慌。他深深地吸了口气,等到张小云走过来时,摆出了一副等得不耐烦的样子,在教室的门口来回走动。

张小云看到了王大力站在了教室门口,连忙擦了擦眼睛,仔细地看了看,没有错,的确是王大力! 看那副样子已经等了好长时间了。

"这么早? 久等了吧。"张小云一脸微笑,礼貌友好。

"不算很久吧,也就是一个多小时吧。"

王大力看着张小云,极力掩饰着内心的得意,马上就要让张小云难堪了,他提醒自己要沉住气。

于是,班里每到一个同学,他都要重复一遍这样的话语:

"知道我等了多久了吗? 一个多小时哦! 白白浪费了这么多时间,你说这管钥匙的同学,怎么就不能早点开门呢?"

当王大力向最后一个到班的同学诉完苦后,一直若无其事的张小云突然站起来,走到了王大力跟前,从兜里拿出了一把钥匙放到

王大力的课桌上,又若无其事地回到了座位上。

"这是什么意思啊?来晚了还要脾气了不是?"王大力把钥匙拿在手里,不停地晃动着,"大家说说这是什么意思?"

"是惭愧了呗,让你站了一个多小时,寸金难买寸光阴啊!"王大力不住地给王晗递眼色,王晗明白王大力的意思,随声附和起来。

这次张小云没有保持沉默,她走到了王大力身边,语气舒缓地就像香草河里的水:"对不起,让你等了很久。把钥匙给你,是为了你以后能随时开门进教室。能第一个到校,你真了不起!我要向你学习!"

张小云的话说得不卑不亢不温不火,王大力听了左右为难:人家把高帽子戴到了自己的头上,这钥匙拿也不是,不拿也不是。得给自己找个台阶下,要不然被捧得这么高,非得摔成内伤不可。这样一想,王大力计上心头。

"你说得轻巧,我站了一个早晨,就这么算啦?这样吧,你要是能让地球不转,我就接受你的道歉,钥匙我拿着,保证每天第一个到校开门。"

"哇,让地球不转,亏他想得出来哦!"

"王大力也太过分了,不就来早了一次嘛,至于这样吗?"

看着大家一脸的诧异,王大力开始扬扬得意,几个死党也按捺不住心中的兴奋,看着王大力,竖着大拇指:"高,实在是高!"

这个狡猾的王大力,出了这样一道难题,不是成心刁难人吗?女生开始为张小云担心起来。谁知道张小云不慌不忙地站起来,看着王大力说:"你说话算数吗?"

"君子一言,驷马难追。"

"要是说话不算数怎么办?"

狗尾草

"谁说话不算数谁就做小狗狗,大家作证。"

张小云点了点头,快步走出了教室。她这是干吗?不会被王大力气糊涂了吧。杨柳几个女生不放心,连忙跟了出去。

王大力他们正准备庆祝胜利时,张小云在几个女生的簇拥下回来了。她的手里拿着一个地球仪,同学们恍然大悟,暗暗叫好。

王大力始料未及,他有些慌乱。张小云站在了他的面前,一脸自信,就像梦中的那个拳皇。张小云轻轻地拨了一下,地球仪旋转起来,王大力感到天旋地转。"男子汉说话要算数!"张小云右手一碰,地球仪静止不动了。

王大力弄巧成拙,仍心有不甘,他还想强词夺理,挽回一点颜面。

"你那是地球仪,不是地球。"

"那你能证明地球现在转动还是停止吗?"

张小云轻描淡写,脸上还带着微笑。王大力一时语塞,心浮气躁,乱了阵脚。

"好男不跟女斗,不就是来得晚不想开门吗,没关系我来开,我为大家服务。"

"王大力同学不要忘记誓言哦,愿赌服输,同学们作证。"

钥匙在王大力的手里像一块烫手的山芋,他想扔掉,但是张小云却让他牢牢地攥在手里,扔不得,叫不得,还得装作无所谓。

有一点王大力是知道的,自己必须第一个到校,自己说出去的话,就像一张拉满的弓,要是做不到,就会弓崩弦断,到时候一定是名声扫地,狼狈不堪。所以王大力一回到家,就匆匆忙忙地吃饭,迅速做完作业后就上床睡觉,明天一定要第一个到校,他不能输!

第一次早睡觉,王大力睡不着。不如再打一会游戏吧,现在才

第八章 对台戏

七点多,到八点钟再睡也不迟。可一打游戏,王大力就忘记了时间,等到妈妈提醒他该睡觉的时候,已经十点了。王大力躺在床上,脑海中老是出现张小云,今天输得很惨,一定要挽回面子,不能让男生丧失信心。现在好多人又信任张小云了,如果这次输了,后果不堪设想。想到这里,王大力提醒自己要赶紧睡觉。

但王大力越是想睡觉,越是睡不着。他在床上翻来覆去,也不知道折腾了多久,才迷迷糊糊地睡了。半梦半醒间,感觉有人在吵,他使劲地睁开了眼睛,妈妈和王晗几个同学正在叫唤:"大力醒醒,别睡了,迟到了。"

王大力一骨碌从床上爬起,揉了揉眼睛,他清楚地看到王晗他们一脸的焦急。这下子完了,关键时刻怎能睡过头了呢?王大力第一次感到了无助。

王大力赶到学校的时候,五(1)班的学生站在教室门口望眼欲穿,在众人不满的目光中,王大力第一次低下了头。

张小云不动声色,王大力心慌意乱。那些原本不服气的男生,也不得不收敛锋芒。在接下来的早读课上,五(1)班书声琅琅,一个个声音洪亮,读得声情并茂。这种久违的感觉,让五(1)班同学找到了曾经的学习状态。

李老师很满意,在晨会课上,她一口气表扬了好多同学。被表扬的学生,看着张小云,都露出了会心的微笑。那些离散的心,又开始聚拢了。

李老师没有批评王大力,这反而让他不安。他不甘心,他多想打败张小云,可张小云就是梦中的那个拳皇,谈笑之间就让他败得狼狈不堪。胜者为王,好多同学就是随大流,他们的眼中已经没有王大力了。

狗尾草

自从张奶奶受伤后，几个班委照顾老人的事迹传遍了香草河两岸，她们在班里的威信指数暴增，张小云她们在同学们心中的地位，王大力感觉很难撼动了。想到这些王大力很失落，他不服气，怎么就不明不白地输了呢？

王大力不想认输，他是月亮，他喜欢众星捧月的感觉。他要引起大家的注意，张小云能做的，他也可以。

进入六月，就是梅雨季节。"雨打黄梅头，四十五日无日头。"天气就像一张娃娃脸，说变就变。刚刚还是晴天，一转眼就飘过来几片黑云，接着就丢下了豆大的雨点。香草小学正好放学，大家刚刚走出校园，就被突如其来的雨淋得四下逃散。有些男孩子不愿退缩，就在大家的惊呼中，冒着雨向前冲去。

一个二年级的小朋友，挤在一路狂奔的人群里，因为步子太小，被后面的同学踩到了脚，一下子摔倒在雨地里，哇哇大哭。王大力听到哭声，停了下来，看到那个小男孩一身泥水，赶紧把他拉了起来，抱在怀里向前跑去，王大力的心中多了一份豪情，他感觉到有无数双眼睛正注视着自己。

大雨如注，王大力却畅快地奔跑着。

接孩子的家长越来越多了，到了半路，就遇到了男孩的爸爸，他看到了王大力抱着他的孩子，激动得不知道该说什么好，只是一个劲地拍着王大力的肩膀。王大力的胸口挺得老高，他仿佛看到了张小云正用羡慕的眼光看着他。

那个家长走了几步后，才想起来问道："这位同学你叫什么名字？"

王大力心里正美着呢，听家长问自己的名字，觉得要谦虚一下才好，就说："没什么大不了的，你不用知道我的名字。"

那个家长怔怔地看了王大力几秒，竖了竖大拇指："这孩子好

第八章　对台戏

样的！"

　　甜甜的感觉过后，王大力心里又有点酸酸的。他开始后悔了，怎么没有说出自己的名字呢？这不正是出名的好机会吗？转念一想，他觉得做好事还蛮有意思的，周围的人看你的眼光都不一样。王大力一路上东张西望，多希望再遇到一个人在雨中跌倒，然后立刻冲去上，把那个人扶起，然后大声说出自己的名字。

　　王大力到家时，雨小了。

　　小区的院子里停着一辆三轮车，车上的纸盒都淋湿了。四周没有人，这是张大爷的三轮车，怎么在雨里淋着呢？张大爷爱喝酒，不会是喝醉了，在家里睡着了吧。张大爷住二单元一楼，他过去敲了敲门，没有人开门。看来张大爷不在家，那他的车子怎么办啊？要是以往，王大力才不管呢。可他现在特想做好事，让张小云她们看看，他王大力也是好样的。这样一想，王大力有了主意。他家车库就在旁边，把三轮车放到车库里，等张爷爷回来了，再推给他，这可是一件大好事啊！

狗尾草

王大力回到了家里,打开了窗户,等张爷爷一回来,他就能听到动静。

王大力游戏都玩了两局了,可是楼道里还没有动静。一到十点,奶奶会准时催他睡觉,不能再等了,只好上床。

这一觉王大力睡得很香。他做了一个梦,梦里张大爷到处夸奖他,那洪亮的嗓门就像一个大喇叭,引来了一大群人。王大力笑了,许多同学围着他,不停地夸奖他。

王大力醒了,是一阵叫喊声惊醒了他的美梦。那声音就像炸雷,穿过窗户传到了王大力的耳朵里,是张爷爷!

"我的三轮车谁偷去了,快还给我,要是我查到了,绝饶不了他。我老张可是侦察兵出身,不要以为我查不到你……"

楼下越来越嘈杂,好多人围在一起,七嘴八舌地说着。

原来张大爷坐着姑爷新买的汽车,去城里溜达了。晚上因为开心多喝了几杯,他就在姑爷家睡着了。早上回来,张大爷发现三轮车不见了,一着急就吼了起来。

于是,许多人都被吵醒了。

王大力迅速穿衣下楼,想到张爷爷焦急的样子,王大力只想笑。他站在人群外大声说道:"我知道三轮车在哪里。"谁知道张爷爷头也没回,顺口说了句:"小孩子回家睡觉,不要在这里胡说八道。"

"不信是吧?等着瞧哦!"王大力转身去了车库,推出了三轮车喊道,"张爷爷,你的三轮车!"

不是想象的那样,张爷爷没有激动地抓住王大力的双手夸奖他,听完了王大力的讲述后,张爷爷只是说了句:"是一场误会,王大力是好心,他不会偷三轮车的。"

众人散去,一场闹剧,耽误了早觉,有人对着王大力发起了牢

第八章 对台戏

骚:"你这个孩子做的是什么事啊,把人家的车子放到自家的车库里也不说一声,害得大家虚惊一场。""想做好事是对的,可好事不是你这么做的,这可是好心办了坏事喽。"

王大力想张口解释,但没人给他机会。楼下只剩下王大力一个人了,一场雨给太阳洗了个热水澡,湿漉漉的,红彤彤的,热乎乎的。这个夏日的早晨有些闷,闷得让人压抑。王大力想大叫几声,就像张爷爷那样,声若洪钟,穿透每一扇窗户,让每一个人都知道,他真想帮助别人。

王大力的事传到了班里,没有谁太在意,就像一阵风从每个人的耳边吹过,便消失得无影无踪。还有一个月就期末考试了,五(1)班的同学更喜欢围着张小云她们讨论习题。大家把精力放到了学习上了,就连王晗、王阳也开始装模作样。

王大力依旧摇晃着身子,依旧用冷冷的目光注视着班级里的一切,但是班里已经没有人在意他了。一切与王大力无关,王大力被冷落了,他感到了孤独。他好想找个同学说说话,可是找谁呢?说什么呢?他不知道。有时候他看到张小云,竟然想和她打声招呼,也许这个自己一直想战胜的对手最了解自己。

王大力更喜欢游戏了,在游戏里他可以发号施令,有许多人围着他、奉承他,他战胜了一个又一个对手,他在游戏里可是威风八面。王大力对电脑游戏有着超强的天赋,他天生就是网游高手。现在家长对孩子管得紧了,好多人都不能打游戏,只能一门心思学习,所以他们的偶像是张小云,而不是他王大力了。只要他们打游戏,王大力还是他们的偶像。实际上,有几个男人不喜欢打游戏呢?

王大力突然明白了,他找到问题的关键,一个计划在他的脑海里很快形成了。

狗尾草

吃过晚饭,王晗、王阳如约来见王大力。

"你们说说为什么男生现在疏远我们了?"

"是他们愿意听张小云的话了。"

"他们为什么愿意听张小云的话呢?"

"是张小云太会收买人心了。"

"我告诉你们,他们在家里不能玩电脑,只能学习,所以他们的眼里就只有张小云。要是他们可以打游戏,那会怎样呢?"

"肯定是围着你转呗。""对,还真是这么回事。"王晗、王阳恍然大悟,"你的意思是想办法让男生打游戏?"

"对,你回头和卢亮几个说我这里有一套刚流行的游戏,你想办法让他们到我这里来,只要玩一次,我就有办法让他们在家里偷偷地玩。"

"真的? 现在老爸老妈看得可紧了,电脑是绝对碰不得,怎么可能在家里玩?"王阳眼睛都睁圆了,他显然不信。

王大力淡淡一笑,他又恢复了往日的自信:"相信我,我自有办法,你只要把我的话告诉他们就可以了。"

快到期末了,小区里很安静,孩子们都在家里复习功课,爸爸妈妈会陪在身边,还不时地提醒几句:"看清题目,静下心来,多检查几遍……"

王大力一个人在小区里游荡着,爸爸妈妈出差了,只有奶奶在家,而奶奶从来不管他。

第九章　原来是你

让张小云意想不到的是,那个神秘的老人竟然是个名人。

一提到香草河边的老人,好多大人都知道。有一件事情,至今还被人津津乐道:

六年前,香草河重度污染。河水变成了淡黄色,散发着刺鼻的气味,水鸟也纷纷逃离。

香草河,在哭泣!

两岸的人焦急万分,纷纷向环保部门反映。可是几个月过去了,依然没有结果。原因是香草河两岸有十几家工厂,是哪家工厂排放污水,要有确凿的证据。

这需要时间,大家只能等待着。

没过多久,环保部门收到几个工厂排污的照片。

原来是一位老人,带着几位环保志愿者,经过一段时间的秘密调查,发现了事情的真相:有几家化工厂在夜间通过埋在地下的管道,偷偷地向香草河里排污!

环保部门开展了专项整治工作,香草河的水又慢慢地清了。

这位老人姓王,是市环保协会的。妻子早年去世,留下了一个

狗尾草

儿子,他一个人把孩子拉扯大,现在孩子在北京工作。老人热爱环保事业,哪里有污染,哪里有环境被破坏,他就会和一批环保人士出现在哪里……

刚下过雨,空气里没有一丝杂质,树叶翠色欲滴,小花小草在湿漉漉的泥土里敞开了怀抱。狗尾草精神焕发,那胖嘟嘟的尾巴在阳光下泛着紫色的光芒。

香草河涨水了,带着六月的气息,舒缓地流淌着。偶尔有顽皮的鱼儿跳出水面,洁白的鳞片在水面上一闪,留下"咕咚"一声水响在河面上回荡。几只水雉在水草上觅食,它们步履轻盈,悠然自得。那一身五彩的羽毛,在粼粼的波光中如梦如幻。

第九章　原来是你

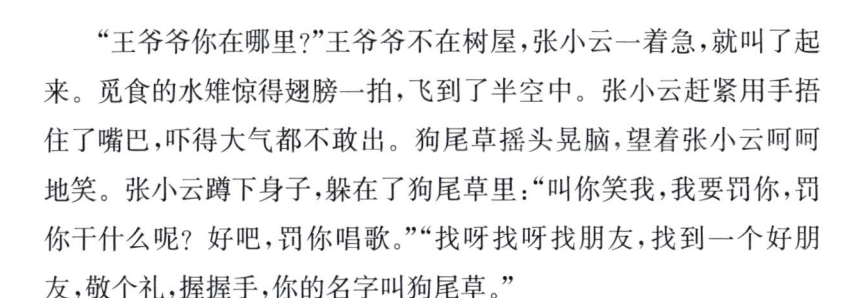

"王爷爷你在哪里?"王爷爷不在树屋,张小云一着急,就叫了起来。觅食的水雉惊得翅膀一拍,飞到了半空中。张小云赶紧用手捂住了嘴巴,吓得大气都不敢出。狗尾草摇头晃脑,望着张小云呵呵地笑。张小云蹲下身子,躲在了狗尾草里:"叫你笑我,我要罚你,罚你干什么呢?好吧,罚你唱歌。""找呀找呀找朋友,找到一个好朋友,敬个礼,握握手,你的名字叫狗尾草。"

"哈哈哈……"一阵爽朗的笑声在身后响起,张小云猛地转身:"王爷爷是你,你刚才去了哪里?"声音里满怀惊喜。

"我去捞垃圾啦。香草河一涨水了,上游就会漂来垃圾,这里是河道的拐弯处,水流变缓了,如果垃圾不捞起来,就会堆积在这里,破坏这里的水生植物,水雉就会飞到别的地方了。"

"王爷爷你真好!"

"是吗?怎么想起来夸爷爷了呢?"

"王爷爷你是英雄!"

"你看我哪里长得像英雄?都一把年纪了,没用啦。"

"王爷爷你就是英雄,好多人都知道你,你的事迹我都听说了。如果每个人都像你这样,环境就不会被破坏了。"

"我们祖祖辈辈生活在这块土地上,要为子孙留下绿水青山啊!"

王爷爷的目光如天空一般深邃,也许是太多的往事涌上了心头,他深深地吸了一口气,静静地站立着。潮湿的夏风带着一丝热气吹过狗尾草,狗尾草轻轻地摇曳着,那毛茸茸的尾巴上,落满了岁月的印迹。

"王爷爷,你怕过吗?"

王爷爷沉默一会,心情沉重起来。

狗尾草

"有一次,我们去偷拍一个企业的排污证据,半路上突然杀出几个歹徒,一番搏斗后,我的一个战友被打伤了。那时候怕过,我想过退出。但是一想到这都是为了子孙后代好,就什么也不怕了!我要坚持下来,战友的血不能白流!"

风过之后,狗尾草又挺直了腰杆。

"人要明明白白地活着,知道自己要做的事情是什么,就要坚持去做。你看看狗尾草,只要有泥土的地方,它就能生长,不管环境多恶劣,不管土地多贫瘠,它们总是默默地生长着。即便你把它从泥土里拔出来,只要一夜露水,它又能重新焕发活力。"

张小云蹲下身子,拨开狗尾草,那裸露的泥土里,可以清晰看到掺杂着碎砖块,可是狗尾草却顽强地生长着。

它们普普通通,没有花草的娇气,却整天乐呵呵地摇着胖嘟嘟的狗尾花,从从容容,开开心心。

张小云的心里变得敞亮了。

"小云,过来。"

"王爷爷,你叫我小云?你怎么知道我的名字?"张小云一脸疑惑,王爷爷又变得神秘起来。

"很奇怪吧,你会知道的。先别着急,我送你一份礼物。"

王爷爷走进了狗尾草丛中,从一株株狗尾草上拔出"狗尾巴"。不一会儿,他的手中攥了一大把。王爷爷回到了小路上,把"狗尾巴"分成了几份,整整齐齐地摆好,然后对张小云说:"你闭上眼睛,我给你变个魔术,十分钟后,送你一个礼物。"

张小云闭上双眼,湿湿的青草气息钻入心里,"狗尾巴"相互摩擦发出了轻微的窸窣声。她能想象到爷爷一直在笑,笑得那么开心。

第九章　原来是你

"小云唱首歌听听?"
"你喜欢听什么歌?"
"你唱什么歌我都喜欢听。"
"那我编一首歌唱给你听好吗?"
"好啊!"王爷爷鼓起了掌。

"狗尾草,了不起!
不怕风呀,不怕雨。
不管土地多贫瘠,
不害怕,
不哭泣,
挺起胸膛有志气。

狗尾草,摇啊摇!
小尾巴呀,翘啊翘!
狗尾花开唱歌谣。
孩子,
快快找,
童年藏进了狗尾草!"

张小云忽然想到了紫荷,她现在在哪里? 她在做什么? 张小云很想她。她想和紫荷一起看狗尾草,她要告诉紫荷,人就是一株狗尾草,默默无闻,却又顽强生长。
"小云,在想什么呢? 唱得好好的怎么不唱了?"
"没想什么,王爷爷我可以睁开眼睛了吗?"张小云如梦初醒,连

忙掩饰。

"等急了吧,现在你可以睁开眼睛了,看看这是什么?"

"小兔子!"一只狗尾草编成的小兔子,俏皮地看着张小云。多么熟悉的小兔子!"你是……"张小云瞪圆了双眼,话语断断续续,"是你……原来是你!"

王爷爷平静地点了点头,温和的笑容间,满满的慈爱。

"王爷爷,谢谢你!"张小云眼睛酸酸的、潮潮的,"真的没想到,还能见到你!"她终于忍不住了,眼泪像断了线的珠子。

"小云不哭,事情已经过去了。不管什么事情,都要心平气和地去面对。在困难面前,最大的敌人是自己!"

张小云想起了奶奶说过的话,人就是一株狗尾草,不管什么样的土壤,都能生长,从从容容,快快乐乐!她擦去了泪水,感到一阵

第九章　原来是你

从未有过的轻松：

"王爷爷，遇到你真好，谢谢您！"

一阵风从香草河上吹过，带着一丝丝清凉，吹走了夏日的闷热，吹开了张小云的心扉。狗尾草轻轻地舞动着，它们用最热烈的舞蹈迎接张小云。

"当然，也要谢谢你们！"

张小云把头埋进了狗尾草里，让毛茸茸的穗子把自己挠得痒痒的，张小云喜欢这样的感觉。

王爷爷出神地注视着狗尾草，那饱经沧桑的脸上，刻着清晰的皱纹。他的双唇有些哆嗦，眼睛有些浑浊。

良久，他收回了目光，看着张小云，平复了一下心情：

"小云你想听故事吗？"

没等张小云回答，王爷爷就开始讲述了：

"我是十八岁那年当的兵，那时候我的胆子比较小，然而一件事情改变了我的一生。那时候我们的部队驻扎在一座山边，那儿荒无人烟。一天我接到一个任务，把一匹马送到三十里外的一个连队。

金秋季节，风轻云淡，层林尽染，马儿撒开四蹄在山林中奔跑着，我在马背上哼着歌。再翻过一个山坡就到连队了，我抖了抖缰绳，想让马儿慢下来。谁知道马儿一声嘶鸣，站立不动，浑身哆嗦着。

是一头狼！它坐在山坡上，眼睛里射出幽蓝的冷光，不停地吐着舌头。冷汗顺着我的脊梁骨流下，我想这下完了。马儿全身开始颤抖，想逃走根本不可能，两边都是悬崖，只有这一条

狗尾草

路,根本无处可逃。再说马儿也不能丢下,这是一匹种马,刚从蒙古引进的,要是被狼吃了,我怎么向部队交代?

狼开始躁动不安了,它坐直了身子,毛发竖起,发出了低沉的吼声,我握着战刀的手开始剧烈地颤抖,恐惧占据了整个身心。

狼是聪明的动物,它要用狼威让你恐惧,让你崩溃,然后再发起进攻。它站直了身子,伸长了脖子,一声让人毛骨悚然的嗥叫,在旷野间回荡。马儿连声嘶鸣,前蹄上扬,我从马背上摔了下来。

几乎崩溃的我,感觉身下软软的,那毛茸茸的尾巴是那样的亲切,是狗尾草!在绝境中,我看到了狗尾草,就像看到了亲人,看到了自己儿时的玩伴,他们给了我勇气,不可思议地驱赶了我身上的恐惧。我站了起来,高举战刀,凛冽的寒光映照在我的脸上,我怒目圆睁,目光像剑一样刺向那束幽蓝的冷光。

一分钟,两分钟,山间寂静无声,世界静止了……

不知道过了多久,那头狼开始蹲下,耳朵耷拉下来,那束幽蓝的光渐渐暗淡,哀号几声后,转过身去,耷拉着尾巴,向远处跑去。

我一屁股跌坐在草地里,在狗尾草丛里扑腾着,大叫大喊。

这是一个奇迹!

许多人问我当时哪里来的勇气?我说不清楚。后来连队的教导员分析了原因,说这是一种心理作用,从有记忆开始,有狗尾草的地方就是我们的娱乐场,狗尾草成了我生命的一部分,在绝境中看到了狗尾草,就像看到了自己的亲人朋友,身上就会传递着一股不可战胜的力量,在身体里迅速爆发……

第九章 原来是你

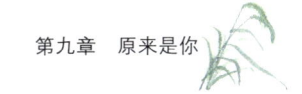

从那以后,我懂得世上好多东西都是有灵性的,小花小草,蓝天白云,阳光雨露,山川河流,脚下的泥土……只要你用心和它们相处,它们就会和你心心相通。"

王爷爷缓缓地讲述着,他像是讲给张小云听,又像是讲给蓝天白云听,更像是和狗尾草说着知心话。

狗尾草还能救人?有的人可能不相信,但张小云信!在她的心里,狗尾草就是她的好朋友,可以玩耍,可以说话。

张小云望着王爷爷,此刻她感觉和王爷爷那么亲近。

王爷爷感叹着:"现在狗尾草少了,它们正在失去能容留它的土地!现在的孩子几乎都不认识它了,更不要说在狗尾草丛里玩耍……"

王爷爷一声叹息,让张小云的心沉甸甸的。

几只水雉在水草上漫步,挑拣着食物,也不知道它们会不会为明天发愁:明天它们是否还会有干净的食物?明天它们是否还有栖息的家园?如果每个人都像王爷爷这样,那该多好啊!我们就会拥有美丽的家园——水会很清很清,天会很蓝很蓝,鸟儿自由地飞翔,花草自由地生长。

张小云不知道该怎样安慰王爷爷,只好转移他的注意力:"王爷爷教我编小兔子吧。"

"好啊,只要你愿意学,我就愿意教。"

张小云学着爷爷的样子,从狗尾草里抽出狗尾花。刚开始,张小云只会用蛮力,抓住了狗尾花,猛地用力往外抽,那细细的秸秆就断了,因为用力过猛,张小云还一个趔趄,差点跌倒。王爷爷笑了。这倒是意外的收获,歪打正着,只要爷爷开心,再跌几次也值。王爷爷手把手地教张小云,张小云终于明白要用巧劲,手腕要慢慢地向

狗尾草

上抬,不能急躁,注意力要集中。当一把狗尾花拖着细长的秸秆在张小云的手中颤动时,张小云的额前挂满了细密的汗珠:没想到干这活还要技术,真是不容易。

王爷爷把狗尾草放到了地上,他比画着编织的基本步骤:

一、先找两根小一点的毛毛草,做兔子耳朵用;

二、再拿一根大一点的绕着两个耳朵缠一圈,草秆自然垂下来;

三、继续拿另一根草缠绕草秆,一直到兔子的身体变得肥硕;

四、用一根小草缠一圈,注意露出小草的头部,作为小兔子的手臂;

五、再找一根小草,重复上一步操作,做小兔子的手臂;

六、用一根小草与兔子的两个手臂相反的方向缠绕,露出头部,作为兔子的尾巴;

七、再缠绕一根,然后固定草秆,轻轻地系起来,整理形状,一只漂亮的兔子就做好了!

讲解完了,王爷爷开始按照步骤编织了,狗尾草就像听话的乖宝宝,在他的手指间灵活地穿梭着,小兔子的形状也逐渐清晰起来:细长的耳朵,大大的眼睛,圆圆的肚子,短短的尾巴,一气呵成,一只憨态可掬的小兔子就做成了。

张小云观察着王爷爷的手法,留心着编织的要领。刚开始编织时,因为紧张,她的手微微地颤抖,狗尾草变成了调皮鬼,成心和她捣乱,明明右手拿着两根狗尾草,左手开始绕圈圈,可是低头一看,

第九章　原来是你

圈圈里只剩下一根狗尾草了，还得从头再来。好不容易做成了小兔子的耳朵，这不，一不小心，手指碰到了，小兔子的耳朵耷拉下来了。张小云手忙脚乱，感觉好狼狈。不过她越来越兴奋，因为在王爷爷的指点下，狗尾草越来越听话了。

张小云不停地往秸秆上缠绕狗尾草，她喜欢胖乎乎的小兔子，她要把小兔子的肚肚做得又大又圆，然后给它起一个名字叫"圆嘟嘟"，这样的造型一定超可爱。想着想着，张小云笑出了声。爷爷很奇怪，问张小云笑什么，张小云告诉爷爷她要做一个超可爱的小兔子，又大又圆的肚肚，给它起个名字叫"圆嘟嘟"，作为她的第一个作品，永久保存。

张小云笑了，王爷爷笑了，笑声在寂静的旷野间回荡着。

天空是一汪深邃的湖水，云朵在不经意地盛开，阳光变得如此慵懒，风儿到处乱跑，水鸟梳洗着美丽的羽毛，狗尾草在偷偷地笑。

仿佛回到了从前，爷爷变成了一个孩子。

回到了家里，张小云打开日记，写下了内心的感慨：

> 曾经的卑微，曾经的伤悲，都绽放成生命的高贵。淡淡的，紫紫的，那是生命的花蕾。默默地，静静地，独自面对风雨。狗尾草啊狗尾草，你在风中摇曳，你在阳光里灿烂！

合上日记，张小云轻松地吐了一口气，心中有着说不出的快乐。

快过节了，那可是一年里最开心的时刻！

第十章　香草河的节日

六月十五日是香草河人的节日,一个只属于香草河人的节日。

一推开六月的大门,孩子们就开始扳着手指头数日子了。

从十年前开始,住在香草河两岸的人,到了六月十五日这天晚上,都会不约而同地来到河边,一起放河灯。离六月十五日越近,孩子就越幸福。大人们开始给孩子们准备一份丰厚的礼物,孩子们提出的要求,只要合理,他们会尽量满足。最重要的是,在这些天里大人之间会变得更加亲密,哪怕平时脾气火爆的,说起话来也是和风细雨。对孩子的态度就更不用说了,哪怕不听话犯了错,大人也不会生气,更不会像平时那样举起棍棒,这几天他们更愿意把孩子捧在手心里。爷爷奶奶会做很多好吃的,都是传统的民间小吃,有糯米藕粉,有荷叶蒸鸡翅,这些小吃孩子们平时难得一吃,就是过春节的时候,也不一定有,但在六月十五日这一天,大人们会把做好的小吃分一部分给他们,剩下的一部分祈福的时候用。所以在孩子们看来,六月十五日比春节更值得盼望。

到了六月十二日,家家都在做着准备。该买的礼物开始买了,要做的小吃也开始备料了,最重要的是河灯,每家都在挖空心思,想做一个构思精巧的河灯,让大家称赞一番。孩子们兴奋得不知怎样才好,虽然老师一再强调要完成家庭作业,但这些孩子书包一丢,早把老师的话丢到脑后了,反正这几天犯了错误也没人管你。难得自由,三五成群,像屁股上绑了火箭,到处乱窜,东家看一看,西家瞧一瞧。有好吃的往口袋里装一点,有好玩的拿过来试一试,看到谁家正在做河灯,也装模作样地说上几句,嘴甜的会夸上几句,大人一听格外开心。

跑累了,大家会聚集在小区空地上,开始比谁家大人给孩子的礼物好,谁家做了啥好吃的。但有一样他们是不会说的——除非是最要好的朋友——那就是他们自己做的河灯。每年学校都要评比,非常隆重,大家都要保密,防止自己的创意被别人抄袭。

做简单的河灯很容易,废旧的彩纸、纸杯都可以。方法是将彩纸剪成正方形,然后将四角折向中心,再将四角打开,几个回合下来,一个漂亮的小"乌篷船"就做成了。用纸杯制作的方法更简单,只要在四周粘上纸瓣,就是一个简单的"河灯"。

这样的河灯一般是一年级的小朋友做,拿在手里还会被人奚落。大一点的孩子不做这种简易的河灯,因为他们知道爱面子了。做一盏漂亮的河灯,举得高高的,那么多人看着,还会啧啧称赞,多威风啊!每学期选择兴趣班的时候,谁都要学做河灯,大家争来争去,老师被吵得没办法,学校只好专门开设一门兴趣课教学生做河

灯,这是香草小学最受欢迎的课,超过了体育课和音乐课。

为了能做出满意的河灯,大家开始八仙过海——各显神通。

张小云几天前就开始做河灯了。她从香草河边挖来了黏土,捏出一个圆圆的泥盘,放在阳光下暴晒,晾干后在泥盘里加一些油;然后将河灯的底部浸入蜡烛油中,趁蜡油没有凝固时放在沙子上,泥盘底部就会沾满了沙子,这就增加了河灯的重量,不容易被风吹翻。灯芯最好用麻绳来做,这样的灯芯,燃烧时间长,风很难吹灭。

只剩下河灯的造型了,要想出一个有创意的造型,是件头疼的事,张小云把自己关在家里苦思冥想。她想利用星期天的时间做好河灯,可还没有理出思路,就听见有人敲门,是杨柳。她哭丧着脸,比丢了压岁钱还痛苦。

"张小云,我的河灯不见了。"杨柳早就开始做河灯了,她曾经和张小云说过,她做了一个莲花船,花了一个多月的时间,光买材料就花了十几元钱,现在没有了,她能不着急吗?

"会不会被大人收起来了?"

"爸妈都不知道,他们还在帮我找呢。"

"你弟弟呢?他知道不?"杨柳有一个弟弟叫杨树,上二年级了,平时特淘,经常拿姐姐的东西。

"我也怀疑他,可是他死活不承认,爸爸妈妈又不管,我这才来找你想想办法。"

"我去找你弟弟,你在这里等着我。"

这几天找人最容易,星期天没事,孩子们都聚在小区的广场上。广场不是很大,就在小区的中心。张小云很快就找到了杨树。

"杨树你过来。"

听到张小云招呼,杨树跑了过来:"云姐姐,找我有事?"

张小云拿出了一把花生糖,杨树立刻伸过手去,张小云把手举在半空,故作神秘道:"回答我的问题,才可以吃糖。"杨树咽了咽口水,连忙点头。张小云把嘴巴靠近杨树的耳朵小声问道:"你姐姐做河灯了吗?""做了呀,做的是莲花船,可好看啦。"张小云给了杨树两颗糖,杨树赶紧剥了一块放到了嘴里。"那你能拿出来给我看看吗?"张小云把糖放到了杨树的眼前,杨树眼睛盯着花生糖,头不停地摇晃:"我找不到,不知道姐姐放哪里了。"张小云一皱眉头,左手也伸进了兜里,又是一把花生糖,这下诱惑可大了,杨树犹豫了一下,可怜巴巴地说:"云姐姐我想吃糖,可是河灯我不能拿给你了。"杨树不住地摇头。张小云忽然看到杨树的衣兜里装着几块发糕,整个小区就卢奶奶做发糕,那独特的味道别人也做不出来。刚才卢亮看到张小云找杨树就有点躲躲闪闪的,一个念头闪过张小云的脑海。她把糖装进了杨树的口袋,然后匆匆离去。

每到这几天,许多老人总会聚到一起,神神秘秘的。张小云每次问,他们总是说在商量着放河灯的事。

今天老人们都聚在了卢奶奶家。因为是邻居,张小云经常到卢奶奶家里,她打了招呼后,就钻到了卢亮的房间,在卢亮的书柜里,张小云看到了杨柳的莲花船。卢亮因为心虚,跟在张小云后面想看个究竟。当张小云把杨柳的莲花船拿了出来,卢亮站在客厅里,一脸尴尬。卢奶奶没有像以前那样要去拿打狗棍,说话也慢声细语:"亮亮,你说这个河灯是哪里来的?"卢亮站在那里,干张嘴说不出来话,不停地用手挠着头。这时候张小云把杨柳叫了进来,杨柳一眼就看到了自己的河灯,激动地大呼小叫:"我的灯,怎么会在这里?"

"亮亮,你做的河灯很漂亮的,为什么还要拿杨柳的河灯?你说说这是怎么回事?做人要诚实,不要撒谎,奶奶保证不打你,要说实

狗尾草

话!"卢奶奶依然是慢声细语,脸上还挂着笑容。这个可是太阳从西边出来了,要是平时,早就一声呵斥,说不定还举起了打狗棍。

其他人也都鼓励卢亮,张奶奶还给卢亮擦了擦额上的汗珠。卢亮抬起了头,他不再回避众人的目光,开始说道:"大家都听说杨柳做了一个漂亮的河灯,但谁都没见过,因为杨柳连睡觉的时候都要搂着,所以大家打了个赌,谁要是能看到杨柳的河灯,到时候大家就投票选他做灯王。"说到这里,卢亮看了看奶奶,双手摆弄着衣角,"我把奶奶做的发糕偷了出来,送给了杨树,让杨树把河灯偷出来。本来准备看过了就让杨树拿回去。"

"我说嘛,亮亮怎么会拿人家的河灯呢?他去年还是灯王呢?"几位老人松了一口气,赶忙为卢亮打圆场。

"那你怎么没送回去呢?"卢奶奶说话更加和气了。

"我发现杨柳的河灯不平稳,放在水里会倾斜,所以我给她想了办法,在四周放了一些彩旗,这样就好多了。"卢亮平时不善言辞,说完这些,额头上又冒出了细密的汗珠。

原来是这么回事,众人对卢亮一阵猛夸,卢奶奶一边给卢亮擦汗一边说:"发糕没了,奶奶再做,多大的事情,看把我家大孙子紧张的。"

莲花船四周插上卢亮做的小旗子,更加神气了。孩子们有说有笑,老人他看着他们,竟然轻轻地叹息。张小云满腹疑问:大家都开开心心的,他们为什么要叹息呢?尤其是卢奶奶,平时要是听到谁叹气,准会一顿臭骂:"叹啥气?有啥大不了的?多晦气!"可是现在连卢奶奶也叹气,真奇怪!

六月十四日是香草小学河灯评比的日子。这一天孩子们会穿上漂亮的衣服,拿着心爱的河灯,像快乐的小鸟一样飞向学校。

第十章 香草河的节日

操场上摆满了各式各样的河灯,橘子灯、西瓜灯、莲花灯、月圆灯、乌篷船、花鸟鱼虫、十二生肖……造型各异,千姿百态;"夜观春秋""八仙过海""双龙戏珠""龙头凤尾"……惟妙惟肖,无奇不有。河灯主题鲜明,题材众多,有智慧类、平安类、亲情类、祝福类、思念类,有歌颂祖国的,有歌颂生活的,有赞美家乡的,有赞美人民的……感情真挚,令人啧啧赞叹。

一盏盏河灯,一个个造型,奇思妙想创意无限。

一类类主题,一句句话语,发自肺腑情真意切。

评比从早读课就开始了,教育局的周老师宣布了评比规则:

1. 由大众评委二十人从中各选出一盏河灯;
2. 专家评委十人各推荐一盏河灯,入围本届优秀作品;
3. 入围选手作创意陈述,全校学生投票选出本届灯王。

大众评委入场了,卢奶奶走在最后,还不住地往学生方阵里张望,没有了打狗棍,卢奶奶看起来更精神。香草小学共有2300个学生,操场上一共是2300盏河灯,从中选出自己最满意的一盏,不仅考验评委的体力,更考验评委的眼光。每当一个评委举起一盏河灯时,方阵里就会传来一阵欢呼声,是哪个班级的,这个班级的同学叫得最欢快。当方阵里传来第十九次欢呼声时,大众评委里只剩下卢奶奶还没有选到满意的河灯。她依然在河灯中间走来走去,背着双手,走走停停,有的时候弯下腰去,拿起一盏河灯,装模作样地看了看,又放了下去,害得同学们刚要欢呼又"哎呀"长叹一声。卢奶奶站在哪个班级的河灯前,哪个班级的学生心跳就会加快。最后一个名额,到底会花落谁家?现场解说也不停地制造气氛,有的同学实

狗尾草

在受不了,就冲着卢奶奶喊:"就选卢亮的。"有些同学也跟着叫唤起来:"卢亮、卢亮……"哪知道卢奶奶还真的走到了五(1)班的河灯前,对着主持人的话筒说:"这可是你们推荐的,别说我偏心哦!"说着就弯腰拿起卢亮的河灯,就在方阵里传来了一阵嘘声时,卢奶奶虚晃一枪,放下了卢亮的河灯,从身后拿起了一盏灯,高高地举在手里,原地转了一圈,对着话筒说道:"刚才是逗你们玩的,这个才是真的!她是张——小——云!"伴随着一阵阵欢呼声,大众评委结束了评选活动。

第二轮评比开始,二十盏河灯放到了专家评委面前。在一般人的眼中,这剩下的二十盏河灯各有千秋,要是让大家选肯定会失去主见,眼睛就是看花了,也分不出个子丑寅卯。但专家们会选中谁呢?每一个评委都眉头紧锁,时而双手托腮,时而频频点头,时而远观,时而近看。整个操场静得能听到此起彼伏的心跳声,有的同学低下了头,有的同学捂住了眼睛,有的同学不停地拍着胸脯。

主持人站到了台前,操场上响起了高亢的男高音:"经过专家们的认真评选,相信他们的心中已经有了答案,让我们一起倒数五个数。"

"5——4——3——2——1!"

"最终会有哪些河灯入选优秀作品呢?请专家评委给出答案。"

"我宣布获得本次优秀作品的选手有:五(1)班杨柳、四(2)张巧巧、六(4)孟醒、六(1)刘阿瑞、三(5)杨清、四(1)张娜、六(1)张欧影、六(1)高远、五(1)张小云,请入围选手按照刚刚宣布的名单顺序作创意陈述。"

杨柳上场了,用田静的话说,那是二月天吃棒冰,上牙齿打下牙齿,声音哆哆嗦嗦,大家只听清了一句:"我的讲话完了。"五(1)班的

第十章 香草河的节日

同学们干着急,方阵里不时传来善意的笑声。

这么大的活动不紧张的人能有几个呢?六(1)班的高远就让大家刮目相看。这个长相清秀的男孩,举止不慌不忙,声音不急不缓。

"俗话说八仙过海各显神通,我祝愿每个人都有十八般武艺,样样都行;也祝福我们的祖国,人才辈出各有所长;也祝福我自己学好本领,报效祖国!"

掌声四起,六(1)班的同学拍着板凳,打着节奏,呼着口号:"六(1),六(1),永远第一!高远,高远,一举夺冠!"

群情激昂,以至于张小云站到了台上都没人注意。话筒太高,张小云够不到,主持人帮助调整一下高度,结果话筒一阵啸叫,许多同学连忙捂住了耳朵,往前台一看,才发现最后一位选手已经登场了。

张小云抿了抿嘴唇,环视了全场:"请大家把捂着耳朵的手放下来,请你们相信,我的话不会是噪声。"一阵善意的笑声过后,所有的人都饶有兴趣地注视着前台,操场上静了下来。

"每一次做河灯,都有自己美好的愿望。上幼儿园时,我祈祷自己能有一个芭比娃娃。上一年级了,我祈祷自己能有一条漂亮的裙子。现在呢?我祈祷每个同学都能快乐成长。我的河灯主题是'守望成长',一只狗尾草做的兔子,仰望一枝出水的荷,荷花高洁淡雅,狗尾草平凡坚韧,人生就像狗尾草,做人要像出水的荷!感谢帮助过我的人,你们让我懂得很多!感谢挫折,它让我长大!"

张小云娓娓道来,同学们听得津津有味,纷纷叫好。卢奶奶冲向了前台,抱着张小云转着圈。张奶奶高兴地直抹眼泪,转眼间孩子长大了,内心满是感慨,专家评委们起立鼓掌。

经过各班代表投票选举后,张小云和高远并列第一。王校长宣

布了结果:"本届河灯评选是金鸡下了个双黄蛋,双喜临门!张小云、高远并称'灯王'。"

就像观看一场演出,一开始是配角出场,然后才是主角登场,好戏还在后头,人们在饶有兴味地谈论时,已经为明天的到来做好了准备。

一场精彩的大戏,即将进入高潮。

第二天,天刚麻麻亮,就有孩子在小区里大呼小叫了。这一天的第一件事情是一家人到香草河边去系红丝带,谁家去得早,谁家得到的祝福就最多。系过红丝带,回到家里,天已大亮。大人会拿出给孩子们准备的礼物,送去他们的祝福。过了一会儿就有老人敲门了,她们拿着一朵荷花,接过大人递来的清水,荷花在清水里一沾,往大人和孩子的身上轻轻一抖,那荷花上的水珠便落到了身上。这时候荷叶饭也做好了,打开锅盖,客厅里飘满了清香,一家人围坐一起,开开心心地吃着早饭。

太阳升到屋顶的时候,男人去河边帮忙,女人带着孩子去玩耍。

太阳终于偏西了。晚霞映红了西边的天空,像喷发的焰火,烈烈地燃烧着;又像一腔腔热血,翻滚着,奔腾着。一道道绚烂无比的霞光,深深浅浅地变幻着色泽,在夜的帷幕徐徐拉开前,挥洒着万丈光芒,天地之间红彤彤一片。

人们的心情也开始沸腾了,通往香草河的每一条道路都人潮涌动。在夕阳的余晖里,小孩的脸上像涂了腮红,姑娘的脸上像落了两瓣桃花,老人红光满面像喝了老酒。一路上大家有说有笑,认识的不认识的都热情地打着招呼,你夸我的河灯漂亮,我赞你的河灯好看。孩子们兜里装满了好吃的,你给我糖果,我送你糕点。遇到了要好的玩伴,就你追我赶,在大人中间钻来钻去,一不小心踩到了

第十章 香草河的节日

谁的脚,回头扮个鬼脸,又一溜烟跑散了。

这个世界涌动着一股按捺不住的激情,就连该归巢的鸟儿也迎着微光,拍打着翅膀飞向苍茫的天际。西边的天空起伏着一道道黑色的剪影,夕阳最后一抹余晖给它镶了一道金边。

香草河两岸的树上,挂满了红丝带,在若有若无的暮色里,随风飘舞,如飞扬的流苏,若燃烧的焰火,为即将降临的夜色染上了火红的底色。

系好了红丝带,大人又在嘀嘀咕咕地念叨着。小孩子觉得莫名其妙,干脆挣脱大人的手,呼朋引伴,欢呼雀跃。

天擦黑了,夜幕落下了,长庚星出来了,月牙也挂在了树梢上,香草河两岸站满了人。张奶奶指挥着几十个壮汉上船,他们手举火把,挺立在大船的两侧,大船后面系了一只装满烟火花炮的小木船。

人们停止了说笑,只有夜色在漫延,河水在流淌。

骤然间,马达轰鸣,大船慢慢地离开河岸,拖着小船驶到河心。王大嘴一个手势,船上鼓乐手们开始演奏,唢呐齐鸣,锣鼓喧天。"大嘴乐队"远近闻名,专为四里八乡的红白喜事演奏。王大嘴吹起唢呐令人叫绝,他不仅嘴巴可以吹,鼻孔也能吹。这是他一年中最重要的一次表演,一开始就使出了浑身解数。他把唢呐插在了鼻孔里,头上还顶着一盏莲花灯,左右手臂上放着一盏点着油灯的小碗。唢呐一响,头上的灯还能转起圈来,过了一会,身边的人给他点了一支烟,曲响灯转之余,鼻子、唢呐还冒出烟来。两岸的人不住地喝彩,唢呐声声,锣鼓阵阵,穿透了刚刚落下的夜幕,直冲云霄。

作为灯王,张小云和高远站在船头,他们手提荷花灯,临风而立,火光映红了脸庞,两个人一唱一和,声音在香草河上回荡。

"河,香草河,我家住在香草河!"

狗尾草

"荷,荷花香,家家户户采莲忙!"

"和,以和为贵的和,你和,我和,大家和,和和睦睦,香草河,香草河上荷花香,祝你四季都安康。"

"河——荷——和——,你和,我和,大家和,和和睦睦,香草河,香草河上荷花香,祝你四季都安康!"

站在两岸的孩子们都随声附和,几十个壮汉挥舞着火把,在船上熟练地移动着,不断变换着队形,一条火龙升腾在香草河上,在朦胧的夜色里,时而盘旋着,时而翻腾着,时而上下舞动,时而摇头摆尾。壮汉们的脚步越来越快,双足踏在船上的声响,就像密集的鼓点,队形快速变换,火龙凌空狂舞。

伴着有力的节奏,壮汉们齐声唱道:"河——荷——和——,你和,我和,大家和,和和睦睦,香草河,香草河上荷花香,祝你四季都安康。"

吼声戛然而止,脚步不动了,火龙停止在河面上。由于快速移动,船还在摇晃,河水荡漾,拍打着河岸,发出清脆的声响。

一切是那样的邈远,一切是那样的梦幻。

突然,"啾"的一声刺破宁静,五颜六色的焰火拖着长长的尾巴,撕破了夜空,在黑黑的夜幕上幻化成光与彩的图案。天地间百花齐放,流光溢彩:牡丹花、龙爪菊、满天星……竞相开放,争奇斗艳!夜幕上光影流动,绚丽夺目:火树银花、孔雀开屏、天女散花……瞬息万变,美不胜收!

尖叫声,赞叹声,焰火绽放声,此起彼伏,响彻香草河两岸。

"放河灯喽!"船上的壮汉们齐声吆喝。

"放河灯喽!"两岸的人也齐声吆喝。

焰火消失了,河灯点亮了,一家人默默许愿后,河灯轻轻入水,顿时河面上落了千万朵花瓣,香草河流淌着光与彩。

第十章 香草河的节日

  月牙已经挂在了香草河的上方,湛蓝的夜空上群星璀璨,夜风顺着河道吹过,红丝带在夜色里飘扬。

  不时有人走过来,用竹竿把漂在岸边的河灯推向河心,嘴里还不住地念叨着:"逝者安息,生者平安。"让还想大呼小叫的孩子们安静下来,心头多了一份莫名的肃穆。看着自己的河灯慢慢地漂远,心也跟着漂远了,有的孩子还要追上一段,直到河水流进了远方的夜,河灯消失得没有一点痕迹了,就像自己未曾放过河灯,干脆坐下来痴痴地乱想:这灯漂到哪里去啦?是不是漂到天上去了?那天上的星星是不是河灯?

  上游的河灯不断漂过来,闪闪烁烁,绵延不断。它们排着队,你追我赶,错落有致,随着水流,漂向更远的夜色。

  繁星点点,灯火闪烁,水与火交织,河与天一色。满天星辰落入水中,灯影与星光交相辉映。水上一盏灯,天上一颗星。一盏灯流

狗尾草

过香草河，就是一颗星划过苍穹。

河灯越来越多，河面上漂过一盏盏灯火，河水泛着红莹莹的光，载着人们美好的祝愿，缓缓地流淌着，让人感到吉祥安康。

月牙儿镶嵌在碧蓝的夜空上，月亮发芽了。在香草河上，一个个美好的祝愿静悄悄地生长：

  明天每一个人都会开心快乐，明天幸福会赶走烦恼；
  明天每一个人都会心想事成，明天希望会赶走失望；
  明天每一粒种子都要发芽，明天生长会赶走荒凉；
  明天每一朵花都要开放，明天绽放会赶走凋零；
  明天每一棵树都要结果，明天艳红会赶走青涩；
  ……

船上的火把又亮了起来，一阵乐声过后，壮汉们大声吼道：

"天上一颗星，地上一个人，一人一颗星，一星一盏灯。天上一条河，地下一条河，站在天地间，立地又顶天！"

唱罢，河面上只剩下三两盏搁浅的河灯，许多人还沉浸在无限的遐想里。这时候河滩上已经点燃了篝火，大人开始呼唤着小孩，要去河滩上点蜡烛。张小云跟着奶奶，用点燃的蜡烛拼着心形图案。

这时候，每一个大人都沉默不语，他们的眼里含着泪水。

这是为什么呢？

六月十五日，只是香草村的节日。

这又是为什么？

六月十五日，给孩子们留下了太多的疑问。

第十章 香草河的节日

张小云突然发现,篝火旁闪过一个熟悉的身影,是紫荷吗?张小云连忙绕过人群,可是哪里还看得见那个身影?

天上一个人,地上一颗星,难道紫荷就是天上的星星?

今夜水声灯影轻轻入梦,今夜淡淡的思绪萦绕在心头。

第十一章　家庭风波

节日过后,要准备期末考试了。老师和家长都提醒孩子们要把心收回来,迎接期末考试。很快每个学生都紧张起来了,大家都努力冲刺,争取获得一个好成绩。

卢亮爸爸在一个离家很远的单位上班,本来一个星期才回家一次。为了儿子能考好期末试,他现在每天晚上都赶回来,帮助卢亮复习功课。这天夜里,卢亮爸爸拉肚子去洗手间,隐隐约约地听到客厅里有动静。什么声音?他立刻警惕起来。这深更半夜的,不会来了小偷吧!他小心翼翼地摸到了客厅,结果一脚踢到了地上的易拉罐,没有发现小偷,家里人却被吵醒了,卢奶奶拿着拐棍就冲了出来:"什么声音?卢风你快起来看看。"

卢风是卢亮爸爸的名字。他连忙说:"妈,是我,可能有小偷。"

"有小偷?我说哪里这么大的动静。"卢奶奶已经冲到了客厅,"小偷呢?不能让他跑了。"

"没看到,我听到了动静,估计是小偷干的。"

"没看到,你怎么知道是小偷?"卢奶奶看到了儿子脚边的易拉罐,似乎明白了,"卢风,这个小偷不会是你吧?"

第十一章 家庭风波

"妈,怎么会是我呢?我拉肚子去洗手间,听到了客厅里有动静,就过去看看,没想到一脚踢到了易拉罐。"

"卢风啊卢风,你身体有三高,胆固醇高,血压高,脂肪肝高,所以不给你喝啤酒。可你倒好,晚上没喝成,夜里起来偷着喝了。我看你不是三高了,再加上一高——撒谎的水平高!"说着卢奶奶就举起了"打狗棍"。

也不知道卢亮什么时候站在了客厅里,他拉住了奶奶:"奶奶不生气,大半夜的先睡觉,等明天你再开庭审判。"卢亮扭过头来对爸爸说:"爸,你就认了吧,不就是喝了一罐啤酒嘛,男子汉还耍赖,我看不起你。"

"我看你是白活了,还没有孩子明白,我也看不起你。"卢奶奶一边用拐棍把地板敲得叮当响,一边把卢亮揽在怀里,"我这大孙子是个明白人,看你的面子,我先饶了他,走我们睡觉去。"

卢亮爸爸站在客厅里犯迷糊:我喝酒了吗?他看着地上的易拉罐,难道是我梦游了?不对啊?这个易拉罐明明是我踢到的呀?越想心里越郁闷,干脆拿出两听易拉罐,还是喝点啤酒才能想清楚。

第二天,左邻右舍都前来打听:"你们家昨夜发生什么事情了,地板都被敲得叮咚响。"

卢奶奶压低了声音,神神秘秘地说:"有小偷,你们也要注意,家里要看紧了。"大家一听都紧张起来,赶忙回家看看少了东西没有。

到了中午,"有小偷"这个消息已经在小区里传得沸沸扬扬,而且大家一致确认消息是真实的。因为不只是卢奶奶家,小区里还有好几户人家也都说昨夜家里可能去了小偷。虽然没有抓到,但还是小心为妙。各家各户开始检查门窗是否严实,看看值钱的东西是否藏好。

狗尾草

一时间香草小区笼罩在紧张的氛围里。

居然有好几户人家都说有小偷,怎么这么巧?卢奶奶心里犯了嘀咕:难道小偷也开始组团啦?还是小心为妙,以防万一。

卢亮爸爸回家后,看到卢奶奶忙着收拾窗户,检查防盗门,感到很奇怪,连忙问道:"妈,怎么看你紧张兮兮的?"

卢奶奶把事情经过一讲,卢亮爸爸一拍大腿,两眼瞪得圆溜溜的,以每秒钟三百字的速度叫道:"我就说啤酒罐是我踢倒的不是我喝的,害得我整整想了一天,领导批评我工作分心,我就说我怎么会偷着喝酒呢!现在真相大白,你要还我清白。"

"过来呀,我还你清白。"卢奶奶佯装要找拐杖,"人家都在防贼,你要我还你清白,看我不打断你的狗腿。"

"我的妈哎,防贼重要,你要是打断了我的腿,小偷还不大摇大摆地进来啊。"

卢亮爸爸更加坚信有小偷了,他暗下决心要抓住小偷,给自己出一口冤气。

小偷一般是下半夜活动,他要养足精神下半夜行动。辅导完卢亮功课后,卢亮爸爸就早早地上床睡觉,睡得正香时,模模糊糊地听到卢奶奶在叫唤:"卢风快起来,有情况。"刚爬起来,卢奶奶就骂道:"告诉你要防贼,你看你睡得跟死猪似的。小偷把你偷了,你也不知道。"卢亮爸爸一脸委屈:"我想早睡会,半夜再起来,谁知道小偷会这么早上班啊。"卢奶奶更着急了:"你说还早,你看看是不是四点了?"卢亮爸爸这才知道自己睡过头了。卢奶奶说刚才客厅里还发着绿光,一闪一闪的,卢亮爸爸想到了电脑,用手一摸,电脑主机还是热的,难道小偷到我们家里窃取什么材料?我们家里又没有什么机密,最多就是自己给卢亮设计的一套考试秘籍。

第十一章　家庭风波

百思不得其解，卢亮爸爸下定决心要查个水落石出。

香草小学到了最忙碌的时候，还有一个星期就要期末考试，马上要收获了，每一个人既兴奋又紧张。李老师对同学们的表现很满意，大家学习很认真，就连平时作业拖拉的王晗也做作业了。一人考试全家参与，现在是一个孩子，家长对孩子的成绩非常重视。不过做事情就怕过了头，这不，最近几天老是发现学生上课打盹，看来家长给孩子加班加点，影响了孩子休息，导致他们第二天上课没有精神。这要提醒家长注意，李老师给家长发了校信通：

> 尊敬的家长，临近期末，大家都在为孩子能考出好成绩而努力，你们的心情可以理解，但是要注意让孩子多休息，不要熬夜补课，会休息才会学习！祝孩子们能取得优异成绩。

这一晚，五(1)班的学生都早早地上床睡觉了。因为要抓小偷，卢亮爸爸联系了几个家里也闹小偷的家长，准备夜里蹲守。他要布下一张网，等待小偷自投罗网。

十点钟以后，卢亮爸爸就藏到沙发背后，他要守株待兔。一开始他越想越得意，为自己的计划感到兴奋，过了十二点以后，上眼皮开始和下眼皮打架了，眼睛半闭半睁，人半梦半醒。恍恍惚惚间，听到客厅里有轻微的响声，睁大眼睛一看，有个黑影正在客厅里移动。还真的有小偷！心里一阵紧张，身子碰到了沙发，发出一声闷响。那个黑影一下子趴到了地上，卢亮爸爸待在那儿不敢动，两个人在黑暗中对峙着，客厅里只有时钟发出的嘀答声。过了一会，卢亮爸爸感觉不对，自己是抓小偷的，干吗像小偷一样躲着啊。想到这里，他清了清喉咙说道："做小偷也要讲素质，我发现你了，你就乖乖地

狗尾草

待着,不准跑啊。"卢风准备站起来开灯,没想到黑影突然爬了起来,吓得他一声尖叫:"你要干什么?看好什么你拿走,不要乱来!"

　　卢奶奶起来了,她大声叫道:"卢风快开灯,别让这个毛贼跑了,我要打断他的狗腿!"

　　卢亮爸爸顿时来了精神,打开灯,就看到小偷把头钻到了电脑桌子底下,屁股撅得老高。看来小偷也吓破了胆,顾得了头,顾不了屁股。卢奶奶拿着拐棍跑了过来,一声大喝:"看你是要脸不要屁股了。"说着就要打,谁知道一声"奶奶饶命",让卢奶奶的拐杖停在了半空中,听声音是卢亮:"怎么会是卢亮?卢风快把他拉出来!"

　　果然是卢亮,卢奶奶就像大白天撞见了妖怪——惊得直翻白眼,干张嘴,半天也没有说出一句话。

　　"怎么会是你?"卢亮爸爸脸色发青,双手哆嗦,指着卢亮半天吼

出了一句,"瞧你那副可怜相!"

卢亮站在那里,感到呼吸困难,手脚冰凉,脑袋嗡嗡作响,手脚不知道怎么摆放,像一只偷食的老鼠,灰头土脸,狼狈不堪。

卢亮爸爸眼睛喷火,卢奶奶拿着拐棍,"审讯"还没开始,卢亮就竹筒倒豆子,把事情全给抖了出来:原来卢亮和班里几个男生,在王大力的撺掇下,每天夜里三点钟偷偷地爬起来打游戏。

"想不到,想不到……"卢亮爸爸在客厅里来回走动,反反复复说着一句话,他感到心都凉透了。从家到单位有30公里,为了孩子能考出好成绩,每天来回奔波,结果却是这样,太意想不到了!

卢奶奶用拐棍狠狠地敲了一下地面:"我明天去找那个王大力。"丢下一句话回房间去了。

一番折腾,已经凌晨五点。不断有家长过来,卢亮爸爸精心编织的一张网,本想抓住小偷,没想到竟然是自己的孩子。几个家长坐在一起难免一番感叹,孩子居然夜里起来打游戏,真是防不胜防。这个王大力真是害人不浅啊!最后大家一致决定向学校里反映这件事。

这天清晨,上学的路上变得热闹起来:一群家长,押着六个男生。大人一路群情激昂,义愤填膺。小孩耷拉着脑袋,像是从战场上被抓来的俘虏。"小偷"事件的真相,让人哭笑不得。

李老师一到学校,就被叫到了校长室。卢亮、王阳、王晗、陈兴、张晓风、杨帆一字排开,低着头听王校长训话:"马上就要期末考试了,你们还有心思打游戏,夜里三点偷偷起来,你们真有毅力。"因为激动,王校长脸色通红,他扶了扶金丝眼镜,喝了一口水,然后对李老师说道:"你们班的那个王大力太不像话了,要好好教育一下,好好的一个班级,被他搞得乌烟瘴气。"

狗尾草

教室里早就沸腾了,同学们说得唾液横飞,事情被传得神乎其神,刺激着大家的每一根神经。王大力内心发虚,忐忑不安。他预感到暴风雨要来了,该来的总会来的,不就是打打游戏吗?要是家长给打,干吗要夜里偷偷地打啊,王大力找到了借口,内心多了一点底气。

"哪个是王大力,你出来,你把我的孙子教坏了,我得感谢你。"卢奶奶的大嗓门在校园里炸开了,保安跟在后面劝阻,但哪里挡得住怒气冲天的卢奶奶。"不好,卢奶奶来了。"杨子涵对着王大力嚷道。

王大力知道无法躲避了,只好横下心来走出了教室。卢奶奶抬头看了看王大力:"哦,你就是那个王大力啊,知道我干吗要找你?"

"我怎么知道你为啥要找我啊?"王大力拿定了主意,不能害怕,越害怕敌人会越强大。

"说得也对,那我告诉你吧,听说你是游戏高手,我想求你教我打游戏。"卢奶奶一副认真的样子,大家被搞得丈二和尚摸不着头脑。王大力没想到气势汹汹的卢奶奶还玩起了幽默,感到很好笑,他心里刚松了一口气,卢奶奶却像连珠炮似的说道:"知道为什么吗?我猜你肯定会说不知道,那我来告诉你,你听好了……"卢奶奶停顿了一下,忽然提高了嗓门,"为了你不去祸害其他孩子!"这声音,这气势,远远胜过了打狗棍的威力。

王大力被逼到了悬崖边,要么作揖求饶,要么绝地反击。这么多人注视着,低头也是需要勇气的。长这么大,他还没有向谁认过错,哪怕自己真的错了,也不能!他王大力怎么可以让别人当众奚落呢?那多没面子!坚决不能!

王大力冷笑了几声,露出一副无所谓的表情,看着卢奶奶说:

第十一章　家庭风波

"要学,你找卢亮学。卢亮打游戏你去找卢亮,我又没在你家打游戏,谁祸害谁还说不定呢。"

李老师和王校长过来了。

"王大力你还强词夺理,做错了事情还理直气壮,快向卢奶奶认错!"李老师第一次大声呵斥学生。

"我干吗要认错?我到他家打游戏了吗?我在自己家里打游戏碍别人什么事?"

"你没有妨碍别人是吗?"王校长深深地吸了一口气,他努力地克制着情绪,"那我来问你,主意是不是你出的?游戏光盘是不是你给的?他们是不是你组织起来的?"

王大力感到自己没有了退路,他只能硬着头皮顶下去:"谁说我给他们出主意啦?我又没逼着他们打游戏,与我有什么关系?"

"把他家大人找来,这孩子不懂道理,让家长好好教育教育。"站在一旁的家长忍不住插嘴了。

"你们干吗找我爸,我看不起你们,这事情与我爸爸有什么关系?"王大力突然激动起来,大声吼叫着,脖子上青筋暴起。

"把他带到我办公室去,太嚣张了,李老师打电话叫他爸爸来!"王校长说完后拂袖而去。

王大力爸爸刚结束考察,正在返回的路上。李老师打来电话,把王大力的事情告诉了他。王大力又闯祸了,他心急如焚,一到学校,就直奔校长室。

看到了爸爸,王大力像一只被围困在笼子里的老虎,突然变得狂躁不安:"你们就会来这一套,有本事冲我来,你们找我爸干什么?"他跑到了爸爸跟前,拉着爸爸手说:"爸,我真的没干什么坏事,别听他们瞎说,你带我回家!"

狗尾草

"你还有脸回家？那你给我说说,你有没有带着他们夜里起来打游戏？王大力啊王大力,我还不了解你？到现在你还不认错？"

"爸,你也帮着他们欺负我？你们都是一伙的,反正就是我不好,坏事情都是我干的。我没在学校打游戏,也没到他们家里打游戏,我在自己家里打游戏,关他们什么事？"王大力突然感觉自己是一只人人喊打的老鼠,眼神里露出了一丝怨恨。

"你还强词夺理,在市实验小学,因为打游戏,我才给你转学,我希望你能换个环境,好好学习,可是不到一个学期,你居然在快要期末考试的时候,带着男生夜里起来打游戏。你没有错？那是我错了,还是你的老师错了？你不道歉是吗？那好,我道歉！"

"王校长、李老师、各位家长,我对不起大家,我没有管好孩子,给大家带来了不好的影响,请大家多见谅,我会给你们一个说法,请大家稍等片刻,我去去就来。"话音未落,人已经冲出了校长室。

一路上王大力的爸爸心潮起伏,自己忙于事业,很少陪着王大力,总觉得亏欠他太多,所以对他百依百顺。王大力从二年级开始打游戏,那时候认为小孩子打打游戏,不会影响学习,还可以开发智力,也就没多管。后来王大力沉溺其中,不能自拔,老师批评他可他还和老师打架,自己没有办法只好给他换了一所学校,希望他在新的环境里能有所改变,没想到又闯出了祸,看来都是电脑惹的祸！

王大力的妈妈到北京还没回来,王大力的爸爸冲进卧室,把家里的电脑都拿到了汽车里。王奶奶正在隔壁聊天,听到了动静,一看是儿子回来了,想打声招呼,没承想儿子只留给自己一个匆匆离去的背影。她急得直叫唤:"你把家里当宾馆啦,到家里一晃就没人影了,看你那火急火燎的样子,赶着去投胎啊,不想回来就别回来了！"

第十一章　家庭风波

发动机的轰鸣声淹没了王奶奶的唠叨,车子绝尘而去。

校长室里,家长们还在等待学校的处理结果。王校长和李老师轮番对王大力进行思想教育,王大力却把头偏向一边,眼睛看着窗外。他想不通,小孩子为什么要把所有的时间都用来学习?为什么每个人一定要考出优秀的成绩?第一名就一个,干吗都要去争第一名?小孩子为什么就不能做自己喜欢的事情?

电风扇呼呼地转着,老师苦口婆心地劝着。王大力感到心烦意乱,他仿佛沉溺到了水里,无法呼吸,他想大声喊叫。

保安帮着王大力爸爸把笔记本电脑拿到了校长室,一共五台,放到了办公桌上。王大力看到了自己的电脑,眼睛惊得几乎要掉下来:"爸!你这是干吗?"

王大力爸爸根本都没有理睬王大力,他看了看校长和家长说:"对不起大家,我没有教育好孩子,这几台电脑捐给学校。"

电脑就是自己的命,把电脑送给学校,不是要自己的命吗?"爸,我求你不要这样做!"说着王大力就要扑过去抢电脑。"你要是不打游戏,会给我惹出这么多的麻烦吗?家里没有电脑你就老实了!"爸爸推开了王大力,王大力一躬身,反扑过去。爸爸被激怒了,他瞪着王大力吼道:"你想要电脑是不是?好,我给你!"

王大力爸爸拿起了一台白色的笔记本电脑:"我叫你抢!"他双手高高地举起电脑,狠狠地摔在了地上。

所有的人都惊呆了,多好的笔记本电脑,"啪"的一声落在了地上。这台电脑是王大力的生日礼物,现在被摔得四分五裂,王大力感到天旋地转,他像一只急红了眼的野兽,一阵嘶吼:"我的电脑,我的电脑!"紧接着一声沉重的摔门声,"我恨你们!"等大家反应过来的时候,王大力已经爬到了四楼。

狗尾草

　　大家赶紧追了出去,王大力走上了四楼楼顶,消防通道的门被他闩上了。一阵慌乱的推门声中夹杂着焦急的呼喊声:"大力你开门。""大力听话,快点下来!"有几个人反应过来,提醒道:"快到楼下去看看,别出什么事情。"留下两个人守着通道口,其余的人慌慌张张地往下跑。王大力爸爸腿脚发软,几次差点跌倒,被王校长和卢飞一左一右搀扶着走下楼梯。

　　王大力坐在楼顶的边缘,两条腿悬在半空中,他像一块挂在悬崖边的石头,随时都可能滑落。他不停地抖动着两条腿,扯着喉咙喊着:"我恨你们,我们打游戏有什么错?我们只有一天到晚学习,你们才满意是不是?"

　　正好是放学的时候,许多家长都围了过来,大家在下面打听着事情的经过,无奈地长吁短叹。男家长自发地站在楼下,把手拉起来,防止王大力跳下来。

　　"大力你下来,听话,有什么话好好说。"李老师几乎哭了出来,"大家都是为了你好啊,你千万不要做傻事。"

　　"大力你怎么了?你下来,奶奶给你做主,你千万别想不开,奶奶心脏不好,你别吓唬我。"王大力要跳楼的消息已经在香草小区炸了锅,张爷爷用三轮车把王奶奶送了过来。

　　"奶奶你不要伤心,我的电脑也没了,活着没意思了。"说着王大力站了起来,双脚踩在楼顶边缘,好多人都惊叫起来,胆子小的已经

142

第十一章 家庭风波

用手蒙住了眼睛,王奶奶双腿一软跌坐在地上。夕阳映照在王大力的脸上,他抹了抹嘴唇,露出了血色的微笑。

所有的男人都靠在了一起,伸出了双臂。女人和小孩都尖叫着:"不要,不要!"

王奶奶已经泣不成声:"大力你不要奶奶了吗?你千万别犯傻,孩子求你下来吧!"王奶奶跪在了地上,"大力,奶奶给你跪下了!"

王大力怔了一下,突然大声喊道:"都怨你们,我恨你们!我要让你们后悔!"王大力挥舞着双手,他彻底失去了理智。

大家都紧张地喘不过气来了。

就在这时,只听见一声大笑,张奶奶站了出来,指着王大力朗声说道:"好一个王大力,你有种,我和你有一笔账还没算,所以你要等一等。"

"你谁呀?我连跳楼都不怕,还怕你和我算账!"

"我是谁并不重要,重要的是你一直欺负我的孙女张小云。"

"哦,原来你是张小云的奶奶啊,太好了,张小云斗不过我,找她奶奶帮忙了。"王大力一阵狂笑,"张小云你认输啦?"

忽然,王大力的身后露出了一颗亮亮的脑袋,所有的人都看到了!他们的心里像摆了一面鼓,被敲得"咚咚"作响。但大家都明白,要镇定,不能让王大力察觉。

张奶奶非常清楚,她要想方设法吸引王大力的注意力。

"是吗?打败张小云会让你这么开心吗?是不是在她面前你没有自信?"

"有本事和我光明正大地比,我王大力谁都不怕!"王大力拍了拍胸脯,身子一斜差点滑落下来。

楼下响起了一阵尖叫声。

狗尾草

终于,那光秃秃的脑袋探出来了,是王校长!他从四楼的窗台爬上了楼顶,为了不惊动王大力,他匍匐着向前,一点点地靠近王大力。要是王大力有所觉察,后果不堪设想。大家的心都提到了嗓子眼,呼吸变得困难了,手掌心里湿湿的,时间仿佛停滞了,一秒钟如同一个世纪那么漫长。

形势万分危机!

张奶奶深深地吸了一口气,提了提神,她不能慌。关键时刻到了,她要稳住王大力。

"如果和张小云再比,你还是会输给她的,你知道为什么吗?"没等王大力说话,张奶奶接着说道,"因为你根本不知道认输,想赢先要学会认输,你肯认输吗?你不肯,所以你肯定比不过张小云。"

张奶奶的话在王大力的心里泛起了层层波澜,他突然明白了自己为什么会输给张小云,他陷入了沉思。

"那你现在知道怎样打败张小云吗?我告诉你,张小云有一个很致命的弱点——"张奶奶故意停顿了一下。

王大力急了,连忙问道:"什么弱点?"

王校长终于爬到了王大力的身后,最揪心的时刻到了!

所有的人都屏住了呼吸,人们把举起的臂膀绷得紧紧的。王大力双手交叉在胸前,支起了耳朵,眼睛定定地看着张奶奶,他太想知道张小云的弱点了。

"王大力你听好了,张小云的弱点是——"

时机到了!王校长捋一下头上仅剩的一缕头发,猛地跳起,从后面抱住了王大力的腰部,把王大力拽到了中间。

悬着的心终于放了下来。

鼓掌声,叫好声,不断响起!惊叹声,庆幸声,此起彼伏!

第十一章　家庭风波

卢风等人爬到了楼顶,王校长打开了消防通道的门,大家抬着王大力往楼下走。

"我不下去,你们这些骗子,我是输给了张小云!"王大力脸色灰白,声音嘶哑,像一头走投无路的狮子,不甘心束手被擒,绝望的眼神里燃烧着怒火。

一到校长室,众人放下了王大力,他的胸脯剧烈地起伏着,大口大口地喘着粗气。大家开始七嘴八舌地安慰着王大力,王奶奶把王大力揽在怀里,边哭边数落着:"你有多大的委屈要去跳楼?你要是真跳了,奶奶还怎么活啊?你妈妈在北京还不知道。你怎么就这么狠心呢?"

大家一起安慰王奶奶,有心肠软的人也陪着落泪。王大力爸爸坐在角落里,一口接一口地猛抽香烟。他的胸口一阵疼痛:问题出在哪里?是自己太溺爱孩子了?十多年过去了,孩子转眼也长大了,他感到时间很紧迫,不能让王大力这样了,这次一定要教育好他。

王大力渐渐地安静下来,眼里的怒火慢慢地熄灭。险情总算化解了,大家松了一口气后,这才想起还要回家做饭。正要离开时,王大力又爆发了,他推开了王奶奶,拔腿就跑。

王大力爸爸扔下了烟头,迅速站起,一个箭步,挡在王大力前头。他怒目圆睁,头发竖起,抡起了巴掌抽了过去,只听见两声脆响,王大力倒在了地上。王奶奶扑了过来,拉着王大力爸爸:"他是个命苦的孩子,你不能打他!"

王大力爸爸的表情瞬间凝固了,泪水滴在了王大力的身上:"你知道吗,你的命不是你自己的!你知道你是怎么活下来的吗?你知道吗?你要是知道了,你就会好好地活着,珍惜你自己,珍惜你现在

狗尾草

拥有的一切!"

在场的大人都低下了头,眼里噙着晶莹的泪水,他们似乎同时被触动了人生中最痛苦的记忆。孩子们迷惑不解地看着这一切,难道还有什么真相一直被隐藏了?

张奶奶推开了人群,拉起了王大力,看着众人,一字一顿地说:"孩子们都长大了,该让他们知道了!"

第十二章　六月十五日

回忆是泪滴做成的,一旦触及,止不住,流不干。

已经过去十一年了,大人们心头那道被撕裂的伤口,至今无法愈合,依旧隐隐作痛。

那时候没有香草小区,大家住的村子叫香草村。香草村里住着两百多户人家,大多数人家还住着祖上留下来的老房子,青瓦白墙,古香古色,村口保留着清末秀才王洪尹题的对联:天地日月正,山水花草香。香草村的人多是读书人的后代,村庄民风淳朴。

张奶奶家住在村东头,是一座两进两出的老宅。

这天是六月十五日。

张奶奶早早地起来,儿子张腾飞要给孩子办满月礼,一会儿家里就会有人来。她收拾好了庭院,坐在台阶上,想着夜里做的梦。她梦到了天地玄黄,宇宙洪荒,一条巨蛇,嘴里喷着水,大水淹没了太阳,月亮在水里唱着凄凉的歌,一只大鸟无处可逃,被巨蛇撕扯下洁白的羽毛。

张奶奶感到怪怪的:怎么会做这样的梦呢？大早晨,太阳还没升高,一只乌鸦聒噪着,那一身发亮的黑色,仿佛可以遮住太阳。今

狗尾草

天的天空显得特别低，压得人有些喘不过气来。

香草村流传着一个习俗，谁家要是生了娃娃，在满月这一天，全村的人都要去祝贺一天。人们会在上午到主家去随礼，送去祝福。中午主家要大摆筵席，全村人热热闹闹地吃上一顿。到了下午，全村人要到礼堂去观看孩子的满月礼。

太阳有一人高了，空气有些浑浊。陆续有人过来，他们坐到前厅，张奶奶打开了电风扇，桌子上放着红鸡蛋，白瓷碗里倒满了红糖水。客人们吃完鸡蛋、喝完糖水后，张奶奶抱出孩子，大家围过来，争着抱在怀里："看这孩子多水灵，将来长大肯定有出息！"张奶奶听得乐呵呵的，一时忘记了烦躁，边忙碌边告诉客人这孩子叫张小云。这时候有人惊呼道："你看这孩子笑起来多好看，就像花开了。"说话的人是隔壁的胖二嫂。这时候有人打趣道："那要看抱在谁的怀里，你胖二嫂长得就是一副观音像，哪家童子见到你不要拜一拜啊！"引来一阵开怀大笑。

除了孩子之外，今天大家谈论最多的就是天气，人们仿佛是缺氧的鱼，游在浑浊的水里，大口地喘着气。

快到中午了，客人们开始坐席了。张奶奶脑海里总会冒出那条喷着水的巨蛇，心里总有些异样，她抬头看了看天空，一小片乌黑发亮的云，正漫过太阳，而后又消失得没有踪迹。

"他张嫂，该发红丝带了。"说话的老人鹤发童颜，大家都叫他老祖宗。老祖宗姓王，是秀才王洪尹的曾孙，自幼饱读诗书，举止儒雅，方圆几百里无人不知，常有知名人士拜访。村里谁家有事都要请老祖宗到场主持，有老祖宗在，大家心里会踏实。

听到了老祖宗的吩咐，张奶奶开始发红丝带，孩子们头上扎着红丝带，满院子乱窜，火红火红的，晃得张奶奶的眼睛有些发花。老

第十二章　六月十五日

狗尾草

祖宗咳嗽了两声,然后叫道:"他张婶,你过来一下。"张奶奶走了过去,低下头问道:"老祖宗,你有什么吩咐。""我看你心神不定,不要胡思乱想,好好招呼客人吧。"张奶奶被说得愣在那里,这没头没尾的话让人云里雾里的。张奶奶还想问,老祖宗摆了摆手,闭目养神了。老祖宗是不是老糊涂了?张奶奶看了看老祖宗,那一头银发,就像梦里那只大鸟身上的羽毛。张奶奶身上打了个冷战,一丝寒意爬上了脊梁骨。

一吃好饭,老祖宗就催促大家到礼堂去观礼。

礼堂在村西头,以前是村人的祠堂,现在被改为礼堂,祠堂是清朝年间建造的,后来经过不断修缮,一直保存到现在。两扇大门上,刻着王秀才题的对联,历经风雨,饱经沧桑。香草村的地势是东低西高,礼堂坐落在全村位置最高处,守望着香草村,谁家要是有了红白喜事,全村人都要到这里举行仪式。

通往礼堂的路上,壮汉们抬着老祖宗,村人跟在后面。不知从哪里吹来一阵冷风,让人感到一阵惬意,一吐胸中的烦闷,有的人开心地欢呼起来。天空是那么安静,几块云散落在空中,从云朵的边缘,射出耀眼的光芒。又是一阵冷风,那几块云被吹皱了,泛着艳红色的光,把整个天空都照亮了,每个人都身披红光。

大家不由得抬起头,仰望着天空。"都走了,大家快点到礼堂去。"老祖宗一提醒,大家这才抬起脚,但眼睛仍痴痴地盯着天空。红光渐渐地暗淡下来,风开始吹了起来,天空变成了涨潮的海,一道道海浪从四面八方涌过来,一瞬间波翻浪涌,波澜壮阔。

云层越积越厚,大礼堂的上空变得苍苍茫茫。

张奶奶走进礼堂时,一眼瞥见大门上王秀才留下的墨迹,不断地飞舞着,飞到了西边的天空,变幻着姿态,像乌鸦舞动的翅膀,不

怀好意地窥视着大地。

有的人隐约地感到了怪异,和身边的人小声地讨论着。老祖宗置若罔闻,有条不紊地吩咐大家做事。

"他张嫂,你带着妇女和孩子到舞台上,那里由你负责。"举行典礼的时候,会在舞台上放上桌子,老祖宗和几位长者坐在上面。舞台高约一米,坐在舞台上,会让人觉得至尊无上。张奶奶当然不敢造次,连忙推脱,而老祖宗只是挥挥手,没有商量的余地,张奶奶只好组织妇女和孩子到舞台上。

男人们站在下面,没有了以往的开场仪式,老祖宗清了清嗓子,大家静了下来。

"各位乡亲,今天是张腾飞家的女儿张小云满月礼,这是我们香草村的一件大喜事。我们能够在这里生活那叫缘分。明朝天启年间,三位先人来此居住,经过多年繁衍,有了今天的香草村。王、张、李三个姓氏的族人和睦相处,共渡难关。村史曾经记载,香草村的祠堂最初是在村东头,在清朝年间被大水冲毁,灾后重建的祠堂,就是保存到现在的大礼堂。我们香草村能历经几百年不断发展壮大,靠的是我们三姓族人和睦相处,亲如一家。"

一股风从大门外钻了进来,老祖宗花白的头发被吹乱了。

"今天异象再现,与一百年前的那场天灾征兆相似,愿先人庇佑我族人呐。"

天空突然暗了一下,接着露出惨白的光芒。老祖宗的表情开始变得凝重了,每个人都看到了天空的奇异景象:那片黑云快速地扩散,在天空中肆意地翻滚着,奔涌着,太阳像一个溺水的人,在茫茫的大海中挣扎着,一次又一次地被海水淹没,一次又一次地探出了头,天地间忽明忽暗,最后太阳耗尽了所有的力气,慢慢地沉入水

底,世界陷入了无边无际的黑暗中。

"暴风雨要来了,你们不要慌张,这里地势最高,墙体一尺多厚,待在这里最安全。大家要听从指挥,女人和孩子待在舞台上不要乱动,男人分别靠在四根柱子周围。"

黑暗中,老祖宗的声音在礼堂里回荡着。

云开始迅速地聚拢,形成一个巨大的漩涡,漩涡中心是灰白色的云,仿佛是一条盘旋着的巨蛇,悬停在空中。

整个世界突然一阵静默,远远地听到刺耳的啸叫声,声音越来越大,越来越近,狂风裹挟着乌云,带着排山倒海之势从天而降,发疯似的撕扯着大地,礼堂剧烈地颤抖着。大树被连根拔起,窗户被吹到半空,大地就像一艘船,在狂风中颠簸着。

飓风咆哮,乌云翻滚。一道道闪电划破浓浓的墨色,那转瞬即逝的亮光,就像每个人煞白的脸色,没有一丝血色。

人们在极度的恐慌中颤抖着,大人紧紧地把孩子抱在怀里。老祖宗坐在礼堂中央,他是乡亲们的定海神针。"乡亲们不要怕,一百年前我们的先人能渡过那场劫难,今天我们也能!不要给先人丢脸呐,大难面前要看淡生死,肝胆相照,我香草村人不惧生死!"

一声声炸雷,一道道闪电,乌云在燃烧着。张奶奶看到了漩涡中那灰白色的云,像梦中的巨蛇,抬起了头,水柱从天而降。张奶奶看着老祖宗,她告诉自己不能惊慌。雷声轰鸣,电光闪闪,天地之间冒出千万条火龙,连云层都被点燃了。天不堪重负,漏了。狂风如千万匹受惊的马,奔腾着,嘶鸣着。那一条条雨练,在空中狂舞,交织着,纠缠着,如一根根鞭子,狠狠地抽打着裸露在地面上的一切。礼堂的房顶急剧地震荡着,不时有砖瓦被掀起,抛在半空,摔在地上,稀里哗啦。

第十二章 六月十五日

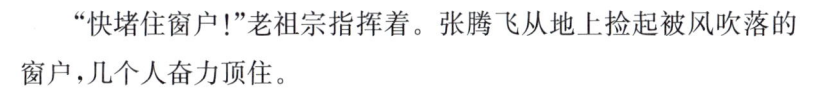

"快堵住窗户!"老祖宗指挥着。张腾飞从地上捡起被风吹落的窗户,几个人奋力顶住。

电闪雷鸣,风急雨骤。天地之间挂着无数道河流,落在地上,又急速地弹起,被狂风一阵猛吹,地面上一道道水波你追我赶,撞击着,冲刷着障碍物,腾起片片水雾。狂风裹挟雨水,寻找着缝隙,残忍地入侵着、占领着。

礼堂里已经进了水,老祖宗站了起来,他推开要搀扶他的人,大声指挥着:"把上衣脱下来,堵住缝隙。"所有的男人都脱掉了上衣,堵在了门窗的缝隙上。漏水暂时堵住了,风雨被挡在了外面,人们可以松口气了。

此刻风和雨是这个世界的绝对主宰者,它们就是凶残的猛兽,一阵疯狂后,开始大口地喘息着。风不急了,雨点舒缓了。难道劫难过去了?我们渡过难关了?人们有些兴奋,惊心动魄过后,他们开始感到疲累。

老祖宗沉默不语,他打开门,礼堂外面的积水有半米深,整个村庄已经浸泡在水中。有的人吵着要回家,家里的值钱东西都泡在了水里,得想办法拿出来。老祖宗咳嗽了几声,表情凝重,大家顺着他的目光,看到水天相接的地方闪着亮光,一道道波峰不断翻涌着,一阵阵巨兽的低吼声贴着水面传来。

"快,进去,抵住门,关好窗!"老祖宗的吼叫声还回荡着雨声里,与洪水猛兽的战斗就开始了。

风憋足了劲,贴着水面,拖着水雾,啸叫着,像一群群白发妖魔,奔袭而来,撕扯着这个世界,一波又一波,水声哗哗作响。

雨借风势,漫天狂舞,像一个注射了兴奋剂的疯子,手舞足蹈,从半空中狠狠地用脚踹了下来,疯狂地践踏着这个世界。

狗尾草

大礼堂在风雨中飘摇。它随时都会被风雨撕碎,肢解,然后被卷在半空,抛向无边的黑暗。

每一个人都战栗在恐惧中,孩子们大声啼哭,大人们双腿颤抖。

老祖宗双手扶着柱子,用尽所有的气力喊道:"看淡生死,同舟共济。是爷们一起上,不贪生,不怕死!劫难过了,后人会记住你们的!"

老祖宗的话就是一束光,驱走了人们内心的恐慌。男人挺直了胸膛,女人擦去孩子的泪水。

窗户吹掉了,马上有人冲过去抵住;门缝里渗水了,马上有人去堵上。在老祖宗的指挥下,有条不紊,秩序井然。"坚持住,再熬一会儿,暴风雨快过去了,太阳快要出来了!"老祖宗在人群里来回穿梭着,不时拍一拍大家的肩膀。

"老祖宗的话都听到了吧,大家再麻利点!"

"好嘞,大家都注意点,动作麻利点!"

"水进不来,进来我用身子给它堵着!"

"天塌不下来,天塌下来我用头顶着!"

"先人盖的祠堂,墙一尺多厚,四柱八梁都一人多粗,结实着呢,托先人的福,我们都会平安的!"

"先人早就料到了这一天,这祠堂就是让人们防天灾的。"

老祖宗的话点燃了男人们的万丈豪情,大家你一言我一语,忘记了狂风暴雨,他们似乎看到了风雨之后的艳阳天。

大礼堂不停地摇晃着,抖动着,任凭暴风雨抓狂,它就像拳台上被重拳不断击打的选手,虽然左摇右晃,却始终没有倒下。此时,大礼堂已经遍体鳞伤,但那毕竟是皮外伤,它不会倒下!

劫难就要过去了!天佑族人,一百多年后,香草村的人将再躲过一劫,两行热泪挂在了老祖宗的脸上。

是的,再大的风雨总要过去的,每个人都期待着风停雨住的那一刻。他们支起了耳朵聆听着,期待着这个世界能安静下来。然而他们的耳畔却传来了沉闷的轰响,就像被关押了千年的魔兽冲破了牢笼。大家议论起来:应该不是雷声,那是什么声音?难道是大坝坍塌了?离这里十里地有一座水库!不好了,水库大坝坍塌了!

一场更大的灾难来临了!

老祖宗脸色煞白,额上冒出了汗珠,他一脸凛然,仰天长叹道:"生死攸关的时候到了,大人要保护小孩,男人要保护妇女,一切要看造化了。"大家一瞬间都明白了,他们将要面临生死考验,内心反而平静下来。爸爸亲了亲孩子,妻子默默地注视着丈夫……是告别,也是祈祷,更是不舍!而后男人们围着老祖宗,双手紧紧地握在了一起。

几声山崩地裂的巨响后,大地开始剧烈颤动。洪水如出笼的猛兽,挣脱了束缚,不可阻挡地在大地上横冲直撞,杀气腾腾。那浑浊的黄水气势汹汹,腾起一米多高的浪头,前赴后继,一路狂奔。

恶浪滔天,狠狠地撞击着礼堂的墙壁。大礼堂像一个遍体鳞伤的老人,已经体力不支,摇摇欲坠。死亡的阴影铺天盖地地漫延开来,大家紧紧地依偎在一起,眼神里流露出掩饰不住的恐惧。

风急浪高,水流不断地冲刷着墙砖间的缝隙,就像一把把利剑,一阵阵猛刺,砖缝间不断有泥浆冒出来。

墙缝里渗出的水越来越多,越来越急。已经无法堵住了,胆小的人蒙住了眼睛,死神也许在下一秒降临。

老祖宗扯着嗓子喊道:"大家都听着,不要害怕,流血不流泪,笑对生死!"

狗尾草

一道水柱从砖缝里激射而出,墙面上出现了一个大窟窿,洪水瞬间涌了进来,南墙支撑不住了,轰然倒塌,水急速上涨。男人们被冲倒在水流中,艰难地爬起来时,水已经漫到了腰间。"把水中的木板捞起来,放到舞台上,男人站在舞台四周,保护妇女、孩子。"老祖宗喝了几口黄水,不停地咳嗽。"快把老祖宗拉上来!"张奶奶在台上焦急地叫喊着。"除了妇女、孩子,谁都不准上去,我香草村的男儿不含糊!"老祖宗那坚毅的眼神里闪着炽热的光,但张奶奶知道,那是最后所有能量的聚积。

洪水咆哮着,在大厅内打着旋,撞向墙面。房梁开始"咯咯"作响,中间的柱子慢慢倾斜。

风更急了!浪更高了!

西墙倒了,西面的房顶开始坍塌,横木、砖、瓦纷纷砸下。中间的柱子"吱吱"呻吟着。"不能让中间的柱子倒下!"老祖宗手脚并用冲了过去,男人们都扑了上去,大家七手八脚稳住了柱子。这时候一阵狂风席卷过来。"注意!"老祖宗侧身挡了过去,一片瓦打在了他的额上。一股鲜红的血溅了出去,老祖宗倒下了,水面上一片殷红。

"快救老祖宗!"张腾飞把老祖宗抱到了舞台上,张奶奶扯下了孩子头上的红丝带,包住了伤口。老祖宗睁开了眼睛,指着柱子。大家明白了。"够爷们的,一起上!"男人们大声吼了起来。前面的人推着柱子,后面的人推着前面人的后背,倾斜的柱子稳住了,房顶停止了坍塌。

满世界都是水,它贪婪地吞噬着一切。水漫过男人们的下巴了,他们伸着脖子,不让水灌进嘴里。水漫过了舞台,舞台上的女人们把孩子和老祖宗放到了木板上。

第十二章 六月十五日

张腾飞站在最前面,他双手推着柱子,水已经灌进了他的嘴巴里,腥臭的泥水,呛得他快要窒息,他想直起身子呼吸,可是他不能松劲,柱子随时都可能倒下。他咬着牙,因为窒息,面色发紫,手指紧紧地抠在了柱子上,任水漫过了头顶。

"腾飞等等我!妈,照顾好小云!"张小云妈妈跳进了水里,她在水流中挣扎着扑向张腾飞。

"你快回来,孩子这么小,不能没有妈妈!"张奶奶和众人哭叫着,男人们吃力地推着柱子,只能眼睁睁地看着她沉入水中。一声清亮的啼哭,穿过这无情的风雨,痛得人撕心裂肺。

老祖宗醒了,拼尽了所有的气力吼道:"逝者安息!生者平安!"而后深情地一瞥,翻身滚入水中。那花白的头发在水面上打了一个旋,就消失在水中。张奶奶看到,那白鸟身上被撕扯下来的羽毛,化成了惨白的微笑。

仿佛塌了天,老祖宗走了,众人放声恸哭,没有了老祖宗,大家失去了主心骨。"不要哭了,都擦干眼泪!"张奶奶强忍泪水,朗声说道,"老祖宗走了是不想连累我们,他老人家希望我们能好好地活着,现在还不是哭泣的时候,我们要活着!"

大家止住了哭泣,看着张奶奶,悲痛化作了力量,大家齐声吼道:"我们要活着!我们要活着!"

水还在上涨,又一个男人被淹没在水中,柱子又开始倾斜。

"帮我照顾好孩子!"是胖二嫂,她亲了一下怀中的孩子,把他放在了木板上,纵身跳入水中。

一个男人倒下,就有一个女人跳入水中。没有人哭泣,没有人畏惧,他们前赴后继,舍生忘死!这气势惊天地,泣鬼神,让死神望而却步!

狗尾草

第十二章　六月十五日

暴风雨终于停了!

天睁开了眼,一切如混沌初开,泛着耀眼的白光。几声婴儿的啼哭在茫茫的泽国上回荡着,云开了,太阳出来了!

坐在冲锋舟上,张奶奶看到一只黑色的鸟,正穿过血色的晚霞,羽毛燃烧成一缕如烟的墨色,慢慢地消失在天际。天边那一道道鱼鳞状的殷红色,是天空裂开的伤口,映得水天相接处如同血染一般。

这一天是六月十五日!

第十三章　那些不知道的事

太阳落山了,月牙儿镶在了天空上,天地间弥漫着昏黄的光,如同一张发黄的纸,写满了尘封的往事。

没有人愿意离去,大家坐在香草小学的操场上,孩子们偎在大人的身旁,无声地抽泣着。

六月十五日,原本是孩子们心中最快乐的一天。哪知道,这一天曾是亲人们的梦魇,那场无情的暴风雨,那次肆虐生灵的大洪水,摧毁了美丽的家园,多少孩子失去了亲人。

真相被隐瞒了十一年,孩子们在疼爱中长大了。他们是幸存者,他们的生,是死去的亲人拿命换来的。不管自己的父母是谁,香草村的每一个人都是自己最亲的人。

洪水猛兽撕扯着孩子们的心,那惨烈的场面冲击着孩子们的想象。

血淋淋的真相击碎了王大力的心,亲生父母在那场洪水中丧生,自己都不知道他们的模样。现在的爸爸是他的养父,疼他,爱他,宠他,可是自己却做出了多么荒唐的事。

王大力欲哭无泪,他一遍遍地重复着:"奶奶、爸爸,我对不起你

们!你们把我养了这么大,我却不知道好好珍惜!我知道错了,我对不起你们!"

"孩子不要伤心了,谁小时候能不犯错?"王奶奶老泪纵横,"知错就是好孩子!"

王大力爸爸努力地控制着情绪,一字一顿地说:"活着的人要好好地活着,你的命不是你自己的!"他把王大力脖子上的坠子拿了下来,"大力,我们骗了你,这个坠子是你亲生父母给你的,我们领养你的时候,已经挂在了你的脖子上。"他打开坠子,取出里面的大头照,指着反面的字说道,"你自己看一看吧。"

王大力双手捧着照片,看着亲生父母留下的字迹,仿佛听到了他们在说:"爱你宝贝!"王大力慢慢地站了起来,身子直直地跪下,操场响起了撕心裂肺地号叫。

爸爸拉着王大力:"儿子你站起来,你是我的儿子,你就是我亲生的儿子,你是男子汉,擦干你的泪水,好好活着,让每一个爱你的人感到欣慰!"

张奶奶过来了,她拿过了王大力的坠子,看了看,拉着王大力的手哭着喊道:"你是胖二嫂的孩子,照片是你百日那天照的,你爸爸在后面写的字,我们两家是邻居,那时候你妈妈经常抱你到我家玩。如今你长大了,他们也该安心了!"

王大力看着张奶奶,如同见到了自己的亲生父母,一声奶奶叫得肝肠寸断。

"孩子,以后再也不要做傻事了,我们香草村的孩子都要好好地活着,要对得起死去的亲人,也要对得起养育你们的人。"

张奶奶站直了身子,擦了擦泪水,朦胧的夜色里回响着她高亢激昂的话语:"那时候我们就剩下一个念头——'活下来'。孩子们,

狗尾草

我们活下来了!我们要好好地活着!我们原来的村庄是香草村,村人知书达理,和睦相处,虽然香草村毁了,但我们不要忘记自己是香草村人,好好学习,知书达理!"

"好好学习,知书达理!"王校长振臂高呼。

"好好学习,知书达理!"孩子们声震云霄。

回家的路上,张小云牵着奶奶的手,那些原来不知道的事,让她的心情久久不能平静。她抬头看了看天空,地上一个人,天上一颗星,满天星星亮闪闪,哪一个是爸爸?哪一个是妈妈?

小云喃喃自语着:"爸爸、妈妈在天上还好吗?我好想你们,奶奶也好想你们。现在我长大了,奶奶也变老了。她总是叹息,我以前不知道原因,现在我知道了,奶奶的心上有一道伤口,这伤口经常裂开,折磨着奶奶。不仅仅是奶奶,所有活下来的人,他们没有忘记你们。明年的六月十五日,我会做一只大大的河灯,一直漂到天上去,漂到你们的身边,告诉你们我会好好活着!"

悲伤在浓浓的夜色里涨潮,在每个人心里涌动着,拍打着流血的伤口。那满天的星星,静静地躺在漆黑的天空上,闪着神秘的光芒。

还有多少自己不知道的事情,被大人埋在了心底?为了自己的孩子能快乐生活,他们心中藏了多少痛苦?

王大力无法入睡,他的世界被颠覆了,心灵被无数次地震撼着。那个躲在游戏里的王大力,那个随心所欲的王大力,那个以自我为中心的王大力,仿佛就站在自己的面前,他痛心疾首地说着:"王大力你怎么可以这样,你太自私,太虚荣,不顾别人的感受。你没理想,没追求,麻木迷茫,浪费光阴,不知道好好读书,就知道调皮捣蛋,你这样活着能对得起谁?你辜负了那些爱你的人!"

第十三章 那些不知道的事

愧疚感沉重地压在王大力的心上,他有好多话要告诉爸爸。现在快十一点了,爸爸应该睡着了。小时候爸爸经常搂着他睡觉,爸爸睡着的时候总是鼓着腮帮子,嘴里吹着气,吹在他的脸蛋上痒痒的,他很生气,就捏着爸爸的鼻子,让他没办法喘气,爸爸憋醒了,眼也不睁,头一歪又开始吹气了。爸爸睡觉还吹气吗?他现在觉得爸爸的吹气声很好听,就像催眠曲,听着听着就会睡着了,他想听听爸爸的吹气声。王大力轻轻地打开了门,蹑手蹑脚地下了楼,爸爸的卧室在一楼,要是以前他早就开始大呼小叫了,而现在他每走一步都小心翼翼,生怕惊醒了爸爸。卧室里还亮着灯,爸爸喜欢看书,应该是睡着了忘记关灯了吧。他要把灯关掉,灯光会影响爸爸睡觉。

王大力轻轻地推开门,他的双脚刚踏进卧室,就听到一声大喝:"谁!"爸爸没有睡觉,他从书桌边站了起来,手里拿着日记本。

"爸爸,是我,我睡不着,我想听你吹气。"

"想听爸爸吹气了?那你不准捏我的鼻子。"

爸爸搂着王大力,王大力像小时候那样靠在爸爸的肩膀上。爸爸的肩膀很宽,那是他儿时登天的梯子。

家里的樱桃熟了,王大力想吃,朝爸爸招招手,爸爸就会蹲下身子,把他扛在肩膀上,他小手一伸就能够到一串樱桃,摘下一颗放到爸爸的嘴上,爸爸会连他的小手都含在嘴里,他说要吃王大力这颗开心果。

有时天上会飞过一只好看的鸟,王大力会边招手边叫:"爸爸我要!"爸爸会迅速弯腰低头,把王大力一下子甩到了肩膀上,鸟儿飞远了,王大力着急地嚷道:"爸爸追!"爸爸会伸开双手,在原地旋转起来,嘴里叫道:"飞机起飞,宝宝坐稳喽!"爸爸像一只大鸟那样左右盘旋着,虽然没有抓到那只美丽的鸟儿,但是坐在爸爸的肩膀上,

狗尾草

就像鸟儿一样飞翔,王大力很开心,他不让爸爸停下来,直到爸爸累得坐在了地上。

好久没有坐到爸爸的肩膀上了,他搂紧了爸爸,真想一觉睡到小时候,再骑到爸爸的肩膀上。王大力有些伤感,眼睛湿湿的。

"你怎么了,大力?"

"我没事,就是想起了小时候。人要是长不大多好,可以永远骑在爸爸的肩膀上。"

"爸爸盼着你长大,因为爸爸要变老的,你长大了才能孝敬爸爸。"

"爸爸我告诉你一个秘密,别看我表面上天不怕地不怕,其实我的胆子挺小的。上二年级的时候,有一次我夜里醒了,你和妈妈不在家,我特别害怕,就开着灯,躲在床脚,一直坐到天亮。后来你们经常不在家,我就开始打游戏,在游戏里忘记了恐惧,忘记了孤独。从那时候起我就沉迷游戏了,后来成绩不好,老师批评,同学笑话,我害怕别人看不起我,就想一天到晚躲在游戏里,因为在游戏中别人尊重我,崇拜我……爸爸我错了,我不会再打游戏了,我要好好活着!"

"儿子,爸爸对不起你,爸爸和妈妈忙着做生意,没有照顾好你,爸爸错了,以后爸爸和妈妈一定多陪你,只要你能好好的,爸爸做啥都愿意。"

他紧紧地搂着王大力,儿子一下子懂事了,还有什么比这更幸福的呢?

"不哭了,大力,爸爸搂着你睡觉,等到一觉醒来,新的一天开始了。"

"明天是新的!"王大力点了点头,他要做个好梦了。

第十三章　那些不知道的事

的确,王大力做了一个好梦。梦中他舔着最喜欢吃的火腿肠,舔着舔着火腿肠不见了,还没舔过瘾怎么就找不到了? 王大力一着急就醒了,一偏头就看到了爸爸脚丫子,大脚趾上还湿漉漉的,王大力明白过来了,自己啃了爸爸的脚趾头。他刚想哇哇大叫,却立刻捂住了嘴巴,爸爸睡得正香呢,嘴巴正一鼓一鼓地吹着气。

天光大亮,晨光照亮了房间,新的一天开始了。王大力轻轻地下了床,低头穿鞋时,他看到了地上掉了一本日记,是爸爸昨晚手里拿的那本。王大力弯腰捡起,日记封面上的字吸引了王大力:孩子你不知道的事。

日记已经用了很久了,厚厚的,有些破旧。王大力坐在客厅里,迫不及待地读了起来:

日期:1998年7月2日

百年一遇的大洪水,冲毁了大坝,淹没了香草村。这几日忙着去救灾,现场让我一次次地流泪。十几个孩子失去了双亲,我和小菲给他们喂完了奶粉,一个孩子冲着我们"咯咯"地笑,胖乎乎的小手拽着我的衣角。可怜的孩子还不知道自己失去了父母,小菲抱起这孩子,不住地流眼泪,我和小菲刚刚结婚,还没有孩子,我俩想领养这个孩子。我把这个想法和村里的人说了,他们不同意,他们说只要香草村还有一个大人在,就不会丢下一个孩子。后来他们看到这个孩子见到我们总是笑,觉得我们有缘,就答应了。这孩子的脖子上挂着一个坠子,里面有一张孩子的照片,反面写着:宝贝快乐!

日期:2002年3月15日

邻居家的小妹妹长得很可爱,我问大力喜欢小妹妹吗? 大

力说喜欢。我问他想不想有个小妹妹啊？他摇头。要是有个小弟弟呢？他仍然摇头。问他原因，他说有了小弟弟、小妹妹，我们就不喜欢他了。我和小菲怕大力不开心，一直没要孩子，只要大力开心就好，我们会好好爱他的。

日期：2005年4月5日

爷爷身体不好，妈妈要回家照顾爷爷，我和小菲忙着公司的生意，有时候夜里要去进货，大力一个人在家里睡觉。一路上小菲不停地流泪，我满心愧疚。要是大力夜里醒来，发现我们不在家里，他会不会害怕？现在是事业的起步阶段，真的没有办法，再过一段时间就会好了，儿子要勇敢，很快会好的，爸爸搂你一觉睡到天亮，我向你保证。

日期：2006年6月5日

今天心情很糟，站在老师面前，我感到无地自容，儿子沉迷游戏，成绩一落千丈。老师的话很有道理，孩子没有教育好，挣再多的钱又有什么用呢？都怪我没有重视孩子的教育，太宠爱他了，以为打游戏没有什么，谁知道游戏会害了他。我对不起他的亲生父母，他们要是九泉有知，我该如何向他们交代。

日期：2008年11月10日

儿子的话深深地刺痛了我的心，我怎么会忘记儿子的生日？我怎么会不爱儿子呢？你的生日我迟到了，让你等了好久，爸爸知道你心里很难受，可是你知道爸爸的心里也难受吗？许多事情身不由己，本来计划你生日这天什么事情都不做，专门陪着你，谁知道有外地企业到公司参观学习，爸爸不能不陪着他们，我心里着急也没有办法。儿子，对不起，爸爸真的很爱你，请你不要伤心。

第十三章　那些不知道的事

日期:2009年2月25日

  连续几天失眠,内心的痛苦无法形容,没有教育好孩子我真的很失败。大力带着班里的孩子打游戏,老师批评他,他还骂老师,当时我真想好好地教训他一顿,可一想到他的亲生父母,我又于心不忍,我说过要好好抚养他,让他过得快乐的,我到底该怎么做呢?老师的建议是让他转学,转到哪里去好呢?他生在香草村,也许到那里他会变好吧。爸爸去世了,妈妈现在有时间照顾大力了,我和小菲商量一下,在香草小区买一套房子,香草村的人都安置在那里,香草小学的校风很淳朴,也许那里是他的归宿。

  只能这样了,我真的想不出好的办法了,孩子你快点醒悟吧,你知道爸爸的心里很痛吗?

……

  那些不曾知道的事,静静地藏在日记里。那些不为所知的秘密,冲击着王大力,他的身子剧烈地颤抖着。父母的爱深深地震撼着他!想到自己从来没有顾及过大人的感受,王大力羞愧难当。此刻,他的心里就像打翻了五味瓶。

  王大力站到了窗前,太阳红艳艳的,照在月季花上,那粉红色的花瓣上,露珠闪烁着晶莹的光芒。新的一天开始了,王大力轻轻地合上了日记,放在了胸前,空气里飘荡着甜甜的花香,王大力闭上了眼睛,他感觉到自己来到了一个崭新的世界。

  本来礼拜六晚起床,可王奶奶听到了厨房里传来了锅碗瓢盆交响曲,起初以为自己听错了,支起耳朵仔细地听了听,动静确实是从自家的厨房里传出来的。王奶奶很纳闷,会是谁呢?是儿子?不会

狗尾草

是他,礼拜六他总要睡到九点多才起床。是孙子?更不可能,不睡到中午他才不会起来。难道是大力妈妈夜里回来了?她去北京有一段时间了,也该回来了,王奶奶赶忙起床,她要到厨房里看看。

当王大力从厨房里端出炒煳了的鸡蛋时,王奶奶站在了厨房门口,她不住地擦着眼睛,摸了摸自己的额头,连声问道:"你是大力?你真的是大力?"

王大力看着奶奶,一只手盖住鸡蛋,不好意思地说:"奶奶你起来啦,鸡蛋被我炒煳了。"

王奶奶还是不敢相信自己的眼睛,看着王大力说:"重点不是鸡蛋被炒煳了,重点是你为什么要炒鸡蛋?"

第十三章　那些不知道的事

王大力挠了挠头,他第一次脸红,说话也支支吾吾的:"我想做早饭给你和爸爸吃。"

"我没听错?你做饭给我们吃?"

王大力看了看炒糊了的鸡蛋,郑重地点了点头,眼里充满了歉意:"奶奶,糊鸡蛋我吃,我再给你炒,这次保证不炒糊了。"

"不得了啦!大力做饭给奶奶吃了!糊了不怕,奶奶全吃了。"一时得意,王奶奶有些忘乎所以,扯开了嗓门叫唤着。

爸爸被吵醒了,在卧室里就嚷了起来:"给我留点,大力炒的鸡蛋我要吃。"他边说边往厨房间跑,一不留神,拖鞋掉了一只,也顾不得捡起来。这是爸爸第一次吃糊鸡蛋,也是爸爸吃得最香的一次,据爸爸说,后来他再也没有吃过这么好吃的鸡蛋。王大力在一旁只是乐呵呵地傻笑,他的心里装满了幸福,一种以前从未有过的幸福。

今天的天空真蓝,蓝得让人想哼上几句。

早饭过后,王大力开始不停地做事情,收拾房间,整理书籍,复习功课。王大力突然害怕自己闲下来,一闲下来就会想起那些事。他想去找张奶奶,听她说说自己的亲生父母。可是一想到张小云,他就犹豫了,做了那么多对不起张小云的事情,他没有勇气去面对张小云。王大力有些魂不守舍,心思老是飞到那个被洪水淹没了的香草村。

王奶奶看着王大力忙着做事情,不住地感慨:"这孩子咋说懂事就懂事了呢,叫人连点心理准备都没有。"她边说边抹眼泪,"懂事的孩子就是招人疼,大力出去透透气,别累坏了。"王奶奶把王大力推出了门。

王大力漫无目的地在小区里瞎逛,一只鸟在他面前扑腾着,他紧追几步,快到鸟儿身边时,那鸟儿一抖翅膀,贴着地面窜出了十几

狗尾草

米远,然后转过头来看着王大力。王大力觉得好奇:这鸟儿成心要和自己过不去,不就是长了一双翅膀,就敢挑战人类了?好吧,让你领教一下人类的智慧。王大力猫着腰,转到了鸟儿后面,慢慢地向鸟儿靠近,心里暗暗说道:"我就是抓不到你,我也要吓死你。"王大力屏住了呼吸,他站在了鸟的身后,可以清清楚楚看到鸟儿的身子像一个蓬松的圆球,高高翘起的尾巴上有一根洁白的羽毛。王大力弯下腰,他要把这个蓬松的球捧在手里,刚要伸出双手,那鸟儿拍打了几下翅膀,留下一声鸣叫,飞到了对面的阳台上。王大力追了过去,只见那只鸟儿在阳台上梳理着羽毛,还不时歪着脑袋看看王大力。王大力有些纳闷,你说人会淘气,这鸟儿咋也会淘气呢?搞得大家很熟悉似的,不就是长了一双翅膀能飞嘛,你就嘚瑟吧,我就在这里看着你,不信你不害羞。

王大力仰着头盯着鸟儿看,突然天上掉下了一片"云彩",轻飘飘地落在了王大力的头上,原来是一块刚洗过的床单,王大力被罩在了里面。这时候就听楼上有人喊道:"奶奶,床单掉了!"是张小云的声音。王大力慌忙往床单外面钻,可又怕床单落到地上,一时间手忙脚乱。一阵急促的脚步声过后,王大力感觉到张小云站在了面前,索性把自己蒙在了床单里面。

"谢谢你,你可以从床单里面出来了吗?"

王大力屏住了呼吸,心怦怦直跳,裹着床单的头还不停地摇着。

"奶奶你快来看,床单里有个人。"

张奶奶听到张小云的叫声很快下了楼,一看床单里裹着个人,连忙说:"快出来吧,大热天不要装啥蒙面人了。"

卢奶奶和几个老人也跑了出来。王大力一听动静越来越大,也不知道怎么办,只好把床单使劲地往身上裹。

第十三章 那些不知道的事

"看来是脑袋被憋坏了,怎么身子开始抽了呢?"卢奶奶叫道。

"听说从精神院里跑出了个疯子,不会跑到了我们小区里了吧。"张大爷的话像一枚炸弹,大家都紧张起来,他们商量着要通知精神病院。

透过床单,王大力模模糊糊地看到自己被围在了中间,再不想办法来个金蝉脱壳,一会儿被当成疯子抓起来,传到班里那就是一个大笑话了。不行,抓紧逃!王大力看准了机会,开始往外冲。张大爷一看情况不妙,要是疯子跑了就不好了,情急之下伸手抓住了床单。王大力用尽力气想挣脱,张大爷抓住床单不放,几个老太太也过来帮忙,就像一场拔河比赛,卢奶奶喊起了号子。王大力双手一滑,床单从身上飞了出去,张爷爷和卢奶奶被摔得仰面朝天,张奶奶倒退了几步,勉强稳住了身子。王大力一看有人摔倒了,也顾不得逃跑了,赶紧过去搀扶。

"是大力,不是疯子!"大家齐声惊叫。张爷爷和卢奶奶边揉屁股边骂道:"怎么会你这个臭小子,你装啥不好要装疯子啊!"众人哈哈大笑,许多孩子从家里跑出来看热闹。

张奶奶走到王大力身边,点着王大力的额头说道:"你这个熊孩子,小时候你就钻过床单,现在又钻床单了。"

王大力小时候钻过床单?孩子们围着张奶奶,支起了耳朵听"新闻"。张奶奶把王大力拉到了跟前,清了清嗓子,压低了声音,故作神秘地讲了起来:"话说一天夜里,张奶奶我睡得正香,口水都湿了枕头,忽然一声大叫吓得我从床上跳了起来,仔细一听,原来是隔壁邻居胖二嫂,呼天唤地找王大力,孩子怎么会不见了呢?我慌里慌张地跑了过去,胖二嫂已经哭得不行了,孩子明明搂在怀里,怎么一觉醒来孩子就不见了呢?赶紧四下里找找。孩子才八个月大,只

狗尾草

会爬,能到哪里去了呢?胖二嫂一着急,双手捶着床叫道:'你还我儿子,你把我儿子藏哪里啦?'就在这时候奇迹出现了,只听'哇'的一声,是大力!哭声是从床底传来的,我们低下头一看,大力身上裹着床单,躺在了床底。胖二嫂把孩子抱在怀里,破涕为笑。这孩子爬到床底睡了半宿,谁看了都心疼,我伸手想抱抱他,你们说这孩子多淘,居然一泡尿全浇在了我的身上。"

所有的人都笑了,孩子们朝王大力扮鬼脸,王大力羞得直往人群里钻,几个孩子不依不饶,跟着后面追。跑累了,大家坐在老人身边,仰着脸期待听到更多的"新闻"。

从老人们的话语中,王大力知道自己小时候力气很大,见到了好东西,攥在手里拽不下来,所以大家就叫他大力。他还知道了妈妈长得高高的胖胖的,特别爱笑,爸爸喜欢读书写字,做事情心灵手巧。

老人们说着说着突然感慨起来,一眨眼孩子们长大了,他们也老了。王大力听着听着想流泪,原来生活中有那么多让人感动的事情,原来人与人之间有那么多的联系。王大力觉得香草村就像一棵大树,香草村的人就是树上的枝枝叶叶。

张奶奶抓起了王大力的手,目光里充满了疼爱:"没事的时候到奶奶家来玩,奶奶给你做藕粉吃。"

王大力一边点头一边瞟着旁边的张小云,张小云含笑不语,张奶奶明白了王大力的心思,拉着张小云对王大力说:"胖二嫂喜欢小云,说好了要认小云做干闺女,那你就是小云的哥哥,大力快点叫妹妹!"

王大力干张嘴怎么也叫不出来,一个劲儿挠头。几个调皮鬼开始瞎起哄:"叫妹妹,叫妹妹。"

王大力憋足了劲,猛地一甩头喊道:"妹妹!"便落荒而逃。慌乱中他分明听到了一声:"哥哥!"是张小云在叫他,那声音甜甜的,王大力觉得真好听。

王大力甩开膀子,尽情地奔跑着。

第十四章　狗尾草摇啊摇

期末考试过后,暑假开始了。两个月的假期,一段自由自在的童年时光,孩子们痛痛快快地把书包扔在了房间里,就像一个忽然变成富翁的人,面对那么多的时间,一下子不知道该怎样打发。

当一些孩子在小区里像没头的苍蝇到处乱窜时,张小云和她的好伙伴们已经悄悄地出发了,张小云口中的那片狗尾草地,早已让她们迫不及待。

太阳白花花的,知了哑着嗓子叫唤着。一片开阔的水杉林夹杂在小路和香草河边上,朝阳透过枝枝叶叶的缝隙,闪着透明的光泽。

狗尾草?这就是狗尾草?毛茸茸的尾巴上还挂着晶莹的露珠,反射着七彩的光芒。杨柳、张怡、田静、苗圃等女生像轻盈的蝶,张开了翅膀飞了过去。

"多像眼睫毛,真好看!"

"胖嘟嘟的尾巴一摇一摇的,就像小狗狗欢迎主人回家哦!"

女生们弯下腰,双手在狗尾草上轻轻地滑过,那毛茸茸的感觉,让她们兴奋得直叫。张小云摘下了几棵狗尾草,往杨柳的脖子里挠,杨柳咯咯地大笑,边逃边求饶。张怡趁田静不注意,一下子把她

第十四章　狗尾草摇啊摇

狗尾草

推倒在狗尾草丛中,田静一把拽住了张怡的胳膊,张怡也倒在田静的身边。露水湿了脸庞,她们谁也不在意,索性躺在了草丛中,闻着潮湿的青草气息。

夏日的早晨,不知名的虫儿在细细地鸣叫着,阳光从草叶的缝隙间窸窸窣窣地落下来,大家的心情像鱼儿一样,游在自由自在的时光里,一切美妙又神秘。

"没想到还有这样的好地方,张小云我爱死你了。"杨柳咋咋呼呼地嚷着。

"在这里什么也不用想,什么也不用做,人就像天上的云朵,想飘多远,就飘多远。"张怡仰着头看着蓝天,话语里充满了感慨。

"这个地方就是我们的秘密基地,谁也不要告诉哦!"田静压低了声音,话语间多了一丝神秘,"千万要记住,不能告诉别人,尤其是男生,这群猴子要是知道了,那可就鸡犬不宁了。"

"不能让那些男生知道,让他们眼睁睁地羡慕我们,等哪天姐姐们高兴了再带他们来玩。"大家七嘴八舌地议论着,仿佛看到了男生们恨不得跪在地上求她们,以至于几个女生忘乎所以地大笑起来。

这时,草丛的四周传来了几声布谷鸟的叫声,分外刺耳。"这叫声咋这么耳熟?"杨柳疑惑不解地看着张小云。

"可能是布谷鸟到了变声期了吧,听起来就像我们班男生的声音。"张怡为自己的解释扬扬自得,她总是语不惊人死不休。

田静站起来往四处打量着,忽然朗声说道:"人话都没学好,倒学起鸟语了!"顺着田静手指的方向,大家看到草丛在晃动着,"别藏啦,挺辛苦的,出来吧!"

"哥不是和你们玩捉迷藏,哥这是袭击,袭击你懂不?"王大力戴着墨镜,右手拿着水枪,左手一挥,王晗、王阳、卢亮、杨子涵、张晓风、陈兴等男生从草丛里站了起来。他们头上扎着红丝带,双手叉腰,摆出了造型。"女生们,你们被包围了,举手投降吧,我军优待俘虏。"王大力边说边摘下墨镜,在衣服上来回地擦拭着。

"没看出来哦,张小云的哥哥还蛮会耍酷的嘛。"田静俏皮地看着张小云。张小云嗔怪道:"这个时候了你还有心思耍嘴皮子?"然后挤挤眼睛,双手做出了包抄的手势。女生们立刻会意,在草丛中匍匐前进。张小云站在那里看着王大力,用极其崇拜的语气问道:"投降可以,只是有一事不明,要向哥哥请教。"

王大力慢慢地戴上了墨镜,故意扯着嗓子说:"尽管问,哥要让你们输得口服心服!"

"我们的行动非常秘密,你们是怎么知道的?"

"这个嘛可以告诉你们,俗话说无巧不成书嘛,杨柳夜里说梦话,恰巧被杨树听到啦,杨树是我们的金牌卧底,他及时地向我们报告了这个消息,为了掌握你们的行踪,我们秘密跟踪,可以说你们的一举一动尽在掌控之中。"

杨柳在草地里匍匐着往前爬,听到是自己说梦话泄露了秘密,好不恼火,心中暗想:"杨树啊杨树,居然胳膊肘往外拐,看我怎么收拾你。"情急之下,手脚加速,离目标越来越近了,杨柳正要猛扑过去,突然几声急促的拍翅声响起,一只野鸡飞了起来,"咕咕"地惊叫着。杨柳吓得哇哇大叫,惊魂未定之际,卢亮冲了过来:"还搞偷袭啊,看看我这是什么武器。"

杨柳一看,吓得转身就逃:"妈呀,他手里拿着蟑螂!"其他几个女生一看情况不妙,赶紧往回撤。突然一道道水柱喷向落荒而逃的女生,是杨树!他拿着那把过生日时爸爸送给他的水枪,挡住了女生的去路。杨柳急着叫道:"让姐过去,你的水枪还是我让爸爸给你

狗尾草

买的。"杨树嘿嘿一笑,"不要和我套近乎,我是一个讲原则的人,你不要怪我哦!"杨树越说越神气,杨柳正要往前冲,王大力和男生们已经把她们包围起来了。

"不要轻举妄动,任何想逃跑的做法都是徒劳的,我们设计了多套作战方案,比如刚刚杨树突然出现在你们的面前,就是我们的反逆袭战术。所以你们现在乖乖地投降,并答应我们的要求。"

男生的包围圈越来越小,杨柳双手捂住眼睛,她从小就害怕蟑螂,看来只有投降了。这时田静和张小云迅速地交换了一下眼色,田静微微一笑,对着男生说道:"没问题,现在我们要商量一下,然后再做出决定。"

"当然可以,要举手表决吧?不要搞得太隆重了哦!"男生们乐得合不拢嘴。

田静和几位女生耳语之后,几位女生突然抓住了张小云,男生们被突如其来的变故搞得目瞪口呆。田静看着王大力说道:"想比智慧是不?好啊!张小云是你妹妹对不?她现在是我们的人质了,救还是不救,你这个做哥哥的看着办吧。"

太突然了,男生们措手不及。

"哥哥,你不能不管我。"张小云故作委屈,就差泪流满面了。

女生们看着男生,开始轮番冷嘲热讽:

"张小云你就别指望你哥哥了,他能救你吗?你就是俩眼睛哭成了灯泡,他都不会心软的。"

"我们可不要小看王大力,王大力多讲义气啊,他能见死不救?堂堂男子汉眼睁睁地看着妹妹被人家欺负,要是传出去,还能在'江湖'上立足吗?"

女生们越说越有气势,完全掌控了局势。男生们开始面面相

觑，一个个像泄了气的皮球。王晗摘下了红丝带连声说道："太出乎意料了，不是我们不强大，而是敌人太狡猾。大丈夫能屈能伸，不和女孩子一般见识，大力你说咋办就咋办。"

王大力重新戴上眼镜，装出一副仰天长叹的样子："真是妙计啊，我往前一步，那是无情无义，我往后一步又对不起弟兄，让人深陷两难之地，就是诸葛亮在世也不得不服啊！"说罢，拍了拍男生们的胸脯，"弟兄们，我们技不如人啊，技不如人怎么办？那就服呗。我是服了，你们服不服？不过，在回答问题前，我请你们把胸脯挺起来，声音要响亮，不要跟吃了只苍蝇似的。"

"我们服了！"男生豪气顿生，声音干脆有力。

突然，几声清脆的掌声响起。"好，好样的，现在的孩子了不得啊！"谁也没有注意到，一个穿着旧军装的老人突然站了出来，大声叫好。

"王爷爷好，这是王爷爷！"张小云开心地叫着。

"您就是王爷爷啊，我们听张小云说过，感觉您特厉害！"几个女生围着王爷爷叽叽喳喳地叫着。

"爷爷哪有你们厉害啊，你们都会用苦肉计了。"

王爷爷话还没说完，王阳就抢过了话题："女生太狡猾了，她们耍诈。"

"兵不厌诈，没听说过啊？"女生们立刻还击。

双方唇枪舌剑，争论不休。

王爷爷索性坐了下来，乐呵呵地看着。王阳和杨柳争得面红耳赤，相互拉扯着来找王爷爷评理。王爷爷示意大家静下来，然后一脸神秘地说："这样好吧，大家来玩一个游戏定输赢好不好？"

"什么游戏？怎么做？"孩子们迅速围拢过来。

狗尾草

"大家到路上站好,排成一排,身子向后转,脱掉你们左脚上的鞋子。"

一直嘻嘻哈哈的孩子们,打断了王爷爷的话,发挥起他们的奇思妙想了。"我看王爷爷一定是比哪个人的脚长得漂亮。"王阳的话音未落,张怡接过了话茬:"就你脑壳大,会琢磨问题是不?你以为这是选脚模啊!""谁的脚这么臭?哎呀我受不了!"杨树大声叫唤着。"杨树你闻闻是不是你姐姐的脚臭⋯⋯"王晗的话一出口,立刻引来一阵大笑。杨柳气得拿着鞋子往地上拍,气鼓鼓地叫着:"看你们一个个笑得跟狗尾草似的,诚心拿姐姐开心是不?"

大家笑累了,这才想起游戏,连忙问道:"王爷爷下面该做啥了?"

只见王爷爷一脸笑容,目光发痴,王大力轻轻地推了推,王爷爷如梦初醒:"看着你们我想到小时候了,一个小伙伴嫌我脚臭,把我追得到处跑⋯⋯"

又是一阵欢笑,大家前俯后仰,像风儿吹过狗尾草,欢快地摇晃着。

"大家准备好了吧,游戏的规则是——我数到三后,你们把鞋子用力往后扔,我再数到三,你们迅速找回自己的鞋子,男生和女生哪组鞋子最先找齐,哪组就获胜。注意,要用力往后扔!我的话听明白了吗?"

"明白了!"

"一、二、三,扔!"

十几只鞋子如惊飞的蝙蝠,在空中一阵乱撞,落在了狗尾草丛中。

"一、二、三,找!"

第十四章 狗尾草摇啊摇

大家迅速转身,一条腿支撑着身体,歪歪扭扭地向前蹦。大家都想绷住脸不笑,但谁也不能控制自己,不时有吭吭哧哧的笑声,从喉咙里蹦出来。

就像一个孤独的小孩,家里突然来了好多孩子,狗尾草兴奋得摇头晃脑,一会拉拉这个人的胳膊,一会拽拽那个人的腿。身体笨重的杨柳,一条腿支撑着身体,左摇右晃,像喝醉了酒,双手不停地挥舞着,脚下一滑,站立不住,一下子摔倒在草丛里。紧跟在后面的王晗,看得清清楚楚,他张大了嘴巴,刚要放声大笑,没想到一只脚还在向前蹦着,扑通一声摔到了杨柳的身上。紧跟后面的卢亮急忙收住脚,因为一只脚着地,身子向前倾,双手慌乱地挥舞着。"哎哎哎……"眼看就要稳住身子了,谁知道追上来的张怡在他背后轻轻一推,卢亮背后受力,再也支撑不住,身子跌了出去,一头撞在了王

狗尾草

晗的屁股上,惨叫一声,"好臭啊!"

再也忍不住了,笑声如喷涌而出的泉水,在狗尾草地上飞溅着。

杨柳连忙推开身上的卢亮,正要爬起来,忽然看到自己的鞋就在右手边,"哈哈,踏破铁鞋无觅处,幸亏摔了一大跤。"穿上鞋,正要站起来,忽然眼前一亮,正前方,一只鞋像一艘小船,这么大的鞋子,不是王大力就是陈兴的。杨柳灵机一动,何不套在脚上?长裙子盖住,谁能找得到?我真佩服我自己,哼,男生们等着瞧吧!

一阵笑声过后,大家才想起比赛规则,一个个如梦初醒。王大力一声吆喝,男生迅速行动起来,一个个如敏捷的猴子,在狗尾草丛中跳跃着,搜寻着。不一会儿,男生只剩下陈兴没有找到。女生呢?一个个小心翼翼,拨动着狗尾草,时不时惊叫一声:"啊,虫子,我怕……"惹得男生又叫又笑。形势非常明朗,男生做好了庆祝胜利的准备,只要陈兴一找到鞋,他们随时跳起欢呼。

然而,男生们的心情在一点点地反转着。

"我找到了!""我找到了!"女生们的惊呼声,让以为稳操胜券的男生们变得越来越紧张了。"陈兴加油!""陈兴就看你的啦!"陈兴急得抓耳挠腮,像一只无头的苍蝇,到处乱撞。直到最后一个女生惊叫着:"我也找到了,我也找到了!"所有的女生高高跳起,挥舞着双臂,欢呼着意外的胜利。

男生们傻傻地站着。

"见鬼了,鞋子怎么不见了?"陈兴拍着脑袋,脸涨得红红的,额上冒出了豆大的汗珠。

"我不信,还真找不到了,大家一起帮他找。"王大力话音未落,憋了一肚子气的男生们,立刻四散开来,向不同的方向找去。

男生心有不甘。

"怎么会这样？鞋子怎么会找不到了呢？"

"不会陈兴力气特大了，把鞋子扔到了火星上了吧。"

女生幸灾乐祸。

"这运气也太好了吧，这样都行！"

"哼，想赢我们女生，门都没有。"

女生们说说笑笑，不时拿男生寻开心。男生垂头丧气，百思不得其解。

"可是鞋子到底扔到哪里去了呢？"这么多的男生都没有找到，女生们也开始好奇了。杨柳忍住笑，"嘘"了一声，把裙子往上提了提，用手指了指。"不会吧？连这你都能想得出？这也太绝了吧！"女生忍不住惊呼起来。杨树在草地边，一回头，看见了姐姐脚上穿着一只大号的运动鞋，连声叫道："鞋子在杨柳的脚上！"

鞋子穿在了杨柳的脚上了？我的天，这也太狗血了吧，男生不可思议地看着杨柳。"我的鞋子，杨柳我和你没完。"陈兴回过神来，一条腿撑地，向杨柳跳了过来。"兄弟们上啊！"男生如猛虎下山，冲破女生的阻挡，向杨柳追去。

杨柳见势不妙，转身就逃。眼看就要追到了，女生们急得大喊："快扔鞋，快！快呀！"杨柳闻言，来不及停下，只好弯着腰，一只脚向前蹦着，另一只脚抬起，脱下陈兴的鞋，向狗尾草地里扔去。

"在这里，在这里！"男生们迅速跑了过去，他们突然安静了下来，"这是什么？"

卢亮看着王大力，满眼好奇。王大力摇了摇头，弯下腰，仔细地看着。只见一片从来没有见过的植物，散落在狗尾草丛中，有五六十厘米高，葡萄藤一样的茎部，小手掌一样的叶子，一个个或青或黄的小灯笼，缀满了枝叶间。阳光透过狗尾草缝隙，斑斑点点，洒落在

狗尾草

小灯笼上,如一层纱衣,隐隐约约地露出黄色或青色的果实。"真好看,多像提着灯笼的女孩子啊!"王大力望着围了过来的女孩子,在心中默默地念叨着。

"孩子们,你们有口福啦!"王爷爷笑呵呵地看着大家。

每个人都如丈二和尚摸不着头脑:"啥口福啊,哪里的口福啊?"

"这叫灯笼果。"王爷爷边说边蹲下身子,"小时候,我们去割草,累了,就在草地里找灯笼果。"说着他摘下了一个黄色的灯笼果,"运气好的话,我们可以摘到成熟的灯笼果,然后就可以坐在草地上,一饱口福了。"王爷爷指着手中的灯笼果,"再过些日子,它的纱衣就变白了,不过没关系,现在也可以吃了,只不过,甜中会带点酸酸的味道。"

"什么?这可以吃?""真的假的?"

在一双双写满惊诧的目光中,王爷爷站了起来,轻轻地撕开了那金黄色的纱衣,黄澄澄的果实露了出来,那是一颗金黄色的圆珠子,包裹着金黄色的肉质,里面布满了密密麻麻的小种子。"这不会是花仙子口中含着的长命珠吧!"张小云正痴痴地想着,王爷爷已经把灯笼果放在了她的鼻尖上:"闻一闻,香不香?"果香四溢,不光张小云,身边的几个女生也闻到了,一起嚷道:"好香,好香!""那还不赶紧摘,记住要摘黄色的。"王爷爷话音未落,性子急的男生蜂拥而上,谁都想多摘几个。

"等一等,大家不要抢,听我说完再摘。"王大力挡在了大家面前,大声叫着,"听我说,谁也不要抢。大家一起摘,放在一起,最后平均分,这样好不好?"没想到王大力会有这样的想法。"好,我赞同。"张小云看着王大力,不住地点着头,这可是第一次,王大力感觉脸上火辣辣的,竟低下了头。

大家都赞同,于是采摘开始了。

王爷爷站在一边,静静地看着,慈祥的笑容在眉宇间舒展开来。

还没到秋天,灯笼果成熟的少。最后,每人分到一颗,还剩一颗。这给大家出了一道难题。多出来的一颗该给谁呢?女生说给张小云,理由是张小云带着大家来到这里的。男生说给王大力,理由是王大力出了一个好主意。双方争执不下,王大力望望张小云,张小云看看王大力,俩人异口同声说:"我们来分。"说着王大力拿起那颗灯笼果,剥开纱衣,张小云走到王爷爷跟前:"王爷爷,你看该给谁呢?"王爷爷笑呵呵地看着大家,正要开口讲话,王大力趁机将手中的灯笼果塞到了王爷爷的口中。大家明白了他们的意图,纷纷鼓掌叫好。

王爷爷一愣神,发觉上当时,为时已晚,灯笼果的清香迅速渗透全身,多么熟悉的感觉,甜甜酸酸的味道占据着身心。"大家一起吃,一起吃。"是嘴里含着灯笼果的原因吗?王爷爷的声音有些颤抖。

每个人都小心地撕开果衣,像揭开一层神秘的面纱,把圆圆的金珠子放进嘴里,舍不得咬,在舌尖来回打滚,然后才用牙齿一点点咬破,随着浓浓的汁水在口中溢满,顺着喉管慢慢地滑下去,那酸酸甜甜的味道,遍布了全身,让每个毛孔都在扩张。

晚风吹过,狗尾草轻轻地摇晃着,如一串串银铃,哗哗啦啦地响。夏日的傍晚,一股酸酸甜甜的清香,和着狗尾草的气息,在七月的微热里,悄无声息地溜进每个人的心间。

"爷爷,你怎么闭着眼睛啊?"张小云轻轻地问道。

王爷爷深深地吸了一口气,慢慢地睁开了双眼,一种久违的感觉,唤起了王爷爷的记忆,他若有所思地说:"童年的味道真好!"

"童年的味道?"大家似乎明白,又似乎不明白。他们看着王爷

爷,希望他说下去。干爷爷只是静静地站着,深邃的目光里藏着深深的思念。

日落了,西边的天空,火红一片。霞光万道,在暮色里闪耀着,染红了半河的水,水波轻漾,如舞动的红绸带,悄无声息地漂向远方。

这时,几声清脆的鸟鸣声,从天际滑落,在每个人的耳畔回荡着。几只水鸟,在天空中盘旋着,洁白的翅膀,在霞光中舞动着,黑色的尾羽镶嵌着一道金红的边,留下一道道细长的弧线。天空是它们表演的舞台,它们时而直冲云霄,时而掠过水面。

晚风徐徐,河水流淌,长空落日,鸟儿飞翔。

每个人都静立在霞光中,他们仿佛来到了另外一个星球,耳边传来一声声渺远的鸟鸣。

第十五章　童年的味道

一切都是新的。世界是新的,太阳是新的,空气是新的,就连曾经熟悉的面孔,也仿佛变成新的了。

大家从来没有如此专注过,看着狗尾草在王爷爷的指间跳着舞,在一阵阵惊叹声中,王爷爷编出了好多小动物:乖巧的小兔子,可爱的小狗狗,俏皮的小松鼠,胖胖的小猪猪……

女生心灵手巧,学得快。不时会有一个女孩子尖叫道:"我会编小白兔啦!""哇,张怡编的小狗好像哎!""快看看,这是张小云编的自行车,真神啦!"

男孩子手笨,怎么也学不会,急得抓耳挠腮。

女孩子的手法越来越熟练,越编越开心。张小云编了一把二胡,摇头晃脑地唱了起来:

"小狗尾巴摇摇

小草尾巴摇摇

小狗尾巴翘翘

小草尾巴翘翘

狗尾草

摇啊摇　翘啊翘
摇啊摇　翘啊翘
变成一棵狗尾草
狗尾草,像尾巴。
小狗跑来看,
越看越喜欢。
这条尾巴真漂亮,
我想跟你换一换。"

女生一边编,一边学着张小云唱起来。男生越编越没耐心,越听越心烦意乱。看着男生的狼狈相,女生得意扬扬。男生心有不甘,无奈笨手笨脚。怎么办?几个男生一对眼,嘴角露出了坏笑。张晓风和杨树坐在了女生面前,用最崇拜的目光看着女生。王晗几个男生悄悄地溜到女生的身后,拿起自己喜欢的编织物,正准备溜走时,谁知道卢亮心太急,手伸得太快,把田静的衣角也抓在了手里,田静一回头,大声叫了起来:"快,抓小偷!"

有几个男生被抓住了,垂头丧气地站在女生面前。其他男生见势不妙,立刻过来解围。王大力满脸堆笑:"给几位公主赔个不是,他们一时糊涂,做了错事,请公主们多原谅!"看着王大力点头哈腰的样子,大家忍不住地笑了起来。"你说原谅就原谅啊,说出理由,不然班法伺候。"张怡双手叉腰,眉毛上挑,睁眼鼓腮,变成了骄傲的小公主,不依不饶道:"哼,也不看看我们家田静是什么人,是千金哎,你那狗爪子说抓就抓啊。"大家一边笑一边跟着起哄。王大力把卢亮的手举了起来:"都怪你这狗爪子,怎么可以乱抓呢?不过……"王大力清了清嗓子,停顿了一下,声音忽然高了八度,"不

第十五章 童年的味道

过,你这狗爪子还蛮识货滴,只偷田静编的不偷张怡的。""王大力你欺负人,你们男生不讲理!""没有啊,我们男生在批评卢亮的狗爪子,又没有说你们的狗爪子啊!""这还有班法了吗?班长你给我们评评理!"

"升堂……""班长大人升堂……"

"有何冤情啊,快快说来,本官为你做主。"

"启禀云大人,我们几个小女子拜师学艺,用狗尾草编成了精美的艺术品,谁知道几个笨手笨脚的男生,竟想占为己有,趁我们不备,居然偷窃。"

"大人冤枉啊,俗话说爱美之心人皆有之,谁让她们编得那么好,我们喜欢也是人之常情嘛!"

"大胆刁民,还想狡辩,难道老师没告诉过你,君子爱财取之有道吗?"

"请问云大人,你这是批评我们还是批评我们的老师呢?"

"哇,大力哥哥你好厉害哦,这么机智的问题,你都能想得出来,我太佩服你啦。来人,把所有的男生押过来。"

"我们又没犯错,干吗抓我们啊,是不是云大人恼羞成怒啦?"

"好厉害的一张嘴,今天我要让你心服口服,要怪就怪你这张嘴。"

"嫉妒了,嫉妒了,班长嫉妒大力喽。"

男生开始火上浇油,趁势为王大力助威。女生为张小云捏了一把汗,不知道她该怎样接招。

张小云拍了拍胸口,干咳了几声,慢条斯理地问道:"你们知道我的胸口为啥痛吗?"大家如坠云雾,一时摸不着头脑,难道她故意转移话题,给自己找一个台阶下吗?"你们知道啥叫笑死人要偿命不?当然有的人会说笑死人不偿命,但在本大人这里就是笑死人要

偿命,你们知不知道刚刚我都笑岔气了?当然,能伤害我这个笑点很高的人,我还是蛮佩服大力哥哥的。"

女生回过神来了,一个个都说不舒服,杨柳居然捂着大腿叫道:"笑得我的大腿都疼了。"田静连忙指着她的肚子:"是这儿疼。"杨柳连忙哼道:"我的肚子疼,连大腿都跟着疼啦。"

"大力哥哥,这下子我也帮不了你了,你看看你伤害了这么多无辜,我要为民除害了。"

"慢着,笑声不是我一个人引起的,张怡也有功劳,你为啥不惩罚她?""不公平,不公平……"男生叫了起来。

"对大力哥哥我都没有偏袒,这足以证明本大人办案公正。"张小云故意把声音拉长,打着官腔。"云大人英明神武,刚正不阿,是包青天再世。"田静挤眉弄眼,浑身都是戏。"那好吧,张怡,你先把大家逗笑的,本官罚你为每一个男生摘一个狗尾草穗,记住要大的。"男生纷纷叫好,女生却愣住了。"张怡,本官的话你没听到吗?要是男生肯定会立刻执行。""那是,我们男生不耍赖。"卢亮带头,几个男生一起凑热闹。王大力沉默不语,他预感到事情不会这么简单。"说得好,男生有种,说话算数。张怡还不向男生学习?"

当张怡拿着胖乎乎的狗尾草穗站在大家面前时,刚刚被张小云的高帽子压昏了头脑的男生,很快清醒过来。

"请信守诺言的男生们听令,排成一列纵队,来几个女生,送他们每人一个草穗,这是女生们送的礼物,所以要放到裤管里,这样才有诚意。"

"不就是放一个草穗吗,有啥好怕的。""就是,放就放呗,谁怕谁啊。"男生满不在乎,而王大力心中犯了嘀咕,张小云这要干啥呢?看来男生要吃苦头喽。

第十五章 童年的味道

"所有男生听好,目标正前方,齐步跑。"

没跑几步,王阳像猴子似的又蹦又跳:"裤子里有虫子,好痒啊!"这一声叫唤,起了连锁反应。王晗夹着屁股叫唤着:"虫子,哎哟,虫子爬到我的屁股上啦。"卢亮是一条腿在地上蹦跳着,一手拎着裤管:"虫子还在往上爬。"杨树干脆一屁股坐在地上,大声叫着:"姐姐快来救我,我怕虫子……"男生乱作一团,王大力停下来,把裤管撸起来,狗尾草穗已经爬到了他的大腿根,他拿在了手里,"狗尾草穗子会往上爬,我们被捉弄啦。"男生坐在地上,学着王大力的样子,拿出了狗尾草。"此仇不报非君子,冲啊!"王晗一声叫唤,所有的男生奔着女生冲了过去。

女生笑得前俯后仰,捶胸顿足。突然间,男生杀了过来,女生顿时手足无措。"快,跟着我,躲到狗尾草地里。记住要跟着我跑。"女生跟着张小云,躲到了狗尾草地里。男生像下山的小老虎,喊杀声四起,直奔狗尾草地追去。眼看就要追上女生了,冲在前面的男生,脚下一绊,跌在了草地里,双手不停地扑腾着,好像不会游泳的旱鸭子。

"给我绑了。"张小云一声令下,女生们冲了出去,把摔倒的男生用狗尾草绑住了双手。"你们服不服?"田静昂首挺胸,好不得意,"玩偷袭?告诉你们吧,我们会用智慧打败你们的!"田静越说越得意,"看看你的脚下是什么?"男生低头一看,狗尾草系在了一起,连成了一圈,怪不得会被绊倒,男生恍然大悟,直拍脑袋。"知道这叫什么吗?这叫绊马索,在你们男生追过来前,班长指挥大家迅速地把狗尾草系在了一起,没想到吧?我们云大人真是机智过人啊!你们到底服不服?"

看到男生一个个垂头丧气,无可奈何地摇着头,一副要俯首称

臣的架势。王大力站了出来,朗声说道:"不服!"

"哎哟哟,怎么还和姐姐们较上劲啦?"田静伸出了兰花指,在王大力的胸前点了几下,捏着嗓子,拉长了声音说道,"哎哟哟,你哪里来的那么多不服啊,英雄,我们云大人专治各种不服哦!"笑声,起哄声,连成一片。

王大力双手摇摆,身子有节奏地舞动着,即兴说唱起来:"准备好了吗?大家一起嘻哈,各位小公主,请不要叫我英雄,我已远离江湖,没有谁不服,只是男生不会手工,笨手笨脚,不如公主心灵手巧。没有谁不服,这个江湖,有阴谋,有阳谋,男生就像没牙的老虎,斗不过,心狠手辣的小公主。请不要叫我英雄,我们远离江湖,不做手工,不比阴谋和阳谋。各位小公主,我们要远离江湖,一起嘻哈,一起饶舌,一起来,一起来,把你的双手舞起来,每个人都有自己的精彩,服不服,服不服,就是不服……"

"哎哟哟,大力还会嘻哈,就问问你们服不服?"男生满血复活,头昂了起来。

"都低调点,瞧你们那点出息,就知道攀比,男人要做大事情,编编东西是小公主们做的事情,我们嘛……"王大力停了下来,看看所有的男生。"大力,你说吧,我们听你的。""对,大力一定有好主意了,快说吧。"男生围着王大力,有些迫不及待。

七月的风,像一个调皮的孩子,在水面上疾驰而过,几只水雉迎风展翅,直冲云霄。

"我们要和王爷爷一起,保护水雉,保护香草河。"王大力走到王爷爷跟前,拉着王爷爷的手,恳求道。

"好,王大力好样的!""这个主意好,王爷爷你就答应我们吧!"掌声阵阵,群情激昂。

第十五章　童年的味道

见王爷爷还在犹豫,张小云一招呼,女生一拥而上,有的捶肩,有的敲背,张小云拉着王爷爷的膀子撒娇道:"爷爷,你就答应呗,省得男生没事干,老是捣乱。""爷爷,你就将就将就,把这帮坏人收了,给他们一个重新做人的机会呗。"

女生的大杀招是专门对付爷爷奶奶的,王爷爷哪能扛得住呢?"你们只要答应我几个要求,我就答应你们!"

"王爷爷,你说吧,什么要求我们都答应!"男生一个个挺直了腰板,一脸神圣。

"你们能有这样的想法,我打心眼里高兴,了不起啊!"王爷爷话锋一转,"大家都知道,我们常在河边走,安全最重要……"

"王爷爷你就别操心了,我们男生可不是旱鸭子,王晗还是校游泳队的!"王阳猴急猴急的,打断了王爷爷的话。

"会游泳也不行,安全意识不能丢。我们是一个集体,要有纪律不是?所以,大家要步调一致听指挥,严禁擅自行动,更不可以私自玩水。"

"王爷爷我们听你的,保证遵守纪律!"

"大自然是最好的学堂。利用假期的时间,做一点有意义的事情,我完全支持你们。现在的孩子,已经不接地气啦。唉,这也不怪你们,谁知道现在的功课咋这么紧?我们小时候,可不是这样的。"王爷爷的语速慢了下来,他蹲在了狗尾草地边,若有所思。

"王爷爷说说你小时候的事情,我们要听!""王爷爷别卖关子啦,快说吧!"男生女生都不约而同地围住了王爷爷。

"先说说午休吧,中午放学了,我们要回家吃中饭,在回家的路上,有一条小河,都七月初了,河里的水少了,好多大人在河里摸鱼。他们把水草卷起来,围成一大圈,慢慢地向里面卷,水草圈越来越

狗尾草

小,水里的鱼开始蹦跳着。这时候,有一条大鲫鱼从水草圈里跳了出来,我一看,衣服都没脱,一下子跳进了水里,我在水里摸呀摸呀,哎呀……"

"抓到了吗?"

"抓到了,可是滑掉了!"

"哎呀呀,可惜啊!"

"可不,就这么跑了,多可惜啊!我灵机一动,转过身子,向后面摸去……嘿嘿,这下子被我蒙对了,那条鱼就在我身后,被我一下子按住了,这次看它还往哪里跑……"

"太精彩了,太好玩了,接着讲!接着讲!"大家异口同声喊道。"再讲一个,再讲一个!"

"再讲讲放晚学的事情。下午四点就放晚学了,老师布置了一点作业,我们一般是吃完晚饭再做。一放下书包,好多孩子去打猪草。记得有一次,我和大壮打好了猪草,感觉口渴。旁边是一大块瓜地,看瓜的是大壮的爷爷。他非常讲原则,把队里的瓜看得可紧了,怎么办呢?"

"王爷爷灵机一动呗!"王阳俏皮地接过了话茬。

"嗯,猜得对!我灵机一动,想出了调虎离山之计。"见每个人都瞪大了眼睛,满怀好奇,王爷爷话锋一转,卖起了关子,"你们猜猜我是怎么做的?"

王阳想起了动画片里的情节,抢答道:"你是扔了一个石子,把人给吸引过去。"

王爷爷摇了摇头:"那片瓜地很大,我扔不到的。"

"你学小狗'汪汪'叫,把人给引过去。"

王爷爷又摇了摇头:"你学小狗叫?大壮的爷爷一棒子下去,人

头变成狗脑喽。"王晗摸了摸自己的头,尴尬地笑了。

"我知道了,我知道了!"杨树站了起来,"这不简单,给他打电话,就说家里有人找他,不就搞定了嘛!"

杨树正得意地看着王爷爷,杨柳在他的屁股上拍了一巴掌:"搞定你个头啊,那个时候哪来的手机啊,你会穿越啊。"

众人七嘴八舌,纷纷猜测。王爷爷一看火候差不多了,开始揭晓谜底。

"大壮绕到了瓜地的另一边,把篮子扔在远处,边跑边叫:'爷爷,有人欺负我,爷爷救命!'爷爷正在给瓜地浇水,一听到大壮喊救命,扔下水桶就向路边跑,快到大壮跟前,连声问:'谁欺负你的,人呢?'大壮把手往远处指了指,带着哭腔叫着:'往那边跑了,我的篮子也被他们抢了,爷爷快追!'机会来了,我立即跑到了瓜地里,好多的瓜……"

"王爷爷你摘几个?""你摘的是什么瓜?""那瓜一定非常甜吧!"

王爷爷又摇了摇头,大家像丈二和尚摸不着头脑了。

"最后我没有摘瓜,我觉得不应该那样做。不过,那刚从地里摘的瓜可甜了,你们想吃吗?"

"王爷爷别开玩笑了,瓜再甜又没得吃。"几个馋嘴的男生咽了咽口水,恨不能穿越。

"想吃吗?"

"想啊,想也没瓜吃啊。"

"想的话,跟着我走,我呀,种了一小片西瓜!"

"啊?不会吧。我们没听错?没做梦吧?"大家跟着王爷爷向狗尾草地里走去,兴奋,好奇,激动,心跳加快!中午时分,烈日当空,狗尾草的气息在热浪里蒸腾着。

狗尾草

到了！到了！狗尾草地的中央，有一小片空地。"西瓜，真的有西瓜！""还有西红柿，还有茄子……"惊叫声，欢呼声，此起彼伏。几只蝴蝶自由地飞舞着，飞累了，落在了西瓜秧上，变成了一朵朵花儿。

"看，这里有个大西瓜！"

"这里，我也看到了大西瓜！"

"这里还有几个小西瓜！"

"把几个大的西瓜摘下来。"王爷爷指挥着几个男生，"小心点，不要踩到瓜秧。"

卢亮脚刚迈进瓜地里，赶紧缩了回来，吓得哇哇大叫："有虫子，有虫子啊！"绿绿的瓜叶间，一下子蹦出了几只绿绿的虫子，几个女生也吓得蹲在了地上，抱着头，连声说："别过来，求求你别过来！"

王爷爷笑得合不拢嘴，他蹲下身子，头埋在了瓜秧里，忽然双手猛地往下一扑，等他慢慢站起来时，手里捏着一个绿绿的虫子："大

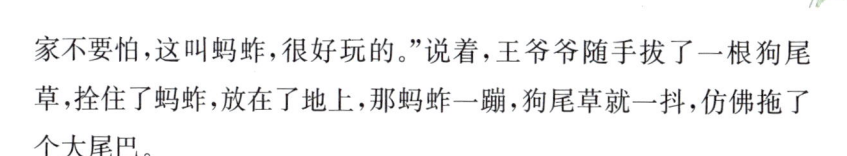

家不要怕,这叫蚂蚱,很好玩的。"说着,王爷爷随手拔了一根狗尾草,拴住了蚂蚱,放在了地上,那蚂蚱一蹦,狗尾草就一抖,仿佛拖了个大尾巴。

"我也抓到了蚂蚱!"王晗兴奋地叫着。几个胆子大的男生,也不甘落后。不一会儿,卢亮也大声嚷了起来:"我也抓到了一只!"女生们胆子也大了起来,纷纷围了过来看热闹。"卢亮你的身边有一只,快蹦到你屁股后面了!"女生叫唤着,卢亮手忙脚乱,像个陀螺似的原地打转。杨柳一着急,身子向前一跃,双手扑在了地上,眼睛盯着手指缝看了又看,"抓到了,抓到了。"她把双手慢慢地合拢,轻轻地吐了一口气,胸脯挺得高高的,看着卢亮,俏皮地甩了下头发。

"走,吃西瓜喽!"王爷爷已经摘好了西瓜,一声吆喝,男生立刻冲了过去,王晗、王大力和陈兴三个大个子去抱西瓜。

"走,我们到王爷爷的树屋里去。"张小云一声吆喝,女生首先冲了过去。几个手里拿着蚂蚱的,跟在后面嚷着:"慢点,等等我,等会给你蚂蚱玩。"

"就在这里!"

"这不是一棵大树吗?""哇!这棵树好大!"说话声惊动了几只鸟儿,它们从密密的柳叶间飞了起来,"叽叽喳喳"地叫个不停!

"从这边下来,就可以进屋啦!"

每一个从斜坡上跑下来站在树屋门口的孩子,都惊得目瞪口呆!浓密的枝叶,盖住了一个圆圆的坑,四周野花开放,散发着香香的泥土气息。这是一个家,一个童话里的家。

树屋被王爷爷收拾得干干净净,地上铺上了砖头,四周放着各种生活用具。

"王爷爷你在这里住吗?"

狗尾草

"从六月份开始,我经常住在这里。因为水雉到了六月底开始产蛋,我不放心,怕有人来偷鸟蛋。到了九月份,就好多了,小水雉可以独立生活了,十月份它们换羽后就开始迁徙了,等鸟儿都飞走了,我就回家了。"

"现在快到八月了,水雉产蛋了吗?"

"告诉你们一个好消息,今年水雉产了窝蛋,有四枚,要是都能孵化的话,会有四只小水雉。"王爷爷越说越兴奋,望着香草河,神采奕奕,"照这样下去,到了明年,香草河上会水雉成群,这一天我盼了好久啦!"

王大力看着王爷爷,那古铜色的肌肤,那炯炯有神的目光,那巍然屹立的身姿,焕发着一道道圣洁的光芒。他内心一个激灵,仿佛有一个声音在对自己说:"王大力,人不能稀里糊涂地活着!"

"王爷爷,要是下雨这里怎么住?"

"只要不是非常大的雨,我这里都不会漏雨的。"王爷爷指了指树干上方,"大家看,这儿有几块帆布。下雨时扯开,就成了蒙古包,四周我也挖好了排水沟,所以大家不用担心的。好了,说了这么多,大家都渴了吧,外面的桶里有水,洗洗手擦擦汗,我们吃西瓜!"

甜甜的汁液,滑过了口腔,滑过了喉管,滑过胸膛,那甜意又渗进了汗毛孔里。从来都没有吃过这么甜的瓜!王大力暗暗思忖着,吃过好多品种的西瓜,怎么没有这种特别的味道呢?他抬头望着,这柳树就像慈祥的老人,伸开怀抱,挡住了火辣辣的太阳,树屋里凉飕飕的。如果在家里,怕是要开着空调躲在屋子里呢。这里多好啊,河水在流淌,云朵在飘荡,风中飘着花草的清香。一个新的世界,让人总想敞开胸怀,大声歌唱。

"快听,有人叫王大力!"杨柳突然叫了一声。

第十五章 童年的味道

"你又想出啥坏招啦?有人叫王大力?我看是鬼在叫吧。""哎呀,怎么说得这么直白呢,人家杨柳刚叫了声大力。"王阳和王晗一唱一和,逗得大家哈哈大笑,连西瓜汁都喷了出来。

"嘘——"卢亮把手指放在嘴边上,站了起来,侧耳倾听,"我好像听到有人在叫小云。"

"你们也太坏了,欺负过了哥哥,又要收拾妹妹哦!"

大家正要闹腾,王爷爷走进了树屋里:"大人来找你们了,快出来看看吧。"

大家从树屋里跑了出来,站在狗尾地边。看到路南头有人走来,叫声越来越清晰。

"我们在这里,我们在这里!"

张奶奶和卢奶奶走在前头,几位老人跟在后头,一个个火急火燎的。一直热热闹闹的小区,突然安静下来,一直到吃中饭了,还没看见这群皮猴子的踪影。几位奶奶慌了神,到处打听,这才一路找了过来。

"卢亮,看我不打断你的狗腿。"卢奶奶一手擦着额上的汗,一手把拐杖敲得"咚咚"响。卢亮吓得丢了魂,刚要逃,王爷爷一把拉住了他,挡在他的面前。"大热天的,消消火,他们出来玩,没有和你们说,你看我也不知道,就多留了他们一会儿,请您多见谅!"

"小云,这位就是王爷爷吧?"张奶奶听张小云说过王爷爷,她这么问,想故意岔开话题,现在批评孩子,不是让人家脸上挂不住嘛。张小云明白奶奶的意思,立刻拉着卢奶奶的手:"各位奶奶,我给你们介绍一下,这位就是环保协会的王爷爷……"

"你就是那个关掉排污厂的老王?你可是我们心中的英雄,今天可见到真人了!"卢奶奶一激动,扔掉了拐杖,一把握住了王爷爷

狗尾草

的手,一个劲地说,"你可是我们香草河的大功臣啊!"

张奶奶突然愣在了那里,眼睛直直地盯着王爷爷伸出的右手,手腕处,有一块铜钱大小的黑痣。"你……你……是……"张奶奶指着王爷爷,身子微微地颤抖着。

王爷爷也盯着张奶奶,怎么这么眼熟?在哪里见过?

"你是大橙子吗?我记得你手腕上的痣。"

"我是大橙子!你是……你是朵朵吧?"

一阵溜河风吹过,水杉树轻轻地摇晃着,那一树绿绿的叶子,如鼓着风的羽毛,金灿灿的阳光,在枝叶间飞溅着,光阴在这一刻似乎凝滞了。

"这些年你过得怎样?""你当兵了之后怎么就没了消息?""家里还有哪些人?"几十年的话语,几十年的惦念,想知道的太多,想说的太多,一时间又不知从何说起。

"哦,你就是老张经常提起的大橙子,听说你当年可是她的跟屁虫!"卢奶奶围着王爷爷上上下下地打量着,几个孩子抿着嘴,忍住笑。

"报告,我小名叫大橙子,大名叫王保国,和朵朵是一个村的,是朵朵的跟屁虫!"王爷爷双脚并拢,挺胸站立,好像一个给首长汇报工作的士兵。

"王爷爷是张奶奶的跟屁虫啊?""原来王爷爷也怕女生啊!"男生一脸无奈,女生趁机打趣。

卢奶奶拿起拐杖往空中一挥,把大家吓得直吐舌头:"不要瞎起哄,小屁孩懂什么呀。好好瞅瞅,看我们是怎么玩的。"

"老几位,玩一把?"卢奶奶童心大发。"好啊,都几十年了,今天也过把瘾。"王奶奶跃跃欲试。"玩什么游戏,'跟屁虫'出个主意。"

张奶奶对王爷爷下了命令。王爷爷忽然想到刚刚捉蚂蚱的事情,就有了主意:"玩拔河比赛吧。"

"什么?拔河比赛?没听错吧。""这下有好戏看喽,老年人拔河比赛,真稀奇唉。"

"小屁孩懂什么呀,等一会你们就长见识了。"卢奶奶的话语让大家感到了一丝神秘,他们耐住了性子,等待着好戏开场。

几位老人走到了狗尾草丛中,蹲了下来,只看到狗尾草左摇右摆,却没了人影。他们要干什么?不是拔河比赛吗?迷雾重重,孩子们伸长了脖子,注视着狗尾草地。风儿吹过,狗尾草丛里传出快乐的歌谣:

> "狗尾巴草,
> 摇啊摇,
> 我们一起唱歌谣。
> 小蟋蟀,
> 快快来,
> 我们一起拔河玩儿。"

老人们从狗尾草地里走了出来,手里拿着绿绿的蚂蚱,唱着童年的歌谣。小孩子们恍然大悟,原来还可以这样玩!王爷爷拔了一根狗尾草,选了两只大的蚂蚱,系在了两端,在中间划了一道线,卢奶奶拐杖一挥,比赛开始了。张奶奶和王爷爷手里各拿一根狗尾草穗子,像鞭子一样赶着蚂蚱,蚂蚱一蹦一跳,在中线两边来回地移动着,剩下的几位老人围成一圈,拍着手,跺着脚,有节奏地呼着号子:"呼嗨,呼嗨,呼呼呼,嗨嗨嗨……"

狗尾草

孩子们的激情被点燃了,他们也扯着嗓子呼着号子。

张小云突然感觉有些恍惚,她仿佛看到,老人们脸上的皱纹消失了,头发变得乌黑乌黑的,奶奶的头上,还扎着蓝色的蝴蝶结!她看到了,真真切切地看到了,藏在他们心中的那个小人,跳了出来!快乐地叫着,甜蜜地笑着,无忧无虑地闹着。

老人们回到了快乐的童年,孩子们找到了童年的快乐。

终于分出胜负了,男生庆贺王爷爷取得了胜利,女生不服气,还要再比一局。张奶奶提醒道:"都一点多了,该回家吃中饭了。"

孩子们恋恋不舍,一个劲地摇头。王爷爷发话了:"我看大家不用回,就在我这里做饭吃吧。"

"你这里可以做饭?"

"我这里有新鲜的蔬菜,有香喷喷的大米,锅碗瓢盆,一应俱全,怎么样?我们搞一次野炊好不?"

"好,太好了!"不等老人们回答,孩子们先叫唤起来,那兴奋劲,绝对比得上老师宣布星期天没有作业。

很快,大家都忙碌起来。新鲜的蔬菜摘来了,柴火准备齐了,切菜的切菜,淘米的淘米,生火的生火……

帮不上忙的孩子,到地里捉了蚂蚱,坐在路边,比赛"拔河",一阵阵银铃般的笑声,你追我赶,落了狗尾草丛里。

阳光灿烂,炊烟升起。童年打开了另一扇窗口,王大力看到了一个不一样的世界,每个人都变得不一样了。

王大力突然想到,要是有一台摄像机多好,他想记录下这美好的瞬间,告诉全世界,这一切多美好!

对,就这么干!

"开饭喽——"孩子们兴奋地叫着,饭菜的香味飘在香草河畔。

第十六章　溜河风吹啊吹

一到傍晚，狗尾草地边的小路上就热闹起来。

王大力在爸爸的支持下，买了电脑和摄像机。经过几天的准备，他和同学们一起，创办了"狗尾草"网站。越来越多的人知道了狗尾草地，知道了香草河边的水杉林，知道了树屋，知道了王爷爷，知道了香草河上的凌波仙子，知道了用狗尾草想编什么就能编什么，知道了许多好玩的事情……

来这里玩的人越来越多了。

夕阳落到水杉树林后面了，余晖带着暑气渐渐散去，溜河风徐徐吹过，知了声声，狗尾草摇晃着脑袋，像喝过了二两小酒，一天的忙碌过后，到了最惬意的时候了。

狗尾草地边，老人和女生在编小动物。大人带着小孩子，围在他们身边，一边看一边学，不论做得好坏，都拿在手里，左看看右瞧瞧。也有赖皮的孩子，看到做得特别好的，就想着法子占为己有。

路两边放了十几块展板，卢亮带着几位男生，在宣传环保知识，"美丽的香草河""濒临灭绝的水雉""环保卫士王爷爷"……一个个话题震撼人心，听众被感染了："王爷爷在哪里？我们想见见王

狗尾草

爷爷。"

王爷爷正在路北头忙着呢。

王阳在摄像,王大力现场解说:各位老铁,大家不要着急,我们出发的时间是凌晨两点钟,为什么要定这个时间呢?这是王爷爷的经验,他说香草河边的蟋蟀,这个时间最好捉。时间有点晚了,明天我们会上传视频,请老铁们关注。捉了蟋蟀,要给它们一个舒适的家,王爷爷已经准备好了狗尾草,他现在要编蟋蟀笼子。

第一步:把两根小树枝交叉成十字架,用狗尾草缠绕固定。现在王爷爷做好了笼子的底部。

第二步:要挑细长的狗尾草,围着十字架缠绕编织,大家看看,现在底部一个个套在一起的正方形,大约编到树枝的中段时,就完成了第二步。

第三步:挑五根粗壮的狗尾草,在底部的三个角上插一根草秆,剩下的那个角插两根。然后继续编织,直到树枝的末端,底部就编好了。

第四步:现在王爷爷开始编织主体部分了。他先是从两根狗尾草开始,向内折弯了一根,朝着相邻的方向,然后把相邻的狗尾草轻轻地折弯,压着第一根狗尾草秆。按照这样的方法,依次压住相邻的那根草秆,向上编织。大家要看清楚了,越往上,越要往里收。现在笼口越来越小了,现在王爷爷开始收口了!漂亮!笼口上五根草穗子交叉在一起,仿佛五只可爱的小狗狗守住了笼口。

各位老铁,蟋蟀笼子编好,就差几只可爱的蟋蟀了,请大家耐心等待,明天会有精彩的视频!再见!

王大力他们一转身,发现后面站了好多人。

"这孩子还真有范儿,解说起来有模有样的。""这孩子了不起,

第十六章 溜河风吹啊吹

将来是做大事的料!""你就是王大力吧,我看过你的直播,我是你的粉丝哦。""你看看这是谁家的孩子,多有出息啊,哪像我们家的,整天想着打游戏。"

大人们一个劲地夸奖,王大力的脸红红的,不停地挠着头。王大力爸爸走了过来,拉着王大力说:"这是我儿子,大家过奖了!"

"哎呀,是你家儿子啊,快给我们说说,你是怎样培养孩子的!"几个家长,拉着王大力爸爸的手,握了又握,"你看现在的孩子就喜欢打游戏,我们着急上火也没用,你就传授点经验呗!"

王大力爸爸啼笑皆非,连忙指着王爷爷说:"大家忘记重点啦,我来介绍一下,这就是王老!你们多带孩子来玩玩,多和王老接触接触,也许你们说的问题就不是问题了。"

大家这才想起重点,连忙赔着笑脸:"王老,总算看到您了,几年前就听说您的事迹,我们要向您学习。"

"大家可别这么说,我可没这么伟大,不要戴高帽子,我就是一退休老头,没事闲得慌,喜欢在香草河边瞎转悠。"

"要是大家都像您老这样在香草河边瞎转悠,这香草河的水那得多清啊,大家说是不是?"王大力爸爸双手合十,满脸虔诚,"老爷子,真的谢谢您,在这里孩子们找到了自己!我代表家长感谢您!"

"王老谢谢您,这些天,孩子过得很开心,好像换了一个人!"不知道什么时候,五(1)班的几位家长站在了人群里。

"王老,您也带带我们的孩子吧!""孩子们快叫王爷爷啊!"新来的家长心情很急切,只恨相见太晚。

"王老,我是高新区的陈老师,我一直关注王大力的直播,关注着狗尾草网站。遇到您是这些孩子们的幸运,要不然,他们不会知道泥土有多香,空气有多甜,溜河风有多凉爽,狗尾草有多可爱,更

不会知道还有一个真实的世界。他们迷失在虚拟的空间里,机械麻木地活着,一切都被别人安排好了,一切都是别人的事情,包括学习,就像刚才那位家长的痛苦,何止一家,何止一家啊!"

"你家有吗?"

"有!"

"你家有吗?"

"有!"

"这也是教育的痛!是时代的痛啊!但这不能怪孩子们。大家看看,现在孩子丢了什么?他们丢了童年!他们每天都被关在屋子里,不停地做着习题,甚至连发发呆的时间都没有!是我们把孩子们从真实的世界里,赶了出来,远离了自然,远离了生活,我们没收了他们的童年。他们没有机会疯疯癫癫,他们没有时间去不着边际地幻想,他们失去了充满情怀的童真,他们是学习机器!所以一有机会,他们就会躲到网络游戏里,到那里去找到他们的存在,慢慢地,他们把那个有血有肉的自己给丢了,我们说的和他们想的已经不在一个频道上了,你再怎么讲都没用,他们也不会理解,甚至会和家长对着干。"

夕阳把最后一缕余晖,涂在了黑黢黢的西天。一轮圆月悄悄地挂在了树梢上,溜河风可劲地吹着,狗尾草哗啦啦地响着。所有的人,不知道什么时候,都站在了一起,静静地听着,连呼吸都是轻轻的。此刻,不论大人还是孩子,都陷入了沉思中。

不知道为什么,听着陈老师的话,王大力感慨万千,有想哭的冲动。爸爸伸出手,紧紧地搂着王大力,王大力可以感觉得到,爸爸的身体在微微地颤抖!

"五(1)班的孩子是幸运的,他们在狗尾草地边找到自己的童

年,找到了原本属于他们的快乐,所以他们的童心复活了,他们充满了活力,大家看看这些孩子的眼睛多亮啊!这就是我们要追求的教育,所以我要以王老为榜样,学习您的精神,做'绿色环保'的教育,保卫孩子们的童年!"

掌声经久不息,每个人的思绪,如香草河的水,波澜起伏。

"说得多好啊,谢谢陈老师!您的话让我深受启发。以前我只顾着做生意,忽略了儿子,忽视了生活,从现在开始,我要向王老和陈老师学习,要抽出更多的时间,关心儿子的成长,多做一些公益事业!"

"大力爸爸说得对,我们家长也要改变自己!"

"王爷爷,听说您是退伍军人,就收下我们这些兵吧。"

"爸,我们早就是王爷爷的兵了,所以我们是老兵,你们是新兵,老兵要管新兵的哦!"

"好啊,你们这些臭小子,想管老子了是吧?"

父子俩相互打趣着,俨然成了一对好朋友。

"好好,都是我的兵,全体都有,大人一队,小孩一队,集合!"王爷爷一声令下,大家迅速站队,小孩想超过大人,大人要在小孩面前做表率。王大力爸爸指挥着大人,王大力指挥着小孩,两队互不相让。

"听我口令,齐步走,一二一,一二一……"溜河风迎面吹来,吹过昂起的胸膛。"日落西山红霞飞,预备唱!"会唱的,不会唱的,都扯开了喉咙,跟着王爷爷尽情地唱着:"日落西山红霞飞,战士打靶把营归,把营归……"

"全体都有,立定,稍息,下面有请张小云同学教大家唱一首歌,大家欢迎!"

狗尾草

"大家好,我叫张小云,偶然的机会我认识了狗尾草,认识了王爷爷,在狗草地里,我找到了自己。我也是有感而发,编了一首儿歌,大家和我一起唱。"

"狗尾草,了不起!
不怕风呀,不怕雨。
不管土地多贫瘠,
不害怕,
不哭泣,
挺起胸膛有志气!

狗尾草,摇啊摇!
小尾巴,翘啊翘!
狗尾花开唱歌谣。
小孩子快快找,
童年藏进了狗尾草!"

月亮升到了树梢头,金黄金黄的。星空灿烂,虫儿鸣唱,溜河风轻轻地吹着。

王爷爷泡了一杯茶,坐在了凳子上。

"孩子们想不想听故事啊?"

"好啊,好啊!"

"这次听故事,一不站着,二不坐着,大家躺着听故事!我们小的时候,夏天的晚上,大家都出来乘凉,我们躺在凉席上,听大人讲故事。"

第十六章 溜河风吹啊吹

　　孩子们早已一蹦三尺高,兴奋得手舞足蹈。王大力爸爸和几位家长,把白天买来的凉席铺开了,几十张凉席上,很快挤满了大人小孩。溜河风从头吹过脚尖,凉飕飕的,像吃了根雪糕般痛快。身子贴着地面,花香草香泥土香直往心里钻。地做床,天做被,孩子们的心都飞了。手和脚不知道怎么放才好,一会儿伸成一个"大"字,一会儿伸在别人身上,一会儿身子趴着,手脚翘起。有的孩子伸手挠了别人一下,闭上眼睛装作睡着了,任凭别人在他耳边怎么叫,眼皮都不眨一下。

　　王爷爷的故事开始了:

　　　　有两户人家为邻,东边一家姓李,西边一家姓张。俗话说,远亲不如近邻,相处得比亲戚还亲。李家有儿叫栓儿,已娶妻,张家有儿叫柱儿,柱儿还小,刚刚十一岁。

209

狗尾草

栓儿精，柱儿憨，栓儿家有头健壮的大耕牛，柱儿家有条忠实的黄毛狗。往年两家耕地，都用栓儿家的耕牛。后来两家老人相继过世，幼小的柱儿也只好顶起门户过日子。栓儿是个爱占便宜的人，每次柱儿来牵牛耕地，栓儿都心疼得不得了，而小小的柱儿，帮他种田收田担水劈柴，有了好吃的总是与他一块分享。

这年春天，又该耕地了，柱儿去牵牛，栓儿说："柱儿，我家的耕牛老了，干不动活了，以后你家的田你就自己耕吧。"年少的柱儿一个人耕不了地，眼看着地里的荒草越长越茂，种子却还躺在口袋里，柱儿愁得直哭。这天，柱儿又一边挖着地一边流眼泪，那条从不离他左右的黄狗突然开口说话了。它说："柱儿啊，你别哭了，你就用我耕地吧，我会耕地啊。"柱儿急忙擦擦泪眼，不大相信地盯着黄狗，谁家的狗能耕地？但黄狗使劲地点着头。从那以后，黄狗春天帮柱儿耕地，秋天帮柱儿拉车，柱儿不但误不了农时，收成还比栓儿多。

栓儿看着眼红了，又耕地时，他装出很难的样子，苦着脸对柱儿说，柱儿，我家的老牛老得耕不了地啦，柱儿啊，把你的狗借我用用吧。

谁知黄狗到了栓儿的地里，却不肯拉犁耕地，栓儿气得用棍子狠狠地抽它，它还是不干，气急败坏的栓儿最后竟把黄狗给活活打死了！狗死了，栓儿把它就地埋了，只露出一截尾巴在外面，然后跑去跟柱儿说，哎呀呀，柱儿呀，可不好了，你的狗到了我那儿不干活不说，还一头扎进地里不肯出来了！柱儿急忙跑去一看，果然，栓儿的地里有一截黄色的狗尾巴，随着风摇啊摆的。柱儿伤心地大哭，跑过去拉住那截狗尾巴就往外拽，

第十六章 溜河风吹啊吹

那截狗尾却已变成了一棵草,他把狗尾巴变成的草拔出来,栽在了自家地里。

夏天到了,狗尾巴变成的草,开出浅绿色的小花儿。秋天到了,小花儿变成一串种子,跟谷子一样。第二年,在柱儿栽下狗尾巴地方,又长出成片成片绿绿的小草,就像种的庄稼,它们在风中摇啊摇。这天晚上,柱儿梦见自己的狗又摇着尾巴回来了。狗对柱儿说:"今年你不要耕地了,地里长出的那些草都会结籽实的,它们足够你吃一年了。"

这一年,柱儿既没耕地,也没种田,满地都是绿油油的青草。到了秋天,这些绿油油的青草,果然结出了一串串草籽,金灿灿的。

后来,栓儿看柱儿不用种地,却年年有收成,就偷偷到柱儿地里,把那些狗尾变的草拔出来,栽到自家地里。这些草就在栓儿家的地里,长啊长,长得铺天盖地,到处都是,把栓儿乐坏了。

再后来,满地的草结出金黄色的籽,跟谷子一样,栓儿更乐了。再再后来,栓儿就乐不出来了:他收回来的那些谷子,有籽无实。因为这些像谷子一样的草,是狗尾巴变的,样子很像狗尾巴,人们都叫它"狗尾草"。

故事结束了,孩子们一时间没有回过神来,望着眼前的这片狗尾草,呆呆地想,要是能施个魔法,把狗尾草变成那只狗多好。正想得出神呢,突然卢奶奶唱起了童谣:"风婆婆,送风来,风婆婆,送风来,送东风,桃花开,送北风,雪花飞,送来南风,好凉快……"

卢奶奶掉了门牙,嘴巴漏风,但唱起童谣来别有一番味道,听着听着,让人感觉风更大了,吹得身上凉丝丝的。小孩紧偎着大人,学

狗尾草

着卢奶奶有一句没一句地唱着。

"这首童谣太长,孩子们不好记,我来教你们唱个短的。"张奶奶走到正中间,用浓浓的方音唱道,"风婆婆,放风来,大风不来小风来。大风刮得呜呜响,小风刮得怪凉快。"

"张奶奶,怎么越唱越凉了啊?"几个女孩子故意撒娇道,"张奶奶一张嘴,我们要被风婆婆刮跑啦。"

"让张奶奶再多唱几遍,把你们几个丫头刮到月亮上去。"陈老师走到了张小云她们中间,指着月亮说,"你看今晚月亮多好看啊,你们几个就到月亮上做仙女吧。"月光照着陈老师的脸庞,那么轻盈,那么祥和。她微笑着,如一朵花儿在月色下绽放,散发着淡淡的幽香。

张小云从见到陈老师开始,就觉得好亲切,好像在哪里见过,而且这种感觉越来越强烈。

溜河风吹过,陈老师随手撩了撩被风吹乱的长发,她站了起来,月光下的身影落在了张小云的身旁。

"我即兴写了一首诗,和大家分享一下。"虫儿的鸣叫声欢快起来,仿佛在给陈老师伴奏。

"香草河的风
沿着一轮月色
一个劲地吹着
白云朵朵
花草飘香
金黄的月亮
升到了香草河上
今夜河水流淌

第十六章　溜河风吹啊吹

今夜幸福在疯长

香草河的风
沿着耳畔
一个劲地吹着
虫儿鸣唱
歌声嘹亮
金色的童年
藏在狗尾草地旁
今夜月光流淌
今夜童心飞扬
……"

溜河风一个劲地吹着,狗尾草摇晃着,香草河的水,在明晃晃的月光下,跳跃着。张小云支起身子,她要好好地看看每张笑脸,她要记住每一个欢乐的瞬间,要是时光能定格在这一刻多好!可是再好看的电影,也要散场啊。

人们陆续离去了,月光铺满了小路,大人抱着熟睡的孩子,三五成群,消失在月色里。

顿时,四野一片静谧。大地是万物的摇篮,溜河风轻轻地摇动着,虫儿唱着摇篮曲,月亮安详地守护着一切。

几个男生睡着了。卢亮不时吧唧着嘴,王阳身子横在了凉席上,王晗把腿翘在了王大力的身上。看着他们的睡相,大人们露出了慈爱的笑容:自从孩子们上了学,总是在催促他们学习,好久没有这样的感觉了。他们给孩子们盖好了毛毯,野外湿气重,容易着

狗尾草

凉。凌晨两点还要捉蟋蟀呢,他们躺在了孩子们身边,也美美地睡了。

王阳做了一个梦,梦见自己又尿床了,爸爸拿着鸡毛掸子抽他的屁股。吓得他一骨碌爬了起来,眼前是一片狗尾草,爸爸在自己身边睡得正香。这才明白过来,自己憋尿了,梦见了小时候尿床的事。走到小路边,撒了尿后,王阳有些清醒了,这才发现,刚才热闹的小路上,现在冷冷清清的。王阳半闭着眼睛,走到了睡觉的位置,正准备躺下,忽然心中一个激灵:"不对呀,好像少了一个人?"数了数,一共八个人。王阳在心里算了算人数,王爷爷,王大力爸爸,王涵爸爸……一共十个人啊!是不是我数错啦,再数一遍,"一、二……九,是九个!少了一个人!"王阳失声惊叫起来!

大人一下子站了起来,小孩子蒙眬地睁开了双眼。"谁少了?谁不见了?""不知道少谁,可是我数来数去就是少了一个人!"听王阳这么一叫唤,大人有些慌了,小孩子也紧张了。怎么睡了一觉,会少了一个人呢?

"一共几个人?"

"十个。"

王阳爸爸数了数,然后捂着肚子笑了:"你这个臭小子,睡糊涂了吧,你把自己数进去看看,是几个?"

大家立刻明白了,虚惊一场啊,一个个笑得睡意全无!正好也快到凌晨两点了,要出发了。大家开始准备,父子俩一组,带上手电筒,从王爷爷那里拿了狗尾草笼子,志愿者小胡负责摄像。

月到中天,月华如练,月吐清辉,夜如白昼。月光如丝如线,从空中抛洒下来,落在了狗尾草穗上,织成了轻盈的纱,飘浮在狗尾草地上。

第十六章　溜河风吹啊吹

湿漉漉的月色,打湿了狗尾草穗子。大家穿过狗尾草地,跟着王爷爷到了菜园时,上衣潮潮的。"月光都沾在身上了。"王阳抖了抖衣角,正要接着贫,王爷爷"嘘"了一声,向四周指了指,又摸了摸耳朵。大家立刻明白,父子俩一组,立刻向四周散开。

王大力和爸爸蹲在了西瓜地边,王阳和爸爸蹲在了黄瓜架下,卢亮和爸爸蹲在了西红柿地旁,王涵和爸爸蹲在了辣椒地里。当王爷爷把园子四周的狗尾草压在了地上之后,大家都屏住了呼吸,凝神静听。

虫鸣声四起,如涨潮的春水,汹涌起伏,那声浪似乎要从月色里溢出来。

"嘀嘀、嘀嘀、嘀嘀、嘀嘀……"声音高冷,节奏明快。"叽啾,叽啾,叽啾,叽啾……"随着性子,悠然自得。"吱……"声音急促,连绵不断。"咕咕——咕咕……"声音低沉,断断续续。"嘤嘤嘤——"声音细长,声线柔美……

虫鸣阵阵,唧唧切切,如断如续,如呢喃,如细语,如丝弦,如金石。高低起伏,有急有缓,有唱有和,如丝弦齐拨,如竹管轻鸣。乍听杂乱无章,细听浑然天成。一场天然大合奏,秀雅、委婉、明快、圆润、舒缓、抒情。

"嚯嚯、嚯嚯——嚯嚯嚯嚯、嚯、嚯……"在乐手的伴奏下,天籁之声空灵悦耳。这歌声时近时远,一会儿落在心头,一会儿飘向天边。月色流淌,歌声悠长,让人忘记身在何方。

这美妙的歌声,像一只无形的手,抓着大家的心,大家不由自主地向前移动着。近了,更近了……声音就在耳朵边上了,王大力迅速地打开手电筒,一道雪亮的光束下,在一片西瓜叶底,王大力清清楚楚地看到了一只蟋蟀:黑褐色的身子,在灯光下闪着金属光泽。

头圆,胸宽,触角细长。强光下,蟋蟀懵了,趴着不动!王大力一看,心中窃喜,在爸爸弯腰去抓前,他迫不及待地弯腰伸手了。谁知,手电筒的光照偏了,等王大力反应过来时,手电筒照了又照,那只蟋蟀没了踪影,只看见,那片西瓜叶在轻轻地晃动着。

王大力急得捶胸顿足,爸爸指着身后连连示意。

"嚁……"一只体态颀长的黄蟋蟀,振翅长鸣,严阵以待。

"嚁嚁,嚁嚁……"刚刚逃出的黑蟋蟀,误闯领地,不甘退出,准备迎战。

"嚁嚁嚁……""嚁嚁嚁……"它们前翅举起,左右摩擦,快速震动,以壮声威。叫声急来越急,越来越凶。

大战在即,双发剑拔弩张。王大力不禁攥紧了拳头,王阳咽了咽唾沫,王晗心跳加快,卢亮傻乎乎地站着。夜如白昼,溜河风刮过,狗尾草"哗哗"作响,像千军万马奔腾而过。

两只蟋蟀,几乎同时向前跳起,落在了一起。它们长须抖动,蹬腿鼓翼,头对着头,张开钳子似的大口,互相对咬,双方缠斗在一起。进退滚打,互不相让。斗了一会儿,双方旗鼓相当,一时难分胜负。于是又各自跳出圈外,大口喘着粗气。

看来战斗结束了,双方打成平手。

大家刚松了一口气,谁知道更激烈的战斗又开始了。

黄蟋蟀后足发达,善跳跃。黑蟋蟀大发达,善咬斗。黑蟋蟀桀骜不驯,狡黠凶猛,趁黄蟋蟀不备,突然跃起,张开大嘴,向黑蟋蟀咬去。黄蟋蟀久经沙场,临危不乱,见情况不妙,后足一蹬,颀长的身体高高跃起。黑蟋蟀扑了空,回头一看,黄蟋蟀不见了。敌人呢?正在纳闷之际,黄蟋蟀像一个轻功超强的武士,轻盈落下,后足猛地一踢,黑蟋蟀打了几个滚,摔了出去。

黄蟋蟀高竖双翅,傲然长鸣。黑蟋蟀翻过身来,连连后退。

风轻了,夜静了,星星眨着眼睛。

孩子们被激烈的打斗感染了,忘情地叫了起来,为黄蟋蟀喝彩!

那只黑蟋蟀长须低垂,脑袋耷拉,缩着身子,向后退着,退着……突然向前扑去。"偷袭!"孩子们惊叫起来,太隐蔽了,太突然了。兵不厌诈,看来黄蟋蟀要被算计啦。就在一眨眼间,奇迹竟然出现了!大家还没看清黄蟋蟀用了什么招式,黑蟋蟀又扑了个空,跌了个跟头,这下子躺在地上老实了。

"手电筒!"王爷爷大叫一声,大家这才反应过来,几道亮光射出,王爷爷迅速出手,两只蟋蟀被抓到了笼子里。

孩子们围着笼子,一脸新奇,都想把笼子举到眼前,好好看看这两个武打演员。王爷爷摆了摆手,指了指他们的笼子。王阳和卢亮把笼子举到王爷爷的眼前,他们俩各抓到了一只,骄傲得就像那只黄蟋蟀。王大力和王晗没有抓到,低头看着脚尖,无精打采。

王爷爷似乎早有预料,向四周指了指,好像在说:"别灰心,好戏还在后头呢。"大家紧跟着王爷爷,在踩倒的狗尾草跟前,王爷爷打开了电池灯,灯光如柱,从狗尾草的缝隙里穿了过去。大家惊奇地发现,狗尾草下,藏着好几只蟋蟀呢。大家恍然大悟,原来王爷爷留了后手。先下手为强!王大力眼疾手快,迅速出击,王晗也不含糊,紧随其后……

在王爷爷踩倒的狗尾草丛里,每个人都抓到了好几只蟋蟀,一个个得意扬扬。笼子提在手上,越看越喜欢,都觉得自己抓的蟋蟀最威武。

月亮西斜,溜河风吹淡了月色,天光微露,虫鸣声稀疏了,一切似婴儿甜蜜的梦呓,新的一天要来了!

天空中,有流星划过。那美丽的弧线,划出一道火红的光晕,像一条红丝带,随着溜河风飘舞着。

王大力闭上双眼,默默地许了愿。

红丝带,香草河边的红丝带!热血在王大力的心中奔涌着。

第十七章　我们在一起

天一亮,张奶奶就起床了。

一阵忙活后,张奶奶熬好了香喷喷的小米粥,做好了金灿灿的葱油饼。香味从门缝里钻进房间里,杨柳从床上一下子蹦了起来,耸着鼻子嗅着。这动静,把大家都惊醒了。"要死啦,大早上你不睡觉,抽什么疯啊。"田静睡眼惺忪,哈欠连天,正要拿起巴掌拍杨柳,举起的手突然停了,"什么味?这么香!"杨柳看着田静,咽了咽口水,忽然清醒过来,"还要说吗,奶奶做好饭啦。"她边说边从床上蹦下来,冲出了房间。

几个女生像刚醒来的鸟儿,在客厅里"叽叽喳喳"地叫着。张奶奶从厨房里出来,额上沁出了细密的汗珠。"今天这是咋啦?还没叫你们就起床了,这可奇了怪啦。""奶奶这个问题我来回答你。"张怡拉着张奶奶的手,还未说话,已经笑得直不起腰了,"是葱油饼的香味把吃货们叫醒了。"张奶奶一听,笑得合不拢嘴。杨柳和田静吃了个哑巴亏,不服气,拉着张怡问道:"那你说说自己是怎么醒的?""我嘛——"张怡忽然闭上了嘴巴,咽了咽口水。"看见没,吃货肚子里的馋虫……"杨柳的话还没说完,张怡尖着嗓子说道:"我是被梦

狗尾草

想叫醒的。"这个回答出乎意料,田静眼睛睁得圆圆的,围着张怡转了一圈:"你都有梦想啦,给我们介绍一下呗。"张怡趁杨柳不备,从她的手中挣脱,向餐厅跑去:"我的梦想就是吃张奶奶做的葱油饼,傻瓜!"

张奶奶做葱油饼,那可是祖传的手艺,谁都惦记着能吃上一口。可她一般不出手,只有在特别开心的时候,才会做上一回。那香味,隔着几幢楼都能闻得到。

吃好了早饭,张小云叫上了卢奶奶。张奶奶包好了葱油饼,装好了米粥,要给王爷爷他们送过去。

太阳很快升到楼顶上去了。

张小云骑着三轮车,张奶奶和卢奶奶坐在车上,杨柳在后面推着。一路上,遇到了好多五(1)班的学生,他们的后面还跟了好多小尾巴,赶都赶不掉。

迎着夏日的晨风,一路上知了声声,仿佛在说着昨夜的秘密。

照顾好孩子们睡下后,王爷爷和王大力爸爸睡意全无,他们在香草河边亲切地交谈着,一直到星光黯淡,东边天空露出了鱼肚皮。

卢亮爸爸睡得正香,被一阵说话声吵醒了。

"我看这只黄蟋蟀像关公,武功高强,风度翩翩。"王阳把蟋蟀笼子提在手里,恨不得钻到笼子里。"这只黑蟋蟀我看像张飞,作战勇猛。"王晗的话一说完,王大力就接过话茬:"那不行啊,他们可是兄弟啊,怎么会打架呢?不合适。"卢亮一拍脑门,大叫了起来:"像黑旋风李逵,你看都黑成了这样,多像啊!"

几个人正说得起劲,屁股上挨了几巴掌。"我说你们这几个熊孩子,成心捣乱不是?这么早就呱呱叫了,还让人睡不?"卢亮爸爸使出了连环掌后,把头故意甩向一边,眼珠子都快瞪了出来。

第十七章 我们在一起

王大力拍拍卢亮的肩膀:"卢亮看你的了!"

卢亮冷笑几声,甩着膀子走到了爸爸跟前,对着爸爸的脸,左瞧瞧,右看看,伸出手掌在爸爸的眼前晃了晃:"别说,爸爸的眼珠子还真大。"说着,故意压低了声音,"爸爸,你把眼珠子瞪得小一点,我们商量商量呗,你在新华字典里藏的五百块钱,我妈还不知道呢。"一听这话,卢亮爸爸的眼珠子立刻变小了,眼睛眯成了一条缝,满脸堆笑:"儿子,有啥要求说说呗。"卢亮指了指屁股。"好,我给你揉揉。"卢亮又指了指王大力他们,卢亮爸爸连忙跑了过去:"叔叔拍你们的屁股,其实就是找一个机会给你们揉揉,我的手艺很好的。"

"哦,是这样的啊,那叔叔的意思是,我们起得早没错喽?"王大力忍住笑,故意把腔调拖得长长的。"误会,误会。"卢亮爸爸弯着腰,点着头,把大家都逗笑了。卢亮摇头晃脑,扬扬得意:"这还差不多,看在你态度诚恳的份上,那五百块钱的事情我当没看到。"

"什么五百块钱?"声到人到,卢奶奶站在了树屋外头,满脸的好奇。

卢亮爸爸一听这话,吓得脸色大变。这要是给老太太知道了那还得了?她可是个帮着儿媳妇收拾儿子的主。想到这里,卢亮爸爸不住地给儿子使眼色,卢亮看在眼里,故意拿住了劲,看到爸爸着急了,这才拉着奶奶说:"奶奶,你听岔了,我是说这两个最厉害的蟋蟀,带回家给你选,什么五百块钱?奶奶啥时候成钱迷了,我怎么不知道呢。"卢奶奶摸了摸自己的耳朵,在心里嘀咕着:五百块钱,拿回家给我选,听起来差不多……老喽,老喽,耳朵不好喽。"我不要回家选,拿过来看看,我现在就选好。"

大家这才发现,树屋四周挂了好多狗尾草笼子,每个笼子里都有一只蟋蟀,这会儿,正趴在笼子里睡大觉呢。孩子们围了过来,一

狗尾草

个个争着看新奇,也有胆子小的躲在大人后面。

"我看啊,一会把这蟋蟀给小区里的老人送过去,让他们乐和乐和。王爷爷你看咋样?"

"张奶奶和我想到一起去了,一会让孩子们送过去。"

"那就赶紧吃饭吧。"张奶奶一声吆喝,杨柳端来了米粥,张小云拿来了葱油饼,香味四散开来。

日上三竿,水汽升腾,橘红色的阳光散落下来,香草河如同仙境。几只水雉站在水草上,河风吹动了它们的彩衣。

"看,凌波仙子在看着我们呢。"

"是啊,它们肯定闻到了葱油饼的香味。"

"喂,朋友过来吃点吧,张奶奶做的葱油饼吃了能成神仙的。"

"喵喵……"水雉昂着头,伸着脖子,迈着细长的腿,来回走动,不安地鸣叫着。

"这鸟儿真饿了,在向我们要吃的。"一群小孩子越说越兴奋,王晗拿着葱油饼就想往河边走。王爷爷拦住了他,做了一个安静的手势,小声说道:"你们太吵了,它们现在很警惕,因为小鸟快出壳啦!"

小鸟要出壳啦!大家顿时静了下来,眼睛里充满了惊喜,轻手轻脚地缩了回来,到了树屋里,围着王爷爷问东问西。王爷爷静静地听着,任由他们问着,一个劲地笑着。这一幕在他的梦中出现过,而且不止一次:梦中的香草河好清澈,蓝蓝的天空白云朵朵,凌波仙子唱着嘹亮的歌,香草河的孩子在这里快乐地生活……

"王爷爷你说话呀,你说嘛!"一个白胖胖的小子,拉着王爷爷的手,一个劲地摇着。王爷爷把他抱在了怀里,说道:"这鸟儿叫水雉,有的人叫它凌波仙子,还有的人叫它水凤凰,你喜欢它们吗?""喜欢!""那你想做它们的好朋友吗?""想!""你知道怎样做它们的好朋

第十七章 我们在一起

友吗?"

小胖子手托着下巴,认真地想了想,抬起头看着王爷爷说:"我保护它们,把我的零食都给它们吃。"

王爷爷看了看每个孩子,声音慢了下来:"要做它们的好朋友,很简单,离它们远一点,不要打扰它们,这是对它们最好的保护。"王爷爷顿了顿,意味深长地问道:"做到这一点简单吗?"没等孩子们回答,王爷爷摇了摇头说,"不简单啊!"

王爷爷的话,让王大力深有感触,望着眼前这位两鬓斑白的老人,他似乎又看到了那条划过星空的红丝带,热血又一次涌动着,在这一刻他突然明白,如果每个人都能把简单的事情做好,这个世界就会变得美好。

"对!把简单的事情做好!"如拨云见日,王大力的内心从来没有如此的敞亮,世界是如此美好,有那么多的事情要去做。热血在他的体内沸腾了,王大力紧紧地抱着王爷爷。谁能体会得到,当灰暗的世界里阳光普照,王大力突然看到方向时的那份喜悦?

"这孩子咋啦,都激动成啥样啦。"卢奶奶拍了拍王大力的肩膀,"王大力啊,什么时候学会撒娇啦,也和卢奶奶拥抱一下。"卢奶奶的话音一落,五(1)班的几个孩子起了哄:"王大力学会撒娇啦!""王大力和卢奶奶拥抱一下!"

王大力转过身来,指着卢奶奶的拐杖说道:"卢奶奶,今天我不拥抱你,等到有一天,你拿不动这根拐杖的时候,我背着你!"

"好,说得好!"张小云情不自禁地为王大力叫好,王大力看着张小云,张小云看着王大力,他们相互点了点头,眼神明澈得就像香草河上跳动的阳光。

"好!好……"树屋里一片叫好声。

狗尾草

张奶奶转过身去,她不由得想起了胖二嫂,连忙抹了抹眼角,难掩心中的欢喜。王大力走过去,拉着张奶奶的手:"奶奶,我很开心,我知道该怎么做了!"张奶奶拍着王大力的手,因为开心,声音有些颤抖:"奶奶好开心,大力找到自己的活法了,孩子好好活着,要活得好好的!"

王大力爸爸蹲在树屋里头,忍不住地抹眼泪,王大力的改变让他开心,开心得想大哭一场。王大力拉起了爸爸,他突然发现,爸爸的头上有了几根白发,心生无限感慨:"爸爸,以前我浪费了太多的时间,现在我知道自己该做什么了,爸爸你会支持我吗?"

"支持,只要是我儿子做的事情,我都支持!"王大力爸爸边流泪边笑着,在大家眼里那是最幸福的笑,"爸爸永远支持你,我们在一起!"

"还有我!""还有我!"……

"好,我们在一起!"王爷爷和张奶奶不约而同地喝起彩来。

"还有我们呢!"好熟悉的声音,像微风拂过银铃,"我们都在一起!"

"啊?"孩子们惊掉了下巴,"这怎么可能?"卢亮揉了揉眼睛,王阳拧了拧胳膊,是真的,千真万确!王校长!李老师!陈老师!他们都站在了树屋前。

"我们在一起好吗?""当然可以!"张小云和几位女生冲了过去,扑向李老师的怀抱。李老师看看这个,打量打量那个,才一个多月没见,这些孩子变化这么大!眼睛亮亮的,那么清澈;笑容甜甜的,那么纯真。尤其是王大力,还是之前的那个王大力吗?

"我来给大家介绍一下。"王校长清了清嗓子,"这位是教育局的陈副局长,大家欢迎陈副局长和我们在一起吗?"

"陈副局长？你不是那位陈老师吗？怎么……"

"王老您好，在你面前没有什么局长、校长，只有老师，我们都是您的晚辈。"

"王老您好，慕名已久，香草河人谢谢您！香草河的孩子们谢谢您！"王校长握着王爷爷的手久久不愿松开。

陈副局长在李老师的介绍下，和大人们一一握手。

"大家请安静，下面请陈副局长和大家说几句话！"

"此时，我最想说的是，在这里真好！这里有树屋，有狗尾草地，有香草河，有水杉林，有蓝蓝的天、白白的云，有虫鸣，有花香，有童年，有欢笑……更重要的是有你们！所以我想告诉大家，在这里，我不是陈副局长，我是一名老师，孩子们的大朋友，因为在这里我也回到了童年。大家说说，我可以和你们在一起吗？"

"可以……"

"所以请大家叫我陈老师！"

这眼神，这神态，怎么会这么熟悉？在哪里见过呢？张小云又犯了迷糊。以至于一阵掌声过后，陈老师叫了她的名字都没听到。

陈老师走到张小云跟前，伸出手在她眼前晃了晃："这丫头，在想什么呢？"张小云回过神来，看到陈老师笑眯眯地望着自己，脸一下子红到了脖子，欲言又止。陈老师似乎明白张小云的心思，又似乎想起了什么，眼中闪过一丝忧伤。张小云不敢相信自己的眼睛，因为仅仅一瞬间过后，陈老师的脸上笑容又是那么灿烂。

"我要和五（1）班的孩子们介绍一下，我和你们的李老师是同学，我知道张小云，也知道王大力，还知道你们班级里的许多事情，所以看到你们今天的变化，我非常激动。五（1）班的孩子了不起！尤其是王大力同学，做了一件很有意义的事情。现在好多人都知道

狗尾草

了狗尾草基地,不仅是在我们香草河,在全国各地都有你们的粉丝。"

"什么粉丝?是藕粉还是米粉?回头大力也给我来点粉丝。"卢奶奶仰着头,看着王大力。王大力不知道怎么解释,大家笑得前俯后仰,弄得卢奶奶不知所措,越想越不明白,小声地嘀咕着:"不就是要点粉丝嘛,看把你们乐的,莫名其妙……"

一阵笑声过后,陈老师拉着王大力和张小云,兴奋地说道:"今天我要和大家宣布几个好消息。"每个人都静下来,竖起耳朵听着。"经教育局经研究决定,成立'狗尾草基地',并授予五(1)班'狗尾草中队'称号。"

好消息来得太突然了!五(1)班的同学们,不约而同地拉着手,围着陈老师,转着圈,跳着舞。

"下面还有一件事情,我们基地成立了,需要基地辅导员,同学们看看应该聘请谁呢?"

"王爷爷!王爷爷……"孩子们打着节奏,异口同声地叫着。

陈老师走到了王爷爷面前:"王爷爷,听听孩子们的呼声,众望所归,您老不要推辞哦。"

"他答应做辅导员不是问题。"半路杀出了张奶奶,打得大家措手不及,"关键是我们老几位也得参加,不是说我们在一起的嘛!孩子们难道不欢迎我们吗?"

"让张奶奶也参加,给我们做葱油饼吃!""确切地说,张奶奶一做葱油饼,准有好事情,灵着呢,今天就灵验了吧。"杨柳和王阳居然说起了双簧,而且配合得很默契,引得大家纷纷附和。李老师开心地笑了,男生和女生从来没有这么和谐。

"张奶奶可是香草小学的大功臣,怎么可以不参加呢?还有卢

奶奶,随时欢迎您。"

"你连张奶奶的事情都知道?你这个局长不简单!我愿意参加,我们可是一起的!"卢奶奶挥舞着拐杖,开心得像个孩子,"老王你可以表态啦。"

"别急,我们几个要做志愿者,王老你可要带上我们。"王大力爸爸说道。王爷爷拍了拍王大力爸爸的肩膀说:"你已经是志愿者了,有件事我可要和大家说说了。"王爷爷笑呵呵地看着几位家长,"我也向大家透露一个好消息,王大力爸爸正在策划一件大好事,就是由他的企业出资,和环保协会合作,成立'香草河环保基金会'。"

"今天的好消息太多了,我的心脏要受不了。"卢奶奶拉着张奶奶的手一个劲地往胸口上按。"大力爸爸真是好样的,这件事办得漂亮,给我们香草河人长脸了!"张奶奶只顾夸王大力爸爸了,哪里还顾得上卢奶奶。

"这可是大好事,是香草河人的福音啊!"陈老师按捺不住内心的激动,"这就是孩子们的榜样啊!"

"爸爸,你是我的偶像!"这可是王大力第一次这么说。看着儿子的目光里充满了崇拜,王大力爸爸的心中就像打翻了蜜罐,甜甜蜜蜜的。

"儿子,爸爸谢谢你,是你把我带到了这里,爸爸这些年只顾着往前跑,心被跑丢了,在这里我找到了!"

"爸爸真厉害,做了一件大好事,我居然都不知道。"

"这件事让我感触很多,有太多的话想和大家说。你们看看这条河,雨季一到,上游会涌来好多漂浮物,堆积在河面上,王爷爷每天撑着河边的那条小木船,一点一点地把漂来的杂草、垃圾捞到河岸上。"王大力爸爸走到王爷爷跟前,抬起他的手,那双手掌是那么

狗尾草

厚,那么粗糙,结了一层老茧,又被磨得光滑,手背上青筋凸起,如一条条扭着身子的蚯蚓。"大家看看这双手,已经变形了,手指不能伸直了!"

几缕阳光,穿过树叶的缝隙,落在了王爷爷的头上,那两鬓的白发,如雪晶莹。

"六年了,王老坚守了六年,我们不能让他再孤单了,我们要和王老一起,一起守护我们的香草河,给孩子们留下一块童年的领地。"

树屋里突然静了下来,张小云心头涌起了一番别样的滋味,那滋味是酸的?还是甜的?她的耳边传来了一句句动情的话语:"王爷爷我们在一起!"

王爷爷不停地摆着手,连声说道:"大家别说了,这些都是小事情,天不早了,大力爸爸,我们要去买船了。"

"对了,这事不能耽误,马上要到雨季了,给王老准备一条大船,上面可以住人,要有柴油发动机,马力大,王老可以开着船巡游香草河了!"

孩子们一听,来了劲了,一个个兴奋得不得了,恨不得马上就能坐到船上去。卢奶奶站在一边,童心大发,故意把拐杖敲得咚咚响:"你们以为到船上游山玩水的?捞垃圾又累又脏,到时候不要哭鼻子哦。"几个小一点的孩子被唬住了,嘟着嘴巴,表示自己很不开心。

陈老师忍住笑,走到几个小孩子身边,蹲下身来,轻柔地说:"今天是个好日子,可不能生气哦,要不然,他们就不去买大船了。"

"那好吧,不过我们有一个条件。"

"还有条件?你这个小可爱!"陈老师把小胖胖揽在了怀里,"说吧,啥条件?"

228

第十七章 我们在一起

"我要小云姐姐带我们做游戏!"

"嗯,这个条件嘛,合情合理,可以答应。"陈老师向张小云耸耸肩,身体微微一倾,"请,张小云同学!"

"是,保证完成任务!"张小云俏皮地回应道。"想玩游戏的,跟我来。"

有几个男生也要跟着去,王大力一把拽住了:"我们还要送蟋蟀呢。"

"大力说得对,我们小区里的孤寡老人多,给他们挨家挨户送去。"张奶奶叮嘱道。

提着蟋蟀笼子,男生顿时神气起来,昂首挺胸,扭着屁股,围着树屋转了一圈后,一溜烟跑了。

张奶奶忽然想起了一件事,追了出去,扯着喉咙喊道:"你们顺便说一声,晚饭我给他们做葱油饼。""有我们的吗?""有,有,今天让你们吃个够!"

"看看这些孩子,越看越喜爱,在学校里怎么就换了个人呢?"王校长和李老师感叹着。"是啊,我们要反思啊!"陈老师喃喃道:"要有所改变了!"一个计划在她脑海里酝酿着,"王校长,我初步设想,下学期开始,由你们学校做一个试点,每周安排出时间,开展'狗尾草基地半日活动'。"

"这个想法好,我们全力支持!"王校长说话底气十足,他可是一个实干型校长。

"那要尽快拿出方案,我向局里汇报,争取下学期能顺利实施。你感觉有什么困难吗?"

"最大的问题是活动多了,人手不够,缺少辅导员。"

"这个问题,我认为也不大,不相信你问问几位老前辈。"卢奶奶

一听,拉着张奶奶,"我们都听老张的。"

张奶奶看着陈老师,不住地点头:"大家伙都学学,看看人家这脑袋,可不一般。"

"张奶奶,她真不是一班的,她是二班的。"李老师趁机打趣道。"不管是哪个班的,老张都有办法。"卢奶奶揣着明白装糊涂。陈老师不由得想到了《红楼梦》中的刘姥姥,老小孩,老小孩,越老越可爱啊!

"这个问题,我还真有一个主意,我们小区里有好多老人,把他们动员起来,让他们带着孩子玩,老小孩和小小孩在一起多好啊!"

王校长看看李老师,李老师看看王校长,伸出了大拇指,异口同声道:"高明!"

"这到底是夸谁呢?"卢奶奶又开始装糊涂了,拿着拐杖,指指陈老师,又指指张奶奶。"都夸呗!""那夸我没?""都夸!"李老师已经笑得合不拢嘴了。

折柳镇在香草河的西北面,是一个老镇,离这里有三十里路。那里有一个码头,码头边有一个造船厂。

王爷爷和王大力爸爸他们要出发了。

他们要先坐船到河对面,然后乘车去折柳镇。小船刚好容下四个人,船边沿快要吃水了。张爷爷摇着船,橹声咿呀,像一首老掉牙的歌。金灿灿的阳光洒在河面上,小船划过,拖着一条条水纹,闪着千万道金光。

"你把舵来我打桨哟
同把那船儿摇
同把那个儿船儿摇哟

第十七章　我们在一起

摇向那外婆桥
桃花一朵朵在两岸边上笑
它好像对我说久违哟
问我们可安好
嘿哟嘿哟嘿哟嘿哟"

王爷爷摇着船，唱着船歌，那沧桑的嗓音，随着风儿回荡在河面上，几只水雉，站在水草上，欢快地拍打着翅膀。

岸边的人静静地站着，看着船儿靠岸，看着船上的人走上河堤，消失在对岸的公路上。

第十八章　世界在微笑

王大力光着脚,在草地上奔跑着。狗尾草拼命地摇着,尾巴越长越大,越长越粗,变成了胖嘟嘟的小狗狗,跟在王大力后面,又蹦又跳,又抓又挠。王大力开心地笑着,笑得快喘不过气来了……

他猛地睁开了眼睛,看到陈兴和王晗正拿着狗尾草挠他的脚底板,卢亮和张晓风正在一旁坏笑。

王大力这才想起,自己不小心睡着了,连忙问道:"出壳了吗?"卢亮指了指河面,摇了摇头。王大力拍了拍胸脯,松了一口气。根据王爷爷的经验,就在这一两天之内,会有小水雉出壳,王大力正带着一组男生做观察记录。

王大力拿起望远镜,仔细地观察着。

镜头里的世界,变得那么清晰。

河水在流淌,细细碎碎的水纹上,阳光跳跃着,闪着晶莹的光。几朵白花花的云,在水中不紧不慢地移动着,像一朵朵被揉皱了的大白花,一只只蜻蜓,胡乱地飞着,不小心碰到了水面,泛起一圈圈涟漪,像谁不经意间露出的笑容。河风轻拂,水流无声,世界在水天之间,留下了美丽的侧影。

第十八章 世界在微笑

王大力调整着镜头,他似乎一伸手,就可以抓住一个灵动的瞬间。

菱角、芡实、水葫芦的浮叶上,散落着足球般大小的鸟窝,每个鸟窝里有四枚咖啡色的鸟蛋,一头大,一头小,像一个个小葫芦娃娃,躺在窝里睡大觉。有几只水雉昂着头,挺着胸,眼睛滴溜溜地转动着,不时叫上几声,仿佛站岗的士兵。还有几只水雉,有时跷起腿,伸出细长的爪子,轻抚着鸟蛋;有时会低着头,伸出尖尖的嘴巴,亲吻着鸟蛋;更多的时候,它们会用温暖的腹部,紧紧地包裹住鸟蛋,静静地趴在窝里。

薄薄的热气在升腾,水中的花,岸上的草,都在肆意地生长着。世界是那么鲜亮,一切都敞开了怀抱。

"狗尾草童年基地"挂牌后,市电视台做了连续报道,这里俨然成了童年的圣地。

许多人大老远赶来,离开了水泥建筑丛林,闻着泥土的气息,让人顿感返璞归真。大人带着孩子,看看鸟儿,吹吹河风,做做游戏,听听虫鸣,闻闻花香,用狗尾草编个小动物……

所有的叶子都邀请了阳光,所有的花香都陪着风儿。人们的内心有一种最原始的情愫在苏醒,就像笼子里的鸟儿,回到了森林。无论大人还是小孩,一开始的拘束过后,都变得没大没小了。大人们放下了往日的尊严,小孩子也放下了学习压力,在草地里追逐打闹。大人变成了小孩,小孩变成了真正的小孩。他们想打几个滚,就打几个滚;他们想躺在草地上看云彩,就躺着看云彩;他们想什么都不想,就什么都不想;他们想搞一个恶作剧,就搞一个恶作剧。他们会为找到一个灯笼果而尖叫;他们会为捉到一只蚂蚱而兴奋不已;他们会盯着一只蝴蝶,看它落在狗尾草上,轻轻地抖动着翅膀;

狗尾草

他们会看着喇叭花爬到了狗尾草穗上,在金色的阳光里,哼着小曲……

一切都变得简单,一切都是那么纯真。

一切都露出了灿烂的笑容。

到处都有精彩的镜头,志愿者小胡忙着拍摄,热得满头大汗。"狗尾草童年基地"成了热点,每天都有好多粉丝催着发布视频。

狗尾草地边,围着一圈人,不时传来欢声笑语。奶奶针线筐里的碎布片,在张小云的手里,拼拼剪剪后,缝制成了各种各样的装饰品。一阵忙活后,"小兔子"戴上了蝴蝶结,"小狗狗"穿上了花肚兜,"小猴子"背着个小书包……这些狗尾草编成的小动物,立刻变得萌萌的,招人喜爱。

孩子们大声叫好,就连几位老人也啧啧赞叹:"现在的孩子见识多,脑袋灵光,比我们强多了。"张奶奶的脸上笑开了花:"我家小云,从小就心灵手巧,那要是在以前,针线活十里八村都数得着。"

听张奶奶说起了老皇历,张怡童心大发:"奶奶,你说的十里八村有多大啊?""那十里八村要走上个半天的,大着呢。"卢奶奶抢过了话茬。"那还真大呢。"张怡伸开了双手比画着,"有这么大!"然后表情夸张地看着卢奶奶,"卢奶奶,我好想知道它比中国大吗?"卢奶奶感觉张怡话里有话,想跳出张怡的圈套:"你看你这个孩子说得,这不是秃子头上的虱子——明摆着的嘛!""我们张小云不光是十里八村有名气,全国各地都有张小云的粉丝,卢奶奶你还要粉丝不?"张怡这个包袱一抖,正中大家的笑点,卢奶奶向王大力要粉丝的事情,那可被大家乐了好几天,现在张怡再次提起,大家笑得人仰马翻。卢奶奶已经知道了怎么回事,连声说道:"这个丫头,哪壶不开提哪壶,现在我不吃粉丝啦,我要做小云的粉丝!"

第十八章　世界在微笑

笑声,叫好声,一阵接着一阵,连天空的云都被感染了,挂在天上,舍不得飘走。

小水雉快要出壳的消息,不知被谁一传,仿佛长了翅膀,好多孩子都知道了,这可是个新鲜事,谁不想瞧个稀奇呢?小孩拉着大人,一窝蜂地向前跑。

王阳组的男生,坐在树屋旁的狗尾草地边。香草河在这里转了一个大弯,水流在这里变缓,适合水生植物生长,这里也成了水雉孵蛋的天堂。

来玩的人,都集中在了狗尾草地的南边,张小云组的草编、杨柳组的游戏,足够大家玩半天的。王阳几个人闲得无聊,坐在树下听蝉叫。忽然,隐隐约约听到一阵吵闹声,往南边一看,一群人正向这边急匆匆地赶来。

王阳一下子站了起来:"各就各位,考验我们的时刻到了。"几个男生迅速跑到了自己的岗位。杨帆往南面走了走,站在了路中间,他负责引导。杨树站在了展板前,腰上挂着"小蜜蜂",他负责环保宣传。卢亮和剩下几位男生守在路口,防止有人跑到河边惊动了水雉,他们是最后一道防线。

一大群人越来越近了,能拦得住吗?卢亮的心里打起了鼓。王爷爷和王大力爸爸去捞垃圾了,新船一买来,他们每天很早就出去了,也不知道什么时候能回来,想到这里卢亮有些担心。王阳似乎看出了卢亮的心思,拍拍他的肩膀:"没事的,都是大人带着孩子,有大人在,小孩子再疯,也能管得住。"卢亮一想,觉得王阳说得有道理,这才松了一口气。

一群人快到了跟前,杨帆迎了上去,举着牌子,上面写着:"欢迎您来到环保课堂!"还没等大家反应过来,他就热情地招呼着:"各位

狗尾草

爷爷奶奶叔叔阿姨兄弟姐妹,这边请!"杨帆一口气说下来,憋得脸红脖子粗,一下子吸引了大家的注意力,跟着杨帆往展板跟前走。

有几个孩子反应过来了,连忙拉着大人的手往前走。"我们去看鸟!"大人一把拉住了孩子,指着杨帆说:"你没看出来吗?看他比看鸟有意思。"一阵哄笑,杨帆羞得躲到了展板后头,后面跟着一群孩子瞧热闹。要乱套了,王阳见势不妙,立刻从纸箱里拿出了张小云的草编:"哥哥姐姐弟弟妹妹,快往这里看,戴蝴蝶结的兔子,穿肚兜的狗狗,提着包包的小猴子,大家喜欢不喜欢?"王阳正说着,小蜜蜂发出了刺耳的电流声,这下子大家的目光都看向了王阳。"喜欢——"小孩子一窝蜂围了过来。"想要的话,一会我们来抢答,谁答对了,就送谁!"孩子们立刻来了兴致,王阳见时机成熟,指着展板说:"问题都在这些展板上,给大家半个小时阅读,然后抢答。"

十几块展板前都挤满了人,低年级的孩子认字少,看着高年级的孩子很快读完了一块展板,急得把大人拉过来帮忙。

没想到王阳这么机智,卢亮好像刚刚认识王阳一样,满脸惊讶。

不到半个小时,大家都读完了,一个个兴奋不已,跃跃欲试。

抢答开始了:

"请说出水雉还叫什么……"这个问题还没问完,一个扎着长辫子的小妹妹举起了手:"叫凌波仙子,还叫水凤凰。""回答正确!"小妹妹拿了一个带着蝴蝶结的小兔子,小心地抱在了怀里,大家开心地为她鼓掌。

"大家都知道了水雉是濒危物种,我的问题是,香草河的水雉现在有几只……"这一次大家都学机灵了,王阳还没问完,好多双手都举得高高的。

"现在一共五只,有三只是王爷爷人工孵化的,有两只是香草河

的水质改变后自己飞回来的。"不等王阳叫,一个瘦瘦的男孩子抢先说了。王阳把小猴子送给了他,大家一脸不服气。那个男孩子一蹦一跳地叫着:"难道大家没看出来我就像一只猴子吗?"一副搞怪的样子又让气氛轻松了起来。

……

"下面是最后一个问题。"这是最后的机会了,没抓住机会的人竖起耳朵,手放在了腰间,准备随时举起。"王爷爷说过一句爱护鸟儿的话,是——"

小手如林,小脸通红,"我,我……"一个个焦急地叫着,声音急促,有的踮着脚尖,有的身子向前倾着,目光里充满了期待,这可是

狗尾草

最后一次了,谁不想抓住机会呢?

火候到了,该出手了,王阳大声说道:"大家一起说!"

"如果你喜欢鸟,就请不要打扰它!"

"水雉正在孵蛋,我们要是到河边去,是不是会惊扰到它?"

"是的!"

"那它还会孵小宝宝吗?"

"不会!"

"那我们香草河还能看到水雉吗?"

"不能!"

"你们喜欢水雉吗?"

"喜欢!"

"那你们该怎么办?"

"喜欢它就不要打扰它!""远离它,不要吓到它。"……

群情激昂,气氛热烈,王阳见机行事,来了个顺水推舟:"所以请大家回去,一会儿你可以看到水雉在天空中表演。"

"那我们的礼物呢?"

"到张小云姐姐那里去领,晚了可就没有了!"

王阳还没说完,孩子们已经撒腿往回跑了。卢亮和几个男生抱着王阳,兴奋地叫着:"漂亮!""完美!"几位正要离开的大人,不忘转过头来夸赞王阳:"这孩子真机灵,要是长着尾巴就成猴精了!"王阳被夸得不好意思了,不住地摆着手:"其实这是张小云的锦囊妙计。"

"锦囊妙计?什么情况?"男生摸不着头脑了,王阳接着解释道:"张小云怕我应付不过来,就设想了几种可能出现的情况,并教我怎么应对!今天就派上用场了!"

"那还多亏了张小云,要不然今天这种局面结果难料啊!"想起

第十八章 世界在微笑

一开始的场面,杨帆仍心有余悸。

"不得不佩服张小云啊。"王阳打心里佩服张小云,"抢答题,送礼物,读展板,环环相扣,不露痕迹,真是机智过人!"王阳的话让大家深有感触:每人送一个礼物,要编好长时间的,不辞辛苦,考虑全局,张小云真大气!

"这下子好了,我们几个要没事做啦,可以下岗喽!"王阳几个男生放松下来,溜河风呼呼地吹着,他们伸着懒腰,想躺在凉席上睡上一觉。

杨树忽然惊叫起来:"快看,有个人从狗尾地里爬了出来!"顺着杨树手指的方向,大家看到,东面大约一百米的地方,有一个身影从狗尾草地里钻了出来。几个人一叫唤,对方有所觉察,撒腿就往北面跑。

"他是想从树屋的北面绕过去,鸟窝就在那边。"王阳的话提醒了大家。"快,拦住他!"卢亮一声令下,几个人从树屋的后面绕了过去,向东北方向追了过去。

那人正快速地向河边跑来,卢亮冲在最前头,越来越近了,可以看清楚对方了,是一个小胖子,扭着屁股,甩着膀子,两条腿就像踩上了风火轮。

那个人见到卢亮紧追不舍,边跑边喊道:"你怎么还追啊?"

"你不跑我就不追了!"

"你不追我就不跑了!"

"你不要跟着我可以吗?"

"可以,只要你跟我回去!"

"好吧……我被你……打败了。"看来摆脱不掉了,实在太累了,小胖子干脆停了下来,弯着腰,一边呼哧呼哧地喘着粗气,一边指着

狗尾草

卢亮,"你……别……动,我要……谈……判……"

卢亮虽然是短跑健将,但这一个冲刺下来,也是气喘吁吁:"那你……说吧……"

两个人歇了一会,等呼吸均匀了,小胖子朝卢亮竖着大拇指,"你好厉害,我没见过比你跑得快的。"没想到会被对手夸奖,看到小胖子一脸诚恳,卢亮有些得意了:"那算你说对了,我可是香草小学的短跑冠军,要不然也不会让我守在这里!"小胖子不住地点头,等卢亮说完了,他朝卢亮招了招手:"过来,我们谈谈!"

这个小胖子真有意思!卢亮走了过去,就要到小胖面前了,谁知小胖子突然弯腰,一头撞在了卢亮的胸前。卢亮丝毫没有准备,一屁股跌在了地上,捂着胸口,嗷嗷直叫。

杨帆追了上来,看到卢亮被撞在地上,想过去把他扶起来,卢亮朝他摆着手,指着小胖,叫着:"快去追,注意敌人太狡猾!"

小胖子撞倒了卢亮,撒腿就往河边跑,想着卢亮气急败坏的样子,忍不住想笑,结果脚下一松,跌倒在地上。杨帆赶紧追了过来,眼看就要追到跟前了,小胖子爬起来又要往前跑。杨帆心中一急,身子往前一跃,身子落地的同时,双手抱住了小胖子的一只脚。小胖子不甘束手就擒,使劲甩着腿,无奈杨帆抱得太紧了,怎么也抽不出来,情急之下,转过头去,指着杨帆的身后喊:"蛇!蛇!"吓得杨帆一声惊叫,手也松了,小胖赶紧把脚抽出来,爬起来就要跑。谁知道杨帆反应太快,回头一看,没有蛇,一把又抱了过去,结果差了一点点,拽下了一只鞋。小胖子光着一只脚,一蹦一跳地向河边冲去。

"抓住他!抓住他!"几个男生都被甩在后面,急得一边追一边叫着。

王大力几个人正在写着观察记录,听到树屋东面传来卢亮几个

人的叫喊声,赶紧跑了出去。

只见不远处,一个小胖子正一蹦一跳地跑来,那个样子,要是系上红绸带,拿杆红缨枪,背上乾坤圈,简直是哪吒再世。

"好玩!"王大力一个手势,几个人迎面跑了过去。

"你是谁?干吗拦我?"小胖子被杀了个措手不及,见前有堵截后有追兵,只好站住,仰头看着王大力,一脸无辜。

"我是谁?我是托塔天王!哪吒你不认识我了吗?"王大力瞪着眼,绷着脸,伸出左手做出托塔的姿势。

"就你那样,我看是拖沓天王吧。"小胖子吐着舌头,做着鬼脸。

没想到小胖子这么机智,连损人都说得那么好玩,王大力决定把天聊下去。

"我怎么成了拖沓天王啦?"

"因为你是冒牌的!"

"我怎么是冒牌的?"

"你是假的!"

"我怎么是假的?"

"那我告诉你吧。"小胖子走到了王大力跟前,指着王大力说,"你真笨呢,托塔李天王是用右手托塔的,而你用的是左手,所以你是冒牌货!"

王大力被小胖子这么一说,感觉好尴尬,连忙伸出右手。就在王大力抬起右臂的一瞬间,小胖子腰一弯,从右臂下钻了过去。

这时,卢亮几个人也追了过来,大家看着小胖子撅着屁股往前跑,都有点哭笑不得。

"喵喵……"几只站岗的水雉发出了警报,孵蛋的水雉站了起来,不安地张望着。

狗尾草

情况紧急,刻不容缓。

"不好!追!"

王大力一声令下,卢亮早已飞奔出去,见快要追上了,纵身一跃,拉住了小胖子的衣服。王大力随后赶到,一把抱住,顺势把小胖子扛在了肩上。然后一挥手,大家立刻会意,赶紧撤离。

几秒钟过后,河岸边又恢复了平静,风儿慢悠悠地吹着,蝉儿欢快地唱着。

水雉也安静了下来。

王大力累得气喘吁吁,小胖子在他的肩头,又踢又挠,不停地嚷着:"放我下来,你们凭什么抓我?"

卢亮急于将功补过,追在王大力后面不时问着:"累了吧?我来背!"

王大力哪里肯放下,小胖子肉嘟嘟的,王大力觉得好玩。

到了狗尾草地边,王大力放下了小胖子,累得直喘粗气,一阵折腾过后,每个人都大汗淋漓。大家往树荫下一站,被溜河风一吹,每个汗毛孔都张开了,凉丝丝的,心里有股说不出的惬意。

歇息了一会儿,小胖子来了精神,又开始胡闹了。

"我要去看鸟,我要去看鸟!"

王大力拉着小胖子肉嘟嘟的手,掏出纸巾给他擦着额上的汗珠:"水鸟正在孵蛋,如果打扰了它,它就会飞走啦。"

"你骗人,你们可以看,为什么我就不可以看?"

"因为王爷爷教过我们,我们知道怎样保护它们。"

"那有什么了不起的,我爸爸也教过我,我爸爸是市生物研究所的。"

"既然你爸爸教过你,那你为什么要往河边跑?"

"这不是被你们追的吗?你们不追,我保证不跑。"

说了半天,王大力丝毫没有占到上风。小胖子一阵胡搅蛮缠,越说还越得意了。王大力显然小瞧了这个可爱的小胖子,而小胖子一心想着怎样证明自己!

小胖子看了看眼前的水杉树,有了主意。

"不是看不起我吗?那我们来比一比,看谁能爬到树上去。"

在一棵粗壮的水杉树前,小胖子停了下来,他搓了搓手,抬头向上看了看,深深地吸了一口,双手抱住了树干,突然,身子往上一蹿,双腿夹住树干,身子一缩,双腿猛地向上一蹬,右手向上伸出,抱住树干。然后,身子再一缩,双腿再猛地一蹬,左手向上伸出,抱住树干。就这样,一缩,一蹬,双手交替向上伸出,随着一阵"啪啪"的响声,小胖子有节奏地向上爬着。

不知道什么时候,已经围了好多人,大家都仰着头,看着小胖子越爬越高。有人开始担心起来,急忙叫道:"孩子快下来,危险!"谁知道,小胖子爬得更起劲了,几下子就爬到树中间,坐到了树杈上。

"你们怎么不爬?是不是怕了?"

别说爬树,就连看别人爬树,这也是第一次。王大力看看王阳,王阳看看卢亮,大家都摇了摇头。

小胖子更加得意了,摇着双腿,一副扬眉吐气的样子。

"告诉你们吧,我爸经常带我去野外考察,我们经常爬到树上去观察鸟,这样不会被它们觉察,你们懂吗?"

一阵风吹来,水杉树摇晃着。

好多人仰着头,紧张地盯着小胖,不停地劝说着,可是小胖子根本不在乎,身子也晃动起来。

王大力开始担心起来,这个天不怕地不怕的小胖子,还会闹出

狗尾草

什么事情来呢？王大力拍了拍头，他的头被晃得晕乎乎。能有什么好办法呢？从未低过头的王大力似乎有了主意。

"小弟弟快下来吧！"

"我干吗要下去啊！"

"老待在上面不安全，听话好吗？"

"我干吗要听你的话啊，你算老几啊？"

"我算老二，你算老大。"

"我算老大？谁说的啊？"

"我说的。"

"我没听到啊。"

"你是老大，你是我哥。"

"好像他们几个不同意哦！"

王大力向王阳他们眨了眨眼睛，大家立刻会意，齐声叫道："你是我们的老大！"

"哥，你可以下来了吧。"王大力仰着头，满脸堆笑。

"好吧，我是你们的老大，我说话管用吗？"

"哥，您吩咐，我们一定照办。不过还是请您从树上下来，站在我们的面前训话，这样比较好，不然，您高高在上，我们太紧张了。"

"王大力，你这是孙悟空遇到了红孩儿，束手无策啦。"人群外传来清脆的笑声，王大力往外一看，陈老师站在了路边，正和一个身材健硕的中年男人说笑着。

中年男人向树上招了招手，小胖子兴奋地叫着："爸，我替你考验了一下，这几个还行，还算机灵。""好啦，不要为自己的调皮找借口，玩够了，该下来了。"

"这是什么情况？"就在大家云里雾里的时候，只见小胖子像一

狗尾草

只灵活的猴子,顺着树干滑了下来,向路边跑过去,大家成了小胖子的尾巴,跟了过去。

"来,我给你们介绍一下。"王大力几个人走到陈老师的跟前,小胖子一脸坏笑地看着他们,陈老师介绍道,"这位是大名鼎鼎的丁教授,市生物研究所的。"

"王大力,丁教师对鸟类很有研究,我把专家请来指导你们,难道你们不欢迎吗?"

"原来是这么个情况!"王大力拍着脑门,幸福来得太突然了,他兴奋地跳了起来,向小伙伴们挥了挥手,"向丁教授问好!"

"丁教授好!欢迎您指导!"

"不错,有精气神,我喜欢!"丁教授走了过来,拍了拍王大力的胸脯,"爱鸟的人都是朋友,很高兴加入你们!"

"还有我,你们好像把我给忘了!"小胖子嘟着嘴,"宝宝不开心!"

陈老师把小胖子搂在怀里,忍不住捏了捏胖嘟嘟的脸蛋:"怎么可能把你忘记了呢?你可是未来的法布尔!"

"阿姨,你连我这个外号都知道!爸,老实交代,是不是你打的小报告?"

陈老师蹲下了身子,点了点小胖子的鼻子:"你这么说,就是瞧不起我啦,谁不知道有个叫丁当的小胖子,才上三年级,就经常跟着爸爸去野外考察,还申报了鸟类研究的课题,他的偶像就是法布尔。"

"哇,了不起!"王大力盯着小胖子看了又看,越看越喜欢,"哥,你就是我的偶像!"

"真的服我?"小胖子看着王大力,眼睛忽闪忽闪,那股认真劲完全变了个人。王大力郑重地点了点:"真服!"小胖子友好地伸出了

第十八章 世界在微笑

右手:"好!我们成立一个水雉研究小组,大家有兴趣吗?""好事情啊!当然有兴趣!"十几双手握在了一起,王大力、丁当、王阳、卢亮、王晗、杨树、杨帆……

一阵阵从心底迸发出的欢笑声,飘上了云霄。

夕阳,斜斜地铺在狗尾草地上,风媒花开在草穗间,在艳红的霞光里,吐着最美的芳华。

王爷爷和王大力爸爸回来了,身上散发着水草腥味。才几天的时间,王大力爸爸的脸被晒得红红的,胳膊上也脱了一层皮,不过人显得精神又干练。张奶奶做好了晚饭,张小云送到了树屋里。他们还没顾得上吃,就又开始忙碌开了。几位志愿者运来了防护网,他们要在树屋北面的河岸上拉一道伪装网,既可以保护水雉,也便于观察水雉破壳。

根据王大力组的观察记录,王爷爷估计,明天下午小水雉就会出壳。

第十九章　向着天空飞翔

　　河岸上，拉起了一道长长的伪装网，后面竖着一个醒目的标牌："保持安静！"一些家长带着孩子，躲在树荫下，摆好了"长枪短炮"。

　　丁教授带了一些简易的设备，他在教孩子们怎样测量温度、风速，怎样监测水质，如何正确使用高倍望远镜。小胖子在忙活着，他调试好拍摄的角度后，把记录表格发给了每个人，准备工作正有序地进行着。

　　在狗尾草地的南路口，宣传组的同学在发传单，宣传护鸟常识。一些志愿者也加入了王阳的护导组，每个人都戴着红袖章在各处巡视。

　　王爷爷转了一圈，一切都井然有序，已经下午两点钟了，他回到了树屋，泡了一杯茶，坐在了椅子上，眯起了眼睛，他在等待着那个神圣的时刻。

　　防护网的后面，大家都举着望远镜，看着河面。

　　周围一片寂静，风不紧不慢地吹着，阳光落在菱角、芡实等浮叶植物上，水草的气息在蒸腾着。偶尔有鱼儿跳出水面，"扑通"一声水响，水雉立刻伸长了脖子，挺起了胸脯，扇动着翅膀，莲叶也微微

第十九章　向着天空飞翔

地起伏着。

小小的插曲过后,世界静得出奇,时间仿佛静止了,午后的倦意袭来,小孩子的眼皮开始发沉了。

突然,河面上二十多米处,出现了一只鹭鹚,贴着水面飞了过来。水雉发出急促的鸣叫声,几只站岗的水雉,立刻飞了出去,迎着鹭鹚,狠狠地扑了上去,那尖尖的嘴巴,像一把利剑,刺向敌人。鹭鹚一见情况不妙,慌乱地拍打着翅膀,夺路而逃。

水雉展开洁白的翅膀,引吭高歌,如同意气风发的大将军,颈戴金黄色的丝巾,挥舞着两把纸扇,一身战袍在阳光下闪着金褐色的光泽。一阵河风吹过,水雉迎风飞起,在河面上盘旋几圈后飞了回去。

仅仅十几秒钟的时间,战斗就结束了。孩子们跟做梦似的,揉了揉眼睛,水面上只留下几根羽毛,随着水波漂浮着。

好戏随时都会上演,大家都紧盯着河面。

有几只水雉,飞到水面上,胸脯沾了水,飞回鸟窝,蹲下身子,胸脯在鸟蛋上来回蹭着,大热天的,水雉在给宝宝们降温。

三点钟过后,水雉开始躁动起来,站岗的水雉四处走动着,孵蛋的水雉则"咕咕"叫着,还不时用嘴巴拨动着鸟蛋。

王爷爷站了起来,他走到了丁教授身边,两个人一阵比画后,丁教授拿起望远镜,几秒钟过后,连连向王大力他们招手示意。

透过高清镜头,王大力惊奇地发现,有几枚鸟蛋似乎在动。是自己看错了?他连忙调整着镜头。是的,没有看错,鸟蛋在微微地晃动着!

王大力双手抓紧了望远镜,呼吸变得急促了,他预感到一个激动人心的时刻要来了。

狗尾草

然而，几秒钟过后，鸟蛋不动了。

是自己看错了？

王大力睁大了眼睛，仔细地看着。

河面变得那么平静，没有一丝风的痕迹。水雉低着头，看着鸟蛋。鸟窝边，一朵睡莲在静静地绽放着，它的影子倒映在水中，水中也开出了一朵艳红的花儿。哪朵花是真，哪朵花是假？王大力觉得那朵睡莲变成了一叶扁舟，自己坐在上面，漂在水天之间。

这是幻觉！

王大力放下了望远镜，用力地眨了眨眼睛。

"动了！动了！"这从喉咙深处发出的叫声，虽然低得不能再低了，但那股抑制不住的喜悦，如潮水一般撞击王大力。他看到王爷爷举着望远镜，身子在轻轻地颤抖着。

第十九章 向着天空飞翔

王大力赶紧拿起望远镜,当他把镜头对准刚才那枚鸟蛋时,他看到了那枚鸟蛋在动。

"我没看错!鸟蛋真的在动!"就在王大力暗暗得意时,眼前的一幕惊得他张大了嘴巴。

鸟蛋晃动了两下后,蛋壳上出现了一道裂痕,那是小水雉在啄壳。裂痕在不断地延伸着,终于在蛋壳的侧部,出现了一个小洞。大水雉围着鸟蛋来回地走动着,不时伸出尖嘴推推蛋壳,仿佛在给宝宝加油!终于,小洞周围的蛋壳破裂了!

这时,耳边传来稚嫩的叫声,就像婴儿的第一声啼哭,清脆明亮,穿透人心!大水雉温柔地叫唤着,小水雉嘤嘤地应着。

洞口越来越大了,可以看到小水雉湿漉漉的绒毛了。也许啄壳耗费了太多的精力,它躺在壳里歇息了,露出的身子一起一伏。一阵喘息过后,小水雉再次发力,身子一缩一挺,猛烈地撞击着蛋壳,一下又一下,它的大半个脊背露了出来。

小水雉又停了下来,兴奋地叫着,声音越来越响,它在积蓄了力量之后,身子猛地向外顶出,它的脊背完全露了出来,身子趁势一翻,留在洞口的那只脚一蹬,蜷缩在壳里的头也挣脱出来,它扭动着湿漉漉的身子,抬起头,怯生生地打量着陌生的世界。

水雉叼起破碎的蛋壳,扔到了远处。

"哇,太棒了!"小胖子忍不住地想叫,随即用手捂住了嘴。王爷爷抓住丁教授的左手,丁教授抓住王爷爷的右手,一个劲地握着。王大力拍了拍胸脯,松了一口气。

小水雉一阵扑腾后,颤颤巍巍地站了起来。它黑溜溜的眼珠,白色的脸颊,瘦长的脖子,修长的腿,细长的脚趾,黄褐色的绒毛间,画了几道黑色的粗线条。它光着大脚丫子站在那里,呆萌萌的,好

像一个刚睡醒的婴儿。

"喵—喵喵——"大水雉温柔地叫唤着,婉转动听。

"叽叽叽叽……"小水雉回应着,如水珠落入玉盘。

大水雉张开了翅膀,小水雉一扭一扭地走了过去,躲在了大水雉的羽翼下。大水雉为宝宝梳理着羽毛,小水雉伸着大长腿,不停地抖动着。

阳光变得柔和了,河面上洒下了赤朱丹彤。微风渐起,河水荡漾,生命的激情在涌动着……

在那一大片水生植物上,又有新生命破壳而出了!

当晚风轻轻吹起时,小水雉跟在大水雉的后面,开始觅食了。

香草河上,正在演绎着生命的序曲。

几天过后,小水雉陆续出壳了,它们跟在大水雉后面,或觅食,或游水,或拍着小翅膀,叫上几声,那叫声悦耳动听,仿佛被河水洗得干干净净,没有一点杂质。

这几天,王爷爷一直在笑。卢奶奶见了,挥着拐杖叫道:"大橙子你过来,看你整天笑嘻嘻的,像个孩子似的,返老还童啦?"

王爷爷不说话,只是一个劲儿地笑。

王阳跑过来,拉着卢奶奶说道:"拐杖奶奶,你还不知道啊,王爷爷不但白天笑,就连晚上睡觉的时候也在笑!"王奶奶也凑了过来,一听,连连摆着手说:"你这个孩子也太八卦了,睡觉的时候也能笑,没听说过。"王阳一听,一脸不服气:"王奶奶,这可是你家大力亲耳听到的。"卢奶奶一听乐了:"老王,这可是你孙子亲耳听到的。"王奶奶被将了一军,进退不是,一见情形不对,连忙转移话题:"哦?是大力说的吗,那就一定靠谱!我就奇了怪了,这王爷爷得有多开心呢?我想象不出来,问问他去。"

第十九章　向着天空飞翔

王爷爷还是不说话,一个劲地笑。

几位奶奶急了,非要问出个子丑寅卯来:"你就打个比方,说说你到底有多高兴?"

这也太执着了,王爷爷实在没办法了,想了想,半天说出了一句:"就像有了儿子那样高兴。"

这下子把几位奶奶乐坏了,以为王爷爷会长篇大论,没想到半天蹦出了这么一句干巴巴的话。卢奶奶正要调侃几句,张奶奶冷不丁地来了一句:"有什么事能比生儿子还高兴呢?"

大家这才回过味来,是啊,就像生了儿子一样高兴,这得多高兴啊!

一只大水雉亮着嗓子叫了几声,飞上了天空。几只小水雉仰着头,望着蓝天,兴奋地叫着。王爷爷坐在河岸边,乐呵呵地看着。

生命的孕育还在继续着,有几窝鸟蛋还在孵化,水雉待在窝里,寸步不离。

走过了八月,时光变了颜色。九月的风,吹来香香甜甜的气息。希望,在河风里蔓延;生命,在孕育中重生。

新的学期开始了。

五(1)班变成了六(1)班。开学第一天,举行了"狗尾草中队"成立仪式,张小云被选为中队长,王大力被选为副中队长。男生和女生还是互不服气,他们又开始较劲了:今天谁读书好,谁发言积极,谁听课认真,谁作业先完成,谁为班级争了光……一个个精神抖擞,浑身有使不完的劲。

不到两个星期,六(1)班又成了全校的焦点。

教导主任宣布:"学习风气最佳班级是六(1)班。"

政教主任宣布:"一周常规评比优胜班级是六(1)班。"

狗尾草

体育组长宣布:"路队评比获胜者是六(1)班。"

于是,好多老师都在自己的班上这样说:"你们看六(1)班的学生,一个个多有精气神啊!""今天听课,六(1)班的孩子发言真积极,读书真有感情!""你们看看六一班的孩子,他们学习多自觉,哪要天天催作业啊!"

……

每天一放学,六(1)班的孩子们先到狗尾草地去。

香草小区的老人们,在张奶奶的发动下,纷纷做起了志愿者,他们分了工,在香草河边巡视。

一转身,时光就变了模样。草儿,在结籽;叶子,在变黄;果子,在飘香;人,在欢喜……

小水雉在长大,像一个毛茸茸的球,拍着翅膀,在水面上滑行着,身体刚刚脱离水面,又跌落下来,仰着头急促地鸣叫着。

王大力在观察记录上写下:向着天空飞翔!

立秋过后,狗尾草泛黄了。

张小云她们用狗尾草熟练地编着小动物,下个星期,要交到市少工委,参加全国少儿手工展。

到了太阳快下山的时候,香草小区的老人和孩子,一路说说笑笑,回到了家里。吃完晚饭后,孩子们就开始做作业。

快乐的日子,总是过得很快。一转眼,开始月考了。

批改作文的时候,办公室里掀起了轩然大波!阅卷老师轮番惊叹,大声朗读着精彩片段:

"请放慢您的脚步吧!听一听,风儿在演奏。看一看,大自然的模样。只要有阳光,有微风,有泥土,有花香,有鸟鸣,有水流,童心就可以肆意生长……《看见你的模样》,田静。"

第十九章　向着天空飞翔

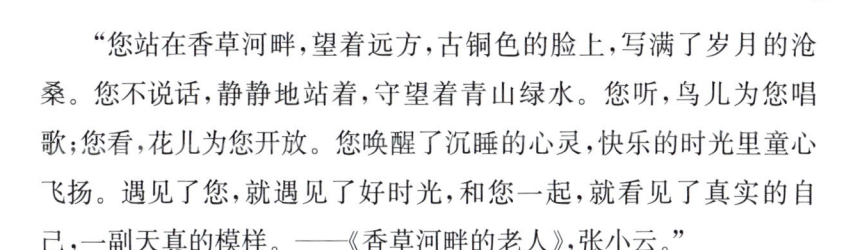

"您站在香草河畔,望着远方,古铜色的脸上,写满了岁月的沧桑。您不说话,静静地站着,守望着青山绿水。您听,鸟儿为您唱歌;您看,花儿为您开放。您唤醒了沉睡的心灵,快乐的时光里童心飞扬。遇见了您,就遇见了好时光,和您一起,就看见了真实的自己,一副天真的模样。——《香草河畔的老人》,张小云。"

"如果你孤单了,就变成一只蝴蝶,躲在风里,静静地舞蹈。如果你悲伤了,就变作一只虫儿,躲在狗尾草地里,大声地唱歌。如果你快乐了,就变作一朵花,躲在童年里,开心地笑着。——《遇见童年》,张怡。"

"这篇写得好!"丁老师是个大嗓门,连隔壁的王校长都听到了。"《向着天空飞翔》是王大力写的?"丁老师的嗓门更大了。"没错,就是王大力写的!"蔡老师是老教师,他扶了扶老花镜,证明自己没有看错。

"连王大力的作文都写得这么好,要请李老师介绍一下教学经验哦!"几位语文老师围着李老师,满脸虔诚。

"想听真话吗?"李老师看了看大家,卖起了关子。

"这不是正确的废话吗?别卖关子了,快点说吧。"

"说真话,我虽然注重培养他们的写作能力,但他们能写出这么精彩的文字,还真不是我教的。"

"你这么一说,等于没说。"丁老师看看蔡老师,"你明白了吗?"

蔡老师看看于老师:"看来你也没明白。"

王校长一口气读完了王大力的文章,手不停地抖动着,眼神里闪射出无法抑制的兴奋:"了不起啊……想不到啊……变化太大了……太好了!"

当办公室里静了下来,王校长才意识到自己失态了。他咳嗽了

狗尾草

两声,几个在偷笑的老师,连忙抿起嘴,脸憋得通红。王校长习惯地甩了甩稀疏的头发,这是他讲话前的习惯性动作。

"大家没有听明白李老师的话,我来告诉大家,李老师说的是实话。老师可以教学生写作的方法,但给不了学生生活,给不了学生真情实感。没有童年生活,学生就会失去语言的灵性。所以,我们要改变观念,让学生从作业堆里解放出来,释放他们的天性,才会让他们焕发活力,接地气,才有灵气!接下来,我校要开展'狗尾草基地'半日活动,大家要积极组织,不要担心会影响同学们的成绩。"

不知什么时候,办公室门口围满学生,他们鼓掌叫好。

一阵激情演说过后,王校长红光满面。看着围在办公室门口的孩子,要是以前他会大吼一声:"都回教室学习去,别在这里瞎起哄。"现在,他觉得每个孩子都是那么可爱,尤其是当他们变成了真正的孩子时。

"要让孩子们发声!"王校长走到孩子们中间,弯下腰,理了理孩子们脖子上的红领巾,"这个世界需要孩子们的声音!"

不知道什么时候,走廊里站满了学生,静静地看着他们的校长。

"李老师,通知王大力同学,下周的国旗下讲话,让他来演讲,我们一起聆听《向着天空飞翔》,孩子们需要听到这样的声音!"

"下周一是您国旗下讲话呀。"李老师提醒王校长。

"我要做王大力的听众,以后老师要少讲一些,把舞台留给学生!"

很快,王大力知道了这个消息。

他不敢相信自己的耳朵,愣在那里,半天没说话。从小到大,都是他听别人给他讲道理。为全校的学生演讲,他连做梦都没有想到过啊。

第十九章 向着天空飞翔

"这是王大力的光荣,也是我们班级的光荣,大家鼓掌祝贺!"

张小云的话提醒了大家,男生围着王大力一阵欢呼,女生拼命地鼓掌。

"大力、大力了不起,我们和你在一起!"张小云随即来了一句。同学们立刻附和着:"大力、大力了不起,我们和你在一起!"

李老师站在教室外,看着这一切,她幸福地笑着。一转眼六个年头了,孩子们终于长大了,他们要展翅飞翔了!

"老实说,我有点紧张,心里没有底,大家还要多帮帮我。"

"没问题,把我们当听众,多练几遍,心里就有数了。"

王大力看着张小云,看着同学们,那一双双期待的眼睛,给了他无穷的力量。他用力地点了点头。

让六(1)班同学既紧张又兴奋的时刻到了,周一升旗仪式开始了。

在雄壮的国歌声中,五星红旗缓缓升起,迎着火红的朝阳,随风飘扬。王大力站在演讲台一侧,静静地看着,那飘扬的旗帜,变成了香草河边的红丝带,在飞舞,在燃烧,如焰火,如热血,炽热,奔放!

"下面有请王大力同学演讲,大家欢迎!"

在一阵热烈的掌声中,王大力走上了演讲台,从王校长手中接过了话筒。

狗尾草

"各位老师,各位同学,大家早上好!我是六(1)班的王大力,我……"这么多人在注视着自己,王大力的脑海中突然一片空白,他站在台上,手脚不知道该怎么放了。"我,我……"王大力心跳加速,冷汗直冒,口干舌燥,干张嘴说不出话来。

台下一片静寂。

六(1)班的学生,有的捏着衣角,有的紧咬双唇,有的攥紧了拳头,还有的对着王大力不停地使眼色……

大家都为王大力捏了一把汗。

"大力、大力了不起,我们和你在一起!"张小云挥着手,为王大力加油。六(1)班的孩子们如梦初醒,不约而同地叫道:"大力、大力了不起,我们和你在一起!"其他班的孩子也跟着叫了起来。

加油声响彻操场,王大力终于清醒了。他看到了李老师向他竖着大拇指,他看到了王校长向他微笑,他看到了期待的眼神,他看到了红丝带在香草河边飘扬……

王大力深深地吸了一口气,内心平静了下来。

"谢谢大家的鼓励!现在我腿不抖了,心跳正常了,嘴巴能张开了,有你们真好!"

王大力不但复活了,还玩起了幽默,王校长松了一口气,捋了捋稀疏的头发。李老师摇了摇头,开心地笑了。同学们被逗乐了,边鼓掌边叫好。

现场的气氛变得轻松了。

"各位老师,各位同学,请允许我再一次介绍自己……"

王大力的话还未说完,许多同学叫了起来:"不用介绍了,我们都知道你叫王——大——力——"

张小云疑惑地看着王大力,这葫芦里卖的是什么药?演讲稿里

没有这一句,难道他真的忘词了?张小云看着王大力,又担心起来。

"各位同学,为什么要再一次介绍自己呢?因为第一次介绍的是以前的王大力,这一次介绍的是现在的王大力!"

操场上安静了下来,王校长和李老师恍然大悟,心里暗暗叫好。

"上学期,我来到了香草小学,我一来就出名了。许多人都知道五(1)来了个王大力,是不是?"

"是的!"

一问一答,王大力和同学们互动起来。

"我是怎么出名的?"

"因为你沉迷游戏。"

"是的,以前的王大力沉迷游戏,感觉活着没有什么意思,世界在我的眼中是单调的、枯燥的、灰暗的、压抑的、无聊的。我不想学习,成绩不好,经常惹麻烦,总觉得别人看不起我。只有在游戏里,我才能找到快乐、尊严、价值!我沉迷在虚拟的世界里,不能自拔!"

张小云看着王大力,心潮起伏,往事历历在目,假若时光能倒流,她一定会好好地关心王大力。

"直到有一天,我知道了自己的身世,张奶奶告诉我要好好地活着,这句话唤醒了我。但我不知道该怎样做,很迷茫。那时候我多么渴望,做一个像张小云那样优秀的人。"

同学们的目光齐刷刷地看向了张小云,两片云霞飞到了张小云的脸颊,她低着头,心中埋怨道:稿子里根本就没有这句啊,怎么把我扯进来了啊。

"好多人都知道,曾经我和张小云是对头,我伤害过她,但是她没有和我计较,张小云对不起!女生们对不起!六(1)班的同学们对不起!李老师对不起!"

狗尾草

王大力深深地弯下了腰。

铭记的、忘掉的、流泪的、欢笑的……记忆的册页,无声地翻动着,心里像打翻了五味瓶,李老师和同学们拉起了手,高高地举起。张小云抹了抹眼角的泪花,微笑着喊道:"大力、大力了不起,我们永远在一起!"

掌声如潮!

"我要谢谢张小云,是她让我看到了不一样的世界:云朵在天空飘荡,香草河的水在流淌,狗尾草在风里摇晃,花儿在飘香,鸟儿在歌唱,原来世界这么美,世界一直在微笑。

"在这里我找到了童年!

"以前的我,关闭了心灵的窗口,浪费了大好时光。现在的我,要敞开怀抱,去拥抱美好的世界!

"我是一个幸运的人!在那片狗尾草地边,我认识了一位老人,他守护着香草河,这一守就是六年!他像爱自己的孩子一样,小心呵护着那些濒临灭绝的水雉。遇到他,我才知道曾经的王大力活得多么荒唐!

"现在的王大力还上网,但是不打游戏了!我有好多的事情要做,我要用好网络平台,做一些有意义的事!

"这位老人就是王爷爷,他是我心中的英雄,他是我的偶像!他让我明白了,人该怎样活着,才能活得有价值——那就是做好身边的小事,为自己,为别人。

"我找到了人生的方向,我找到了自己!

"我要做现在的王大力!

"亲爱的同学们,一旦打开了心灵的窗,生活那么美好,世界在微微笑!你会感觉到亲人是那么爱你,老师是那么关心你,同学们

真诚地帮助你。

"一个有阳光照耀的世界多好,又温暖,又明亮。

"现在的我,每天都心怀感恩。

"感恩我的亲人,感恩我的老师,感恩我的同学,感恩每一个帮助过我的人,是你们给了我前进的力量,有你们真好!

"我会牢牢记住,我是香草村的孩子。那香草河畔的红丝带,永远在我的心中飘扬!

"现在的我,已经啄开了虚拟世界的壳,我要仰起头,我要大声歌唱,我要张开羽翼未丰的翅膀,迫不及待地飞翔,向着天空飞翔!

"我要向着天空飞翔!

"向着天空,我们一起飞翔!"

王大力仰起头,伸开双手,仿佛是一飞冲天的雄鹰。

每个人都被感染了,他们像王大力那样,仰起头,伸开了双手。

摄影老师迅速地按下了快门,这震撼人心的一幕,定格在了这一刻。

王校长跑上演讲台,拥抱着王大力。因为激动,他的声音有些颤抖:"同学们,王大力讲得好不好?"

这还用问吗?操场上叫好声响彻天空。六(1)班的男生乐得一蹦三尺高,女生一个劲地拍手。

"这是我听到的最棒的演讲,太精彩了,比我讲得好!以后,我希望更多的同学能站在这里演讲,同学们有信心吗?"

"有信心!"

"大队委的同学做好组织工作,想演讲的同学,把演讲稿交到大队委,然后评选,最后胜出的同学,在这里演讲!"

王校长扶了扶眼镜,挺起了胸脯,目光扫过全场,庄重又神圣:

狗尾草

"请同学们记住,舞台是你们的,未来是你们的!让我们向着天空飞翔!"

这是一次让人难忘的升旗仪式。

回到了教室,同学们还兴致勃勃地讨论着,王大力一时间成了校园热词,张开臂膀飞翔也成了同学们的励志动作。

利用大课间的时间,在张小云的主持下,召开了中队委会议,讨论下一阶段中队活动。

"如何利用好网络,分享我们中队的资源,这应该是下一步的工作,下面请王大力谈谈想法。"

王大力刚要发言,卢亮跑了过来,神秘兮兮地说道:"对不起,打断一下,有情况!"卢亮压低了声音,"我看到了张奶奶和大力爸爸到校长室了!"

"哦,这没什么大惊小怪的,又不是拐杖奶奶来了。"

杨柳这么一说,卢亮脸红了,大家被逗乐了。

"不对,肯定有事情,张奶奶和大力爸爸一起来,肯定是大事情。"田静皱起眉头,认真地思索着,"不过,是好事还是坏事就难说了。"

"要不我去刺探一下情报?"卢亮自告奋勇说道。

张小云摆了摆手:"该我们知道的时候,自然会告诉我们,不该我们知道的时候,还是不知道的好。"

王大力连连点头:"张小云说得对!"

回到家里,王大力打开电脑,他要把观察报告发给丁教授。王大力一打开 QQ,就看到小胖子的头像在闪动着。

小胖:"好消息,我们的课题已经立项,开心一下。(得意扬扬)"

王大力:"收到,小胖哥,我不能说话了。(哭泣)"

第十九章　向着天空飞翔

小胖:"怎么啦?吃多了撑着啦。(笑脸)"

王大力:"报告胖哥,因为我笑得合不拢嘴啦。(大笑)"

小胖:"机智,给你点赞。(加油!)"

这的确是一个好消息!王大力和课题组的成员们深受鼓舞。一个个做起事情来特别认真。

张晓风在监测水质,卢亮在测量风速和温度,王大力和其他几个男生在观察水雉,杨帆在整理着王爷爷的观察记录。

中秋过后,温度开始下降。

开学一个多月了,最先出生的小水雉,绒毛正在换成羽毛。背部羽毛呈黑褐色,短短的尾巴里翘起几根黑色的羽毛,迈着大长腿,优雅地踱着步,修长的脖子不时扭动着,眼睛滴溜溜地转动着。稍微有一点响动,就拍着雪白的翅膀,在水面上低低地飞上十几米,又落在菱叶上,仰着脖子,向着天空鸣叫着。

王大力仿佛听到一阵阵呐喊声:"我要向着天空飞翔!"

"再过一些日子,这些小水雉就要远走高飞啦。"王爷爷像是在和王大力说话,又像是在和自己说话。王大力听了,心中别有一番滋味。从小水雉一出壳,他就天天看着它们,这要是飞走了,王大力心里会觉得空落落的。

这一刻,王大力终于明白,为什么王爷爷会把这些水雉当成自己的孩子。

起风了,天微凉。几只才出生十几天的小水雉,躲到了大水雉身边,风把它们的羽毛吹得乱乱的。

王大力不禁抱紧了膀子,风顺着短袖钻了进去,凉飕飕的。

"冷了吧,到树屋里去。"

风从树顶上吹过,树叶哗啦啦地响,树屋里没有风,仿佛是一个

狗尾草

保温箱,暖暖的。

王爷爷拿出了一个包装盒,拆开后,招呼道:"都来吃点心,我儿子从北京寄来的。"糕点一拿出来,香味就飘了出来,肚子也咕咕地叫了起来,哪里还能抵得住糕点的诱惑?几个人一边吃,一边赞叹着:

"真好吃,到底是北京的糕点。"

"我看比张奶奶做的葱油饼还好吃。"

王爷爷干咳了几声,几个孩子头朝里,只顾埋头吃着点心,能听得到才怪呢。王爷爷只好叫道:"张奶奶来了!"

孩子们一转头,看见张奶奶瞪着他们,吓得手忙脚乱。卢亮嘴里塞满了糕点,含糊不清地说:"张奶奶,你来了,我没说你的葱油饼不好吃。"其他几个孩子也连忙说道:"我也没说。""我最喜欢吃张奶奶做的葱油饼了。"

张奶奶放下篮子,拿出一个饭盒,打开盖子,一股清香冒了出来。"哇,葱油饼!"几个孩子眼睛都睁大了,恨不得把饭盒抱在怀里。

"这是给王爷爷吃的,没你们的份。"

"张奶奶,我们认错了,不要这么小气嘛!"几个孩子缠着张奶奶不放。

"你们要是真想吃的话,到我家里去!"

"有葱油饼吃?"

"当然有。"

"那还不走?"

到了张奶奶家,大家才知道,不光是吃葱油饼,张奶奶还有秘密的任务要安排。

第二十章　为您唱首歌

这几天王爷爷总感觉有点奇怪。

王大力爸爸一连几天都没露面。张奶奶偶尔来一下,又匆匆忙忙地走了。难道出了什么事情?王爷爷觉得有点不对劲。

尤其是今天,只看到了李大爷和王奶奶,其他人呢?

到了放学时间,就连孩子们也没了踪影。

王爷爷想问问李大爷和王奶奶,可是他们都摇着头说不知道。他给王大力爸爸打电话,电话始终无人接听。

怎么回事?王爷爷很纳闷。

大水雉开始换羽了,飞羽脱落后,在换上黄褐色的冬羽前,暂时不能飞翔。小水雉羽翼日渐丰满,它们越飞越高了。

大水雉不能飞,小水雉还飞不高。现在是守护水雉的关键期,这段时间王爷爷寸步不离。他真想到香草小区去看看,可是这里又离不开他。毕竟李大爷、王奶奶年龄大了,万一有事情,他们应付不过来。

太阳正在下山。

快立冬了,白天开始变短。

第二十章 为您唱首歌

李大爷和王奶奶回家了。王爷爷在狗尾草地边来回眺望着,心里越来越不踏实了。

当最后一缕阳光消失后,王爷爷模模糊糊地看到几个人影走过来。那人影越来越近了,就听见有人在叫:"王爷爷,王爷爷……"是王大力!这么晚了跑来,肯定出了事情,王爷爷赶紧迎了上去。

到了跟前,终于看清楚了,除了王大力,还有两个年轻的小伙子。暮色里,王大力笑嘻嘻地看着王爷爷。王爷爷犯了糊涂,怎么回事?好像没什么事啊。王大力似乎猜出了王爷爷的心思,神秘兮兮地说:"王爷爷,学校里有点事情,想让你过去一下。"王爷爷刚要张嘴,王大力早有预料:"这两位是爸爸厂里的保安,他们会守在这里。"

"王爷爷,您请——"

王大力躬身施礼,故作斯文。王爷爷越想越疑惑,什么情况?王爷爷在心里打着问号。王大力还弯着腰站在那里,笑眯眯地看着王爷爷。王爷爷一挥手,一巴掌拍在了王大力的屁股上:"还撅着屁股干什么?走吧——"

到了小土堆旁,有一辆汽车等在那里。

十几分钟后,到了香草小学了。

天擦黑了,校园里的路灯亮了起来。王爷爷跟在王大力后面,七拐八拐地来到了校园后面,这里是学校的食堂。

食堂四周没有一点灯光,几只秋虫躲在墙角鸣叫着。这大晚上的,学生都回家了,把我带到这里干什么?王爷爷猜不出来,他仿佛被装进了闷葫芦里。

王大力站在食堂大门口,学着水雉"喵喵"地叫了几声。紧接着,院子里也传出了"喵喵"的叫声,叫声越来越多,越来越快,越来

狗尾草

越响。王爷爷似乎看到了许多水雉向他飞来,越飞越近,他情不自禁地露出了笑容。

忽然,灯亮了。

叫声停止了,周围又静了下来。

只听"吱呀"一声,食堂的大门缓缓打开,就像演出的幕布被拉开了。音乐声响起,霓虹灯闪烁着。

六(1)班的女孩们站在了院子中间,她们穿着黄褐色的裙子,披着洁白的纱衣,金色的头饰上,插着水雉刚蜕下的羽毛。

她们就像一群凌波仙子!

乐曲舒缓,像微风拂过花尖。这群"凌波仙子",有的仰望蓝天,有的低头觅食,有的优雅地踱着步。乐曲轻柔,如微波荡漾。"小仙子"偎依在"大仙子"身边,有的往"大仙子"的羽翼下钻,有的踮着脚轻轻地挥舞着翅膀,有的伸着脖子啄着"大仙子"的羽毛。渐渐地,乐曲变得灵动了,像金色的阳光在水面上跳跃着。"小仙子"拍打着翅膀,对着天空鸣叫着,"大仙子"展翅飞翔。

乐曲变得高亢了,像一河春水在流淌。"小仙子"展开了翅膀,一次次地练习飞翔。跌倒了,爬起来;爬起来,再跌倒。她们仰着头,眼里只有天空。一米,两米……越飞越高了!

王爷爷恍恍惚惚的,忘记了自己在哪里。

乐曲戛然而止。

电子屏上礼花绽放!

"王爷爷,生日快乐!"

不知从哪里涌出来这么多的孩子,围在了王爷爷身边,欢呼着,簇拥着!王爷爷还没明白怎么回事,就被推到了餐厅的门口。餐厅里拉起了彩带,挂上气球,摆上了圆桌,搭起了临时舞台。大厅里坐

了十几桌人,有王爷爷认识的,也有不认识的,他们看到了王爷爷,纷纷站起来鼓掌。

舞蹈一结束,张小云就跑上了舞台。舞蹈消耗了太多的体力,以至于拿着话筒时,她还气喘吁吁。

"敬爱的王爷爷,今天是您的生日,请听我们为您唱首歌!"

"准备好了吗?可以开始了吗?"

一群男生走上了舞台,带着黑色的礼帽,礼帽上插着黑白相间的羽毛,每个人侧着身子,摆着酷酷的造型。

六(1)班的女生们,眼珠子都快瞪出来了,这还是她们熟悉的男生吗?简直让人怀疑人生。

正当大家发呆之际,王大力跳上了舞台,解开黑色的披风,随手一甩,站在了舞台上。

"一起饶舌,一起饶舌,我们要唱一首歌,献给敬爱的王爷爷"

男生迅速向王大力靠拢,跟着音乐,边舞边唱:

"'喵—喵—喵','喵—喵—喵',你大声叫,大声叫!王爷爷告诉我们,不要怕,不要怕,仰起头,展开翅膀,飞向云霄。'喵喵——喵喵喵','喵、喵、喵、喵、喵',大声叫,大声叫,我们一起大声叫!展开翅膀,直冲云霄!'喵喵喵、喵喵喵、喵、喵、喵、喵、喵'大声叫,大声叫,我们一起大声叫,王爷爷,王爷爷,我们都是您的骄傲!您的骄傲!"

音乐停止了,几个男孩子站立在舞台上,侧着脸,一只手拉着帽檐,微微地低着头,简直帅呆了!

家长们第一次发现,自己的孩子原来这么有范儿!站起来,挥着手,欢呼着,生怕别人不知道那是自己的孩子。

有几个家长正要冲上去,舞台上的男孩们高声叫道:"王爷爷,

我们都是您的骄傲!"

"王爷爷您是我们的骄傲!"

王爷爷一转头,他看到了:陈老师、王校长、李老师、张奶奶、卢奶奶、丁教授,还有王大力爸爸,从舞台后面的房间里走了出来,他们看着王爷爷,一个劲地笑着……

像做梦一样,王爷爷呆在了那里。

这时候,一曲《朋友》响了起来。张小云站到了舞台上,高声呼唤:"有请今晚最重要的嘉宾出场,他从百里之外赶来为王爷爷祝寿,掌声有请!"

张怡和田静手捧鲜花,从房间里走了出来。

她们的后面,跟着一个高大的男士。"刘保国!"王爷爷招呼着,刘保国是他的徒弟,也是现任环保协会会长。

张怡和田静在两侧站立,大家看到,刘会长弯着腰,推着轮椅,轮椅上坐着一位老人。他双手支着身子,恨不得跳下来,跑向前去。

王爷爷彻底懵了,他身体颤抖着,嘴巴哆嗦着,太多的话堵在了心口,说不出来。

"老王,我是陆大有,我来看你了!"

"大有……好兄弟,你怎么来啦?我没做梦吧……"

王爷爷蹲下身子,两双手紧紧地握在了一起,眼泪止不住地流着……

"下面有请刘会长,请您给我介绍最尊贵的客人。"

"轮椅上这位老人,叫陆大有。他是王爷爷的战友,家在陆口镇,离这里有一百多里,他的家也在香草河畔。因为共同的理想,十年前来到这里,和王爷爷一起,加入了市环保协会。几年前,一家企业偷偷地往香草河里排污,王老和陆老去调查取证,在回来的路上,

被一伙歹徒袭击,展开了一场激烈的搏斗,陆老的腰被打伤了,现在只能坐在轮椅上了……"

"兄弟,对不起,我没保护好你!"

王爷爷拍打着胸脯,泪流满面。

"老战友,好兄弟,不要哭,更不要自责,这几年,你一直在帮助我,是我拖累你了。"

大家不约而同地站了起来,他们慢慢地围了上来。这件事,曾经轰动一时,没想到,在这里见到了英雄:

"原来是您,今天终于见到您了!"

"那天晚上,好多人都守在医院外,大家都想看看您!"

张小云走上了舞台,拿起了话筒:

"向王爷爷和陆爷爷献花!"

人群自动分开了,张怡和田静手捧鲜花,献给了两位老人。

"今天是王爷爷的生日,过生日,要惊喜不断,下面有请教育局的陈副局长。"

陈老师走上了舞台,手里拿着一张大红聘书:"我给王爷爷的惊喜是一张聘书,这聘书是一份邀请,是教育局替孩子们邀请王爷爷,请他做孩子们的课外辅导员,因为孩子们离不开王爷爷!孩子们是不是?"

"是——"

每个孩子都铆足了劲,大声回答着。

"您老还要辛苦,高新区教育局聘任您为课外辅导员!"

陈老师走下舞台,孩子们围着王爷爷,欢呼雀跃!

"王老,辛苦您了,孩子们离不开您!"

王爷爷捧着聘书,看了又看,他蹲下去,指着聘书对陆爷爷说:

"兄弟,你知道的,这是我多年的心愿!"

"下面有请香草河环保基金会创始人、四海集团董事长王先生,看看他会带来什么样的惊喜。"

王大力爸爸接过话筒,走到了陆爷爷身边。

"我要告诉大家一个好消息,小胡刚刚打来电话,专家看过片子后,认为陆老有站起来的希望! 我们明天就带陆老到上海医治,所有的费用由'香草河环保基金'支付……"

陈老师、王校长、刘会长、丁教授……激动地站起来,向陆老祝贺。

还有一些人不敢相信自己的耳朵:陆老还有站起来的希望? 他们相互看着,生怕自己听错了。

"老陆还有站起来的希望? 都几年过去了,怎么可能?"

卢奶奶是个较真的人,肚子里藏不住话。

"卢奶奶,我们国家强大了,科技飞速进步,越来越多的国际人才,愿意到中国来发展他们的事业。这次我联系的骨科专家,就是刚刚归国的尹博士,他在国际上是很有名气的。"

卢奶奶好像还有话说,田静一看,这样难得的机会,要找点乐子,她眼睛一转,鬼主意又冒出来了:

"卢奶奶今晚要不要吃粉丝啊? 王大力和张小云那里有好多哦!"

卢奶奶与粉丝的事情,又一次被提起,戳中了大家的笑点。这不是存心揭短吗? 卢奶奶站了起来,双手放在拐杖上,咳嗽了几声,仰着脸,撇着嘴说:

"你们这是笑话我人老了落伍了,是不? 告诉你们,我明天出门就不挂拐杖了!"

"那你让卢亮背着啊?"

"让卢亮背?亏你们想得出,也太那个……什么特……了吧?"

"是'奥特'。"孩子们一边笑着,一边回答。

"对,对对!你们也太'奥特'了。这个世界变化太快,现在又出来了一款高级拐杖,叫那个啥……对,叫优步!听说那玩意好使,过天我叫卢风给我买一个……"

卢奶奶背挺得直直的,头昂得更高了,眼睛看着天花板,拐杖在手中摇来摇去。

谁知道,笑声一下子爆发了,连桌子都被敲得"咚咚"响。卢奶奶连忙弯着腰,瞪着眼睛,看看这个,瞅瞅那个,百思不得其解。

原来前两天,卢风从新闻上看到,大城市正在兴起优步打车。就随口说了一句:"等一段时间,我们这里也可以优步打车。到时候妈妈出门可以不用拐杖了。"谁知道卢奶奶根本就没听明白,以为优步就是一种更高级的拐杖。本想显摆一下,结果弄巧成拙。

卢风赶紧示意,卢奶奶心有不甘地坐了下来。

就像事先彩排好似的,这个意外的小插曲,就是一个幽默的小品,卢奶奶是当之无愧的笑星。

张小云走上舞台,忍住笑:"我现在编一个歇后语,那就叫王爷爷过生日——惊喜不断。卢奶奶的表演那可是意外之喜,感谢卢奶奶给我们带来的欢乐!"

"原来是演小品啊?"好多人拍着脑袋,以显示自己刚刚明白过来,"这小品演得真好,跟真的似的!"

没想到卢奶奶还是个好演员!许多人站起来为卢奶奶鼓掌。

卢奶奶装腔作势起来,头昂得不能再高了。不过,她的眼角却斜向张小云,偷偷地笑了。

六一班的孩子跑到了舞台上,齐声喊道:

"过生日喽……"

蛋糕车推来了,蜡烛点起了,灯灭了,烛光映红了王爷爷的脸庞,慈眉善目间洋溢着幸福。他闭上眼睛,默默地许了愿。蜡烛吹灭了,青烟袅袅,升腾着,环绕着,如生命的年轮在旋转。

灯亮了。

大厅里唱起了生日歌。

吃完了蛋糕,生日宴开始了。

大人们高高举起酒杯,说着祝福的话语,说着贴心的话语。大家越说越开心,越开心越有说不完的话。你敬我一杯,我回你一杯。一会儿夸夸张奶奶,操办这个生日宴会不容易;一会儿夸夸王大力爸爸,跑前跑后,跑东跑西,事事周到;还有陈老师、王校长、李老师等大力支持,出场地,排节目……

王爷爷喝醉了,他拉着张奶奶叫姐姐。能记住自己的生日,这不是亲姐姐吗?王爷爷亲切地叫着,张奶奶甜甜地答应着。本来从小就是自己的跟屁虫,分别了几十年,现在又遇到了,还是张小云的救命恩人,这不比亲人还亲吗?

王大力爸爸也喝醉了,拉着王爷爷叫兄弟,他说自己现在是环保志愿者,和王爷爷战斗在一起,所以是志同道合的兄弟。王爷爷稀里糊涂地答应着,含糊不清地夸奖着王大力爸爸。这几天,和张奶奶一起操持王爷爷的生日,安排得这么周到,王爷爷是真心佩服他。

王大力不认为王爷爷醉了,故意试探道:

"王爷爷我是谁啊?"

"你王大力呗。"

第二十章 为您唱首歌

"我爸管你叫什么呀?"

"兄——弟——"

"那我管你叫什么啊?"

"问你爸爸去,我不——知——道——"

"那王爷爷你刚才许了什么愿,告诉我呗。"

"你过来我告诉你。"

王大力把耳朵凑上去,王爷爷开心地笑着:"我不告诉你!"

王大力知道爷爷没喝醉,他是心醉了。因为,在王爷爷心中,张奶奶是他的亲人,王大力爸爸是志同道合的伙伴。

酒不醉人,人自醉。

孩子们是清醒的,吃饱了,喝足了,没事干了,又开始吹牛了。男生一个劲地夸歌曲表演最精彩,重要的是原创,王大力词曲写得好。女生一个劲地夸《凌波仙子》跳得好,这可是张小云自编自导的舞蹈。男生夸王大力今晚真帅,女生夸张小云今晚是仙女下凡。

后来,孩子们也感觉醉了。

到了第二天,大家一见面,都是一问三不知,说了什么都记不得了,只知道那是最快乐的时光。

王爷爷和陆爷爷住在了王大力家里,据王奶奶说,这老哥俩一夜都没合眼,好像有说不完的话。

一大清早,王大力家就围满了人,陆爷爷要到上海去看病,大家赶过来送行。王大力爸爸终于说服了王爷爷,王爷爷不再坚持去上海了,这边的确离不开他,最重要的是,王大力爸爸做事王爷爷很放心。

司机来了,汽车停在了门外。

带着大家期待与祝福,王大力爸爸带着陆爷爷出发了。

狗尾草

今天是礼拜天。

孩子们做完了作业,都跑到了狗尾草基地。

到了十一月份,不再炙热的阳光,温暖又慵懒。风儿在天底下溜达着,云儿被推着向前跑。水杉树像着了火,狗尾草穗变得金黄金黄的。

小水雉越飞越高了,它们开心地叫着,几十只鸟儿挥舞着翅膀,一会飞过水杉林,一会掠过狗尾草地,一会飞上碧蓝的天空。风吹动了鸟儿的羽毛,如一片片色彩缤纷的云。

孩子们翘首观望,不时低声惊叹。

这是王爷爷梦里的画面,这梦做了好久了,现在终于成真了!

大水雉的冬羽快长齐了,它们将要飞到远方。明年再来的时候,这儿就是鸟的天堂啦。

王爷爷想着想着,竟然笑出声来。

张小云走过来,手在王爷爷眼前晃了晃,王爷爷也浑然不知。

"王爷爷,你大白天就开始做梦了啊!"

一阵清脆的笑声,让王爷爷如梦初醒,连忙拿起铲子:"大家注意了,要顺着红薯秧往下找,在根部旁边往下挖,你就会挖到红薯了。"

王爷爷在园子里一共种了四行红薯,几个孩子才分到一根红薯秧。他们学着王爷爷的样子,拿着红薯秧,找着根部。杨柳把红薯秧举得不能再高了,嘴里不住地嚷嚷着:"田静,你快顺着秧子往下找。"

卢亮和王阳一边偷偷地笑着,一边使劲地挖着。等到田静顺着红薯秧,从上面一点点地捋下来时,才发现红薯已经被卢亮和王阳挖了。

第二十章 为您唱首歌

这是第一个被挖出的红薯。红皮,大肚子,尾巴细长,沾满了泥土。

卢亮拿着红薯,又蹦又跳!

杨柳急眼了,追了过去。眼看就要追到了,卢亮把红薯扔给了王阳。杨柳又向王阳奔去,王阳故意站在那里等着,就在杨柳伸手去夺时,红薯就像一只调皮的鸟儿,又飞向了卢亮。

杨柳追累了,一屁股坐在地上,气急败坏地嚷着:"你们俩就是大骗子,红薯不给我,我就坐在这里。"

"你不去追,坐在这里干什么?"几个男生凑了过来,开始瞎起哄。

"我就不去追,我坐在这里,耗死他们。"

正闹着,王爷爷的电话响了起来。是王大力爸爸打来的。王爷爷一听完电话,就躺在了地上,胸口剧烈地起伏着。

"王爷爷怎么了?"

孩子们迅速跑了过来。他们看着王爷爷,急得快要哭了。

"快打120!"张小云刚要拿王爷爷的手机,谁知道王爷爷一下子爬了起来,又蹦又跳,就像一个孩子。

"不好,王爷爷受了刺激!"

怎么办?怎么办?

"王阳快去叫张奶奶。"王大力叫道。

王爷爷一听去找张奶奶,立刻拦住了王阳:"孩子们,告诉你们一个好消息,陆爷爷的手术很成功!"

怪不得王爷爷像发了疯一样,孩子听了这个消息也发了疯,蹦着,叫着,在狗尾草里打着滚……

第五天傍晚,王大力爸爸回来了。

狗尾草

王大力家挤满了人。大家一遍遍地问着,王大力爸爸一遍遍地回答着。各种巧合,各种幸运,都被大家津津乐道。"这正是好人有福报。"王奶奶一边给大家倒茶,一边乐呵呵地说。"你家儿子是好人,你们家会有福报的。"张奶奶这么一说,大家纷纷点头。王大力爸爸有点不好意思了:"张奶奶你是大好人,我们香草村的人都是好人,好人都有福报!"

"勿以恶小而为之,勿以善小而不为!"

卢奶奶看着王大力,啧啧赞叹着:"大力现在就是不一样了,他王奶奶,你家福报来了,等着享大力的福吧!"卢奶奶的话一出口,把王奶奶乐得直拍大腿:"他卢奶奶,你这句话我听着最舒服。"

"这是我们课本上的,张小云她们都会。"王大力一挥手,"六(1)班的,来一个!"孩子们装起了小先生,一个个摇头晃脑地吟诵起来:"勿以恶小而为之,勿以善小而不为……"

大家正乐着呢,突然起风了。风在院子里打着旋儿,又奔往远处了。

"是不是要刮大风了?"王奶奶猜测着。

"应该不会吧,立冬过后,刮上一阵风,就要降温了。"张奶奶回答道。

卢奶奶的幽默劲儿又上来了,拐杖放在了胸前,弯着腰,伸着脖子,眼睛盯着孩子们,滴溜溜地转着:"我知道为什么会突然刮来一股风。"大家都支起来耳朵,想听听卢奶奶的嘴里又会飞出什么样的幺蛾子,可是卢奶奶捂着嘴巴,不说话了。孩子们都被逗笑了,围着卢奶奶,你一言我一语,开始贫开了:

"卢奶奶你捂着嘴干吗,是不是牙齿又掉了一颗啊?大家帮忙找找。"

"还找什么呀,过天给卢奶奶镶个金牙,那多气派。"

卢奶奶没笑,捂着嘴站在那里。

这招不行,再换一招。

"卢奶奶你的拐杖'奥特'了,要换成优步啦。"

卢奶奶没生气,依然捂着嘴站在那里。

看来还要换招。

"卢奶奶您就别吊胃口啦,求求您接着说吧。"

卢奶奶没反应,还是捂着嘴站在那里。

看来要使出大杀招啦。

"打卢亮……"

"停——我说!"卢奶奶笑眯眯地看着孩子们,竖起大拇指,"这风啊,是你们招来的,你们太棒啦,到哪里都招风啊!"

孩子们被夸得一愣一愣的,你看看我,我看看你,谁也不好意思笑。

王奶奶听明白了,拍着卢奶奶一个劲地夸:"老卢就是有才,夸

狗尾草

人都夸得这么开心。"

卢奶奶一听,又来劲了,把头昂得不能再高了。

院子里又响起一阵笑声。

张奶奶乐呵呵看着,心里不住地感慨着:老了,老了,变成活宝了。

王爷爷在和陆爷爷通电话。一阵风呼呼地刮过,王爷爷没听清陆爷爷的话,大声地问着:"你说什么?""再说一遍!"

风过后,王爷爷终于听清了。

"我都说了十遍了。"

"那你再说一遍。"

"兄弟,等我能站起来了,我还和你在一起!"

"太好了,好兄弟,我和孩子们等着你!"

放下了电话,王爷爷兴奋地睡不着,还有好多事情要去做,王爷爷在心里规划着。偶尔有风呼呼地吹过,树上的鸟儿惊叫几声。王爷爷觉得,刚入冬,刮几场风很正常。

今夜有点凉,王爷爷翻了翻身,裹紧了被子,把头也缩进了被子里。被罩是张奶奶刚洗过的,还有着太阳的香味,他深深地呼吸着,慢慢地,他的心绪安宁了。

一阵倦意涌来,王爷爷睡着了,他的脸上露出甜蜜的笑容。

第二十一章　等您归来

王大力爸爸被手机铃声吵醒了。他拿起手机,打开未读信息:

中央气象台:台风"天鹰"突然转向!

中央气象台最新监测显示:今年第 26 号台风"天鹰",在日本海域突然转变方向,将于今夜凌晨,以每小时 20 公里左右的速度,向我国东南沿海移动,登陆时,有 7—8 级大风,阵风 10—11 级。

市气象局:红色警报!受台风"天鹰"影响,我市今明两天将有 6—7 级大风,阵风 9—10 级。请各单位及广大市民做好防范工作。

香草小学:停课通知!受台风"天鹰"影响,上级部门研究决定,我校学生今明两天停课,同学们不要出门,注意安全!

这讨厌的"天鹰",怎么会突然改变方向了呢?王大力爸爸急忙穿衣起床。

他拿出手机,拨通了办公室主任的电话,安排了防范工作后,他

来到了王大力房间。王大力已经起来了,正在背书。他嘱咐王大力待在家里,不要出门。

早上七点钟,风突然大了。

没有关好的窗户,被风摇得"吱吱"响。

王大力爸爸赶紧出门,他要到几位孤寡老人家看看。不过他晚了一步,每一位老人的家里,都有好几拨人来关心过。

张奶奶觉得学校是小题大做,哪年不刮几场风啊,干吗这么大惊小怪的,学生居然都不去上课了,这也太小心了吧。张奶奶正在收拾客厅,忽然一阵风把窗户吹开了,张小云放在桌子上的书,快速地翻动着。张奶奶连忙关紧了窗户,上了插销。

风从窗户边溜过去,呜呜地叫着。

张奶奶这才意识到,这场风来者不善。她忽然不安起来:王爷爷还在外面,这么大的风,真让人不放心。

张奶奶正要给王大力爸爸打电话,这时门铃响了。真巧,正是王大力爸爸。

原来王大力爸爸给王爷爷打电话,劝他回来避避风。可是,任凭王大力爸爸怎么说,王爷爷就是不当一回事。

王奶奶一听,知道打电话不行,和王大力爸爸商量道:"你多叫上几个人,过去看看,要是劝不来,就是抬也要抬回来。"说着张奶奶竟然找了一张折叠椅,拿给王大力爸爸,"他的脾气我知道,以防万一吧。"

看来只有这样了!事不宜迟,王大力爸爸赶紧打电话叫人。

风越来越大了,它扯着嗓子吼叫着,就像一匹脱缰的野马,在河面上奔跑着。河水汹涌,拍打着河岸。狗尾草被风吹得贴在了地面上,就像被人扯着头发,恶狠狠地拽着。树屋上的帆布被风吹起来,

第二十一章 等您归来

猛烈地撕扯着,大柳树左摇右晃,发出痛苦的呻吟,枝条在风中剧烈地摆动着。

水雉被风吹得东倒西歪,纷纷找避风的地方躲藏。王爷爷不停地吹着哨子,越来越多的水雉躲到了树屋里。

风顺着香草河,像发了疯似的,一阵接着一阵,拼命地吹着。河面上的水草被风不断地卷起。"喵喵喵喵……"一只水雉的脚被水草缠住了,痛苦地叫着。

不好了!如果再来一股大风,水雉就会被水草压住。时间紧迫,王爷爷来不及多想,他顶着风,猫着腰,用尽全力向河边冲去。

到了河边,风变小了。王爷爷连忙跳进水中,游了过去,那是一只大水雉,冬羽快要长齐了。它的腿被水草缠住了,由于不断地挣扎,两条腿都断了,它任由王爷爷抱在怀里,不住地哀鸣着。

"幸亏风小了!"王爷爷上了岸,心中暗自庆幸。

就在这时,不知从哪里吹来一股狂风,像发现了猎物的猛兽,嘶鸣着,由远而近,转眼就到了跟前。

王爷爷被风吹得倒退了几步,他连忙弯下身子,护住水雉。水雉急促地鸣叫着,竟然伸出脖子啄王爷爷的头,王爷爷头一偏,一根被风吹断的枯枝从太阳穴擦过,撞在了他的右脑上,王爷爷倒下了……

王大力爸爸开着车子,带着王阳爸爸、杨柳爸爸和卢亮爸爸,到了半路,被一棵倒下的树拦住了去路。几个人下车,费了九牛二虎之力,才把树移到了路边。

车子只能开到小土堆旁,车子一停,几个人就跳了下来。快到香草河边了,这里的风更猛。几个人弯着腰,缩着脖子向前走。王大力爸爸拿着折叠椅,被风一吹,几乎站不稳。卢亮爸爸指着折叠

椅,朝王大力爸爸直摆手。

"王爷爷的脾气张奶奶知道,倔着呢,你让他这时候离开那些鸟可能吗?还是拿着吧,有备无患。"

风沿着河道吹过来,呼呼作响。他们排成了一队,弯着腰,右手拿着折叠椅,顶风前进。

到了树屋跟前,屋里一片凌乱。躲在里面的水雉,扑打着翅膀,它们想逃,可是往哪里逃呢?只好缩着头,身子往后退着。

"王爷爷不在这里,大家往河边看看。"王大力爸爸感到一阵莫名的紧张,话语有些慌乱。"喵喵喵喵……"风里传来一阵阵急促的鸟叫声。循声望去,一百多米处,有个人躺在地上。

不祥的预感笼罩在每个人的心头。

出事了!大家不顾一切地奔过去。越来越近了,能看到湿漉漉的黄军装了!能看到地上流着殷红的血!

"王老,王老……"王大力爸爸慌乱地叫着,眼前发黑,两腿发软,坐在了地上。他立刻翻过身子,手脚并用,拼命地爬过去。

王爷爷昏迷了,脸色煞白,头偏在一边,头发被血粘住了一片。他的右手还紧紧地抱着那只水雉。

一根粗粗的枯枝,像狰狞的怪兽,在舔舐着鲜血。

"快救王老,快点啊!"

经历过那么多的风风雨雨,王大力爸爸从来没有这样慌张过,这次他乱了分寸,语无伦次地喊着:"快救人,救人……"

卢亮爸爸冲过来了,他伸手要拉王爷爷。杨柳爸爸一把拽住了他,连连摇头:"不能动他,只能用担架抬!"

大家想起了折叠椅,赶紧打开,小心翼翼地把王爷爷抬上去。王阳爸爸抱着那只受伤的水雉,卢亮爸爸和杨柳爸爸抬着王爷爷赶

第二十一章　等您归来

紧往回跑。王大力爸爸一手扶着王爷爷,一手拿着电话:

"吴院长您好,我这里有一位伤者,树枝砸到了脑袋上,流了很多血,人昏迷了,估计会有生命危险。"

"王总,你们在哪里?要救护车吗?"

"我们有车,估计二十分钟可以到。"

"那好,我现在就安排人做好准备工作。"

"吴院长,这位伤者是我们最敬重的人,拜托您安排最好的医生!"

往回走顺风,他们很快到了车子旁。

杨柳爸爸和王大力爸爸送王爷爷去医院。卢亮爸爸回家给王爷爷准备衣物。王阳爸爸把受伤的水雉送到救护站。

一到市中心医院,王爷爷立刻被送到了急诊室。一阵紧张的检查过后,彭医生迅速地宣布了结果:患者右脑大量出血,已经流到了第三脑室,情况危急!

"王护士,准备手术!"

彭医生是脑科专家,经验丰富,做事干练。

"王总,伤者家属来了吗?"彭医生问道。

"他有一个儿子在北京,我们不知道他的电话,目前无法联系。彭医生有什么事情请吩咐,我们都是他的亲人。"

"没有病人家属的签字,我们不能手术!"

"顾不了那么多了,救人要紧!我来签字吧!"

"王总,病人有生命危险,你要考虑一下后果!"

"我是她的姐姐,我来签字!"

卢亮爸爸把张奶奶带来了,她还没站稳,就从医生的手里夺过了笔:"我来签字,快点救人!快呀!"

王爷爷被推进了手术室。

门关上了,红灯亮了。

王大力爸爸呆呆地站着,事故来得太突然,他接受不了。他多希望这是一场噩梦,自己马上就会醒来,什么事都没有发生,王爷爷还是好好的。

张奶奶双手扶着膝盖,慢慢地坐到椅子上,她闭上眼睛,稳了稳心神。她不能慌,一慌事情就乱了。她把王大力爸爸叫到了身边:"你要沉住气,好多事情还要指望你,你要是慌了,就乱套了,知道吗?"张奶奶看着王大力爸爸,王大力爸爸从来没见过如此坚毅的眼神,那眼神一下子让他清醒过来,他郑重地点了点头。

"现在老王的家人联系不上,有些事情我们商量一下。老陆到上海看病要花不少钱,这次老王的治疗费用不能再让你出了。"

"您老不要担心钱的问题,王老应该有医疗保险,可以报销一部分,剩下的还是我来解决吧。"

"你的心意我明白,可是老王是我们的大恩人,我们香草村人你是知道的,到时候你不让谁出钱,谁都会急!"

虽然张奶奶的话说得在理,但王大力爸爸还想坚持。

"要不你看这样可以吧,大家要捐款就让他们捐,剩下的你来出。这件事先这样说着,后面再商量。"

张奶奶有条不紊地安排着,那份从容让王大力爸爸由衷地佩服。

"老王受伤的消息瞒不了多久,等会好多人会到医院里来,你和院长通通气,看看怎么安排。"

"卢风你出去看看,如果有人来了,先劝劝他们,能劝回去的,就劝回去,劝不回去的,就算了。"

第二十一章 等您归来

中午十二点了,一个小时过去了,手术室的门紧闭着。

卢亮爸爸急匆匆地跑了上来,拉着张奶奶,边走边说:"劝不住,他们在大厅里,都要上来,您老快去看看。"

"让我们上去,我们不要在大厅里等。"

"我们要上去看王爷爷,不要拦着我们。"

一楼大厅里,保安拦在了楼道口,王大力爸爸和王院长轮流安慰大家:

"你们的心情可以理解,但是你们也要为病人考虑一下,这么多人上去,乱糟糟的,影响病人手术。"

"王爷爷在手术室里,你们上去了也看不到啊,不要添乱啦,就在大厅里等消息好吗?"

大人一听就明白了,都安静下来了。小孩子越等越心急了,好多人哭了起来。

"张奶奶下来了!"孩子们叫了起来,"张奶奶你和医生求求情,让我们上去看一眼行吗?"

张奶奶眼睛酸酸的,她睁大了眼睛,脸向上扬了扬,忍住了泪水:"孩子们听我说,王爷爷不会有事情,手术一定会成功的。我们要是担心他,就应该静下来,在心里为他祈祷,你们说是不是?"

孩子们安静了下来。

张奶奶和王院长商量后,决定让大家分组上去,每组二十人,每次十五分钟。很快分好了小组,排好了顺序。

一切有序地进行着,王院长终于松了一口气。

下午一点了,手术室的门还是紧闭着。

大家的心都悬了起来,不停地祈祷着。无论是大厅里,还是手术室门口,孩子们都手拉着手。时间仿佛停止了,每一分钟都是那

么漫长。

风呜呜地叫着,天空下起了雨。

王爷爷受伤的消息,在网络上迅速地转发着,他的事迹,引起了社会各界的关注。陈老师、王校长、刘会长、丁教授、李老师……都闻讯赶来了。来了好多人,不论认不认识,都在一起小声地交流着,相互安慰着,不安地等待着。

下午两点了,三个小时过去了,手术室的门依然紧闭着。

三个小时,如同过了半个世纪,许多人开始慌了。大人们围着王院长,群情激昂:"不管怎样,也要把人救活,花多少钱我们大家捐!"孩子们一听,都哭了起来,拽着大厅里的护士:"阿姨,求求你,救救王爷爷……"

张奶奶有些哽咽了,她不停地安慰着大家:"我们不能慌,更不能乱了方寸,大家要沉住气,王爷爷不会有事的。"

王院长耐心地给大家解释着:"大家不要着急,你们的心情我理解。做脑出血手术,三个小时是正常的,我们要有信心……"

雨越下越大,打在大厅的玻璃窗上,噼里啪啦地响着,让人心烦意乱。王大力爸爸在手术室外面来回走动着,不时地看着手表,每过一分钟,他的心里就增加了一份不安。

"快看,红灯灭了!"

不知道是谁叫了一声,手术室外的人都站着不动了,眼睛直直地盯着手术室的门。

第二十一章　等您归来

两点十三分,手术室的门终于开了。

彭医生走了出来,他摘下了口罩,轻轻地吐了一口气,做了三个多小时的手术,他有些疲惫。不等大家开口,他就简明扼要地介绍了手术情况:"王老右脑内的淤血已清除,但是在手术过程中,病人大血管破裂,二次出血,虽然暂时脱离危险,但目前人还处于昏迷状态。"

王爷爷被迅速地推进了重症监护室。

大家还想再问,彭医生已经走到了重症监护室门口,回过头急匆匆地说道:"等我安排好交接工作,会和你们交流。"

陈老师、刘会长、王大力爸爸等人迅速地商量一下,然后回到了大厅。王大力爸爸和张奶奶一阵耳语后,微笑着宣布:

"告诉大家一个好消息,手术很成功,王爷爷脱离危险了,大家不要担心。"

终于等到好消息了!大人们松了一口气,悬着的心总算放了下来。孩子们欢呼着,举着胜利的手势,激动地叫着:"我们要去看看王爷爷。"

这一点陈老师已经预料到了,早已想好了对策:"王爷爷刚才对我说,让你们早点回去,这是医院,不要打扰病人。""就看一眼可以吗?我想看看他!"那个白胖胖的小男孩,仰着脸看着陈老师,乌黑的大眼睛里闪着泪光。陈老师把他抱了起来:"王爷爷说谁要是不听话,以后就不理他了。"小男孩皱起了眉头,看着陈老师郑重地说:"那你帮我告诉王爷爷,我很想念他。"陈老师点了点头,小男孩不放心,伸出小拇指和陈老师拉了钩。

张奶奶走到了孩子中间,她疼爱地看着每个孩子,都两点多了,他们一直守在这里,连中午饭都没吃:"王爷爷现在没事啦,跟着大人回家吧,哪个听话,过天就让他来看王爷爷。"

狗尾草

两辆中巴车开到了大厅外面,王大力爸爸打开了车门。孩子们尽管不情愿,还是被大人拉上了车。

雨还在下着,风还在刮着。

大厅里安静了下来。

王爷爷的伤情还不稳定,右脑会不会再出血?哪一天能清醒过来?面对众人焦急又期待的目光,彭医生摇了摇头,一切都不确定。这让大家的心里都沉甸甸的。

"重症监护室,每天上午十点到十点半是探视时间,每次探视人数不超过五人。你们谁留下电话,有什么事情我们会随时联系。"

"彭医生记下我的电话吧,有什么情况我会随时告诉大家。"

彭医生记下了王大力爸爸的电话,填写了相关信息后劝道:"王老是我们的楷模,大家的心情都一样,希望他能尽快康复。目前我们能做的是稳定病情,静观其变。你们在这里也帮不上忙,大家都累了,回去休息吧,有什么情况,我会随时和王总联系。"

经过一番讨论后,张奶奶、王大力爸爸、陈老师、刘会长、王校长等人轮流值守,王爷爷有什么情况,能及时处理。这些天会有人来看望王爷爷,要有人接待。

大家能做的,只有等待。就像一场风雨,你只有耐心地等待,等着雨停,等着风止,等着云开见日出。

三天过去了。

王爷爷依然昏迷。

王爷爷的儿子来了,他一连两天没打通王爷爷的电话,正在着急时,在网上看到了王爷爷受伤的消息,连夜从北京赶了过来。

终于等到了探视的时间,他奔到了王爷爷的病床前。王爷爷头上裹着纱布,脸色苍白,眼睛紧闭。身上插满了管子。

第二十一章　等您归来

"爸,我来了,我是嘉铭,你睁开眼睛看看我啊!"王嘉铭跪在了病床前,握着爸爸的手,无声地抽泣着,"爸爸,你醒醒,跟我回北京去,这辈子你都没有享过福……"

张奶奶端来了一盆温水,洗好了毛巾,把王嘉铭拉了起来。

"孩子,不哭,你爸不希望你流泪。把眼泪擦了,给他翻翻身子,用毛巾擦一下,你爸爱干净。"

这是第一次给爸爸擦身子,王嘉铭小心地擦拭着,每一个动作都是那么轻柔,每擦一下,泪水就如断线的珠子般落下。曾经的时光,一幕幕地回到眼前。妈妈去世早,是爸爸把他拉扯大,再苦再累,从来没让自己委屈过。如今爸爸老了,受伤了,他却没有陪在身边……

探视的时间结束了。

在医院的小会议室里,王嘉铭一再谢绝了大家的好意:"感谢环保局的刘局长,感谢教育局的陈局长,感谢环保协会的刘会长,感谢王总,感谢张阿姨,感谢所有人,感谢你们对家父的关心,这些天你们辛苦了。关于治疗费用,除了正常的医疗报销外,剩下的我们自己解决,不给大家添麻烦了,我想爸爸醒来后,他也会支持我的决定,敬请大家理解!"

还能说什么呢? 大家知道再劝也没用,王嘉铭已经做出了决定。

"张阿姨,您老年龄大了,这些天一直操心,现在我来了,您在家多休息,有什么情况我打电话告诉您,您看这样好吗?"

香草河那边,虽然有香草村的老人照看着,但张奶奶还是不放心。王爷爷现在不能做的事情,她要接过来,要做好,要让他放心。想到这里,张奶奶点了点头。

风雨过后,一切很快恢复了原样。

被风吹掉的帆布,又被系在了树屋上,被风吹得东倒西歪的狗

狗尾草

尾草,又重新挺直了腰杆,被风吹乱的枝条,又轻轻地舞动着。

香草河的水依然静静地流淌,水雉悠闲地站在水草上,享受着温暖的阳光。

只是,香草河边,少了一个熟悉的身影。

孩子们每天都在打听着,每天都能收到好消息:

"王爷爷伤快好了!""王爷爷可以下床啦!""王爷爷开始做康复训练啦!""王爷爷很快就和大家见面了!"……

可是一个礼拜过去了,孩子们依然没有见到王爷爷,他们太想王爷爷了,多想看看他!可是无论怎么请求,大人就是不答应,而且一说到王爷爷就转移话题。王爷爷到底怎么样了?孩子们对大人的话有些怀疑。王大力和几个男生曾偷偷到医院去打探情况,可是一进医院大门,就被保安拦了回来。

每天探视的时间只有半小时,张奶奶他们只能轮流看望王爷爷。

王嘉铭一边给王爷爷按摩身子,一边和他说着话:

"爸,前段时间,我梦到妈妈了,她说你受了一辈子苦,现在年纪大了,让我好好照顾你。可是你放不下香草河,怎么办呢?爸,你想妈妈了吗?记得小时候,我一想妈妈,就会哭闹着要你去找,你就会把我扛在肩上,不停地走啊,走啊……直到我在你的肩上睡着。慢慢地我长大了,你告诉我要好好地活着,你说妈妈一直在看着我们,不要让她担心。爸,你还记得这句话吗?和我回北京吧,不要让妈妈担心……"

多少往事,涌上心头,王嘉铭一件件地述说着,泪水模糊了双眼,在场的人都抹着泪水。

张奶奶正在给王爷爷擦脸,忽然拍着王嘉铭的肩膀,惊叫起来:

第二十一章 等您归来

"嘉铭,你爸有反应啦!"

大家屏住了呼吸,睁大了眼睛,谁都不想错过这一刻:王爷爷的眼睛微微地转动着,他的眼角湿湿的,手偶然间会抬一下。

"我爸醒过来啦,我爸醒过来啦!"

王嘉铭兴奋地叫着,他忘记了这是重症监护室。彭医生来了,他握了握王爷爷的手,看了看王爷爷的眼睛,向护士询问了情况后,拿出了CT片:"这是早上八点做的CT,可以看到血肿明显消失,根据目前的情况来看,患者一两天之内会清醒过来。"

终于等到好消息了,大家可以稍稍松口气了。

每天一放学,孩子们就会一路小跑,奔向香草河边。他们期待着,忽然有一天,王爷爷还像原来那样,站在狗尾草地边,乐呵呵地看着他们。

小水雉羽翼丰满了,大水雉的冬羽长齐了。几十只水雉在香草河上盘旋着,它们还没有飞走,似乎是在等待着什么。

周三是教师例会,香草小学下午两点就放学了。

六(1)班的孩子们打扫好教室,整理好书包后,他们静静地看着张小云,张小云拿起黑板擦,把"等您归来第13天"中的"13"擦掉,然后拿起粉笔,写上"14",由于手微微地颤抖,她一连擦了几次。然后大家默默地走出教室,奇迹也许就在下一刻发生,他们向狗尾草地跑去。

他们一跑到狗尾草地边,就看到好多大人在狗尾草地,他们拔下狗尾草穗子后,放到小路边的席子上。几位老人用木棍一下下地敲打着,从狗尾草穗子上,蹦出金黄的草籽。然后用筛子一筛,狗尾草的种子就漏了下来,落在了席子上,又被装进了枕芯里。

大人们各自做着事情,没有人讲话,就连卢奶奶也沉默不语。

狗尾草

他们要干什么？孩子们满腹疑惑。他们想知道，可是没有人回答他们。王大力觉得很蹊跷，他的脑海中闪过不祥的预感，难道王爷爷……他不敢往下想，慌乱地叫了起来："王爷爷到底怎么样了？我们到医院去看看。"孩子们心有灵犀，一呼百应，撒腿就跑。大人想拦，哪里拦得住？任凭卢奶奶挥舞着拐杖，喊破了嗓子。

他们跑到了南边的路口，看到一辆中巴车在小土堆边停了下来，王大力爸爸从车上下来，打开了后面的车门，陈老师扶着张奶奶下来后，刘会长从车上跳了下来，和王大力爸爸一起，从车上抬下一个轮椅，一个高大的男子抱着一个人下了车，然后小心地放在了轮椅上。

孩子们的眼睛睁圆了，轮椅上是不是王爷爷？若不是王爷爷还能是谁？应该是王爷爷！反应快的人，已飞奔出去。反应慢一点的，跟在后面拼命地追着。

狗尾草地上边响起了一阵阵呼喊声，那叫声似乎压抑了好久，终于从心底迸发出来，飘到了云霄：

"是王爷爷，是王爷爷！""王爷爷回来了，王爷爷回来了！""王爷爷……王爷爷……"

第二十一章　等您归来

到了,到了跟前了!孩子们怔住了,站在那里,大口大口地喘着粗气。坐在轮椅上的是王爷爷吗?他的头上裹着纱布,面色憔悴,嘴角歪斜,左手搭在胸前,右手挥着,含糊不清地叫着。孩子们想说话,干张嘴讲不出来,他们围着王爷爷,哭泣着。

大人们走到孩子们中间,给他们擦着眼泪。

"对不起孩子们,一直在瞒着你们,是怕你们知道了伤心。王爷爷现在还不能说话,不能走路,以后能不能,要看康复情况。所以……"张奶奶拉着王嘉铭,"这位是王爷爷的儿子,他要把王爷爷带到北京去,那里的康复条件更好……"

"什么?王爷爷要走了?"

"是的,王爷爷一会就走了,大家不要哭,让王爷爷看着我们的笑容离开,好吗?"

孩子们点了点头,扭过脸去,他们努力地控制着情绪。

张小云转过脸来,她走到了王爷爷的身边,拉着王爷爷的手,王爷爷含糊不清地说着,张小云不住地点头,王爷爷的心她懂。

"王爷爷,我们会一直等您,等您归来……"

张小云和王大力推着王爷爷,沿着熟悉的小路,慢慢地走着,每走一步,记忆的光影就变换一次。

到了树屋跟前了,一树柳叶变黄了,风儿吹一次,柳叶就落一次,柳叶落一次,就让人的心颤抖一次。

王爷爷突然不安起来,含糊不清地叫着,张小云跑到了树屋里,拿着一把木哨回来,放在了王爷爷的嘴上,木哨声响了。

先是听到几声急促的鸣叫声,接着群鸟齐鸣,叫声由远而近,越来越响。香草河上,一群水雉,展开五彩的羽翼,在河面上低低地飞着。如同五彩的云朵飘在河面上。忽然一声长鸣,群鸟展翅,缓缓

狗尾草

飞行,掠过树屋,在狗尾草地上,盘旋着,鸣叫着,忽上忽下,忽高忽低,羽毛飞扬,尾翼起伏,在金黄的狗尾草地上,在湛蓝的天空下,水雉身披五彩的霓裳,跳着优美的舞蹈。

天地不言,万物有情。

又是一声长鸣,群鸟低飞,落在树屋上,拍打着翅膀,引吭高歌,仿佛是一场告别演出。要结束了,群鸟振翅,直冲云霄,转眼间,消失在天边。

离别,为什么要离别?张小云想哭,但她知道应该给王爷爷留下微笑。

要上车了,老人们把缝好的枕头送给了王嘉铭,叮嘱道:"这枕头是用狗尾草籽做的,松软轻便,有着草香味,给你爸爸枕着,松软清香睡眠好。"

张奶奶用狗尾草做了戒指,戴在了王爷爷的手指上:"大橙子,这里离不开你,我们等你!"

王嘉铭真正明白了,与他相依为命的爸爸,为什么不想离开这里。他弯下腰,深深地鞠了一躬。

车子发动了,车子开走了。

孩子们追着,叫着,哭着。直到车子没有了踪影,直到路上只剩下扬起的尘土。

张小云站在小土堆旁,她在最伤心的时候跑到了这里,她在这里遇到了最美好的时光。而此时站在这里,她那空落落的心里,唯有无限的忧伤。她深情地唱着:

"你来了,你走了。
草青了,草黄了。

第二十一章　等您归来

鸟儿唱着歌,
鸟儿飞走了。
你来了,你走了。
花开了,花落了。
河水在流淌
河水唱着歌。"

小云的心仿佛被掏空了,她无力地躺在了狗尾草丛里,一遍遍地问着:"我们等您,您会归来吗?"风儿不说话,风儿摇着狗尾草。

第二十二章　童年的领地

经过一段时间的筹划,香草小学"狗尾草基地半日活动"开始了。

周一下午是一年级学生活动。

一到狗尾草基地,孩子们就成了这里的主宰者。他们奔跑着,跳跃着,大呼小叫,追逐打闹。就像一脚踢到了魔术盒子,打开来,发现了许多新奇的玩具,世界在孩子们的心中变得好玩起来。

在陈老师的协调下,狗尾草基地在保持原貌的基础上,完成了规划改造,河边加装了防护网,狗尾草地南边地块,划为传统游戏区。狗尾草地北边地块,划为种植区。

陈老师和王校长在交流着,第一次组织这样的活动,要不断总结经验。不时有孩子从他们的身边跑过,兴奋地打着招呼,他们开心地笑着,觉得所有的付出都是值得的。

陈老师的手机响了,是女儿打来的。她和王校长打了招呼,走到人少的地方接电话。

"宝贝今天感觉怎么样?量体温了吗?"

"报告老妈,我今天感觉特别好,体温正常。"

第二十二章 童年的领地

"太好了,我一会就去医院看你。"

"你那边感觉好热闹哦。"

"我现在在狗尾草基地,香草小学的一年级学生在这里活动。"

"妈妈,我好想去玩,好想到狗尾草基地去看看。"

"宝贝听话,现在还不行,你身体虚弱,容易感染,医生说这个疗程结束,就可以回家了,到时候妈妈陪你来……"

挂了电话,望着一张张可爱的笑脸,陈老师出了神。

张奶奶带着孩子们捉迷藏,李爷爷教孩子们推铁环,王奶奶教孩子们丢沙包,卢奶奶教孩子们弹玻璃弹珠,张爷爷教孩子们打陀螺……

看着涨得通红的小脸,听着银铃般的笑声,陈老师的耳边又响起了女儿的话语:"妈妈,我好想去玩……"她轻轻地叹息着,愿病痛远离每一个孩子,愿每一个孩子都幸福快乐。

"老师你怎么不开心啊?"一个小女孩站在了陈老师的面前,仰着头望着陈老师,水灵灵的大眼睛忽闪忽闪的,"老师我能帮你做点什么吗?"陈老师回过神来,拉着小女孩的手,小手热乎乎的,暖到人的心里去。

"谢谢你,小可爱,我很开心!"

"那你为什么叹气呢?"

"因为还有好多孩子不快乐。"

"老师你真好!"小女孩抱了一下陈老师,"不许再叹气哦!"说完就一溜烟地跑了。

初冬的落日,早早地挂在了树梢头,火红火红的,清冷的风里,有一股暖意在流淌着。

远处飞来一只喜鹊,紧跟着又飞过来一只。喜鹊"叽叽喳喳"地

叫着,孩子们也"叽叽喳喳"地叫着。每个孩子都是那么开心,一个个都变成了小天使,他们幸福地笑着,每一个微笑,都是光阴结出的花籽,仅仅需要一场风,一片阳光,一块童年的领地,就能开出最美的花朵。

陈老师仿佛回到了童年,这种感觉真好!

这个冬天,香草小学的孩子们感觉一点也不冷,狗尾草基地活动有序地开展着,单调的冬天变得有声有色。

这一天,在新区教育局组织下,香草小学面向全区小学校长和骨干教师展示了狗尾草基地活动成果。

王校长介绍了狗尾草基地活动的开展情况,在他的邀请下,张奶奶、卢奶奶、王奶奶、李爷爷、张爷爷、杨爷爷站在了台上,他们是狗尾草基地的志愿者,狗尾草基地离不开他们。张小云代表女生展示了狗尾草编织的小动物,一件件生动有趣的作品让会场响起了热烈的掌声。王大力代表男生展示了课题研究成果,孩子们是了不起的,会场里叫好声此起彼伏。王大力爸爸代表家长讲话,他播放了一段视频:王爷爷坐在轮椅上,含糊不清地说着话,字幕上写着"为子孙后代,留下青山绿水"。

所有人都起立鼓掌,掌声经久不息。

那一刻,张小云终于明白了,其实王爷爷并未离开他们,他一直都在。

这天是冬至。

会议一结束,老人们被请到了学校食堂,孩子们正在忙活着,男生在擀着饺子皮,女生在包着饺子。老人们想过去帮忙,被陈老师和王校长拦住了,今天是冬至,让老人们享享福,吃一次孩子们包的饺子。

第二十二章 童年的领地

食堂里热气腾腾,欢声笑语。

卢奶奶的表演又开始了:

"你们知道我为什么要拄拐杖吗?"

"你的腿不好呗。"

"错,我的腿好着呢!"

"你的腿好好的,为啥要拄拐杖呢?"

"老话讲得好,人老心不老,老年人最怕'奥特'啦。这些年啊,我在跟随潮流的路上,一步一个跟头,摔得我'呱唧呱唧'的,摔得多了,只好拄着拐杖啦。"

卢奶奶的话音一落,食堂里笑声一片。

卢奶奶说的是玩笑话,却让陈老师陷入了沉思:人老心不老,不老的是那颗童心啊! 童心就是住在心里的那个小人,她纯真美好,她简单快乐,她诗意智慧,她充满活力,她陪伴着每个人走完一生。作为一个教育工作者,要给孩子们一颗童心,要告诉每一个长大的人,不能丢了那颗童心。而当下要做的事情,就是把更多的孩子从作业堆里拉出来,把童年还给他们! 而这需要更多的力量。

一阵欢笑声打断了陈老师的思绪,张小云和女生们端来了热腾腾的饺子。饺子有的破了皮,有的奇形怪状,但老人们吃得津津有味,直夸这是最好吃的饺子。

冬至一阳生。

冬至了,春天就不远了。春天不远了,人们也开始为来年打算着。

王大力和几位男生,花了两周的时间,做出了种植区效果图。种植区被分成了十个板块,根据数据分析,在不同的季节,种植不同的植物。几位老人算是开了眼,现在的孩子简直神了。"看起来拄

狗尾草

着拐杖也跟不上喽！"卢奶奶站在树屋旁，看着王大力他们拉着尺子量着地块，张奶奶和李爷爷想帮忙，但插不上手，索性乐呵呵看着。

天一冷，游戏区的人最多。大人们带着孩子，打陀螺、推铁环、丢沙包、斗拐子……不时传来一阵阵叫声，大家玩得热火朝天。

忽然游戏区静了下来。

张奶奶支起耳朵听了半天，也没听到动静，正纳闷着，杨树和几个同学跑了过来，老远就叫开了："那边有演出，快去看哦！"

一个简易的舞台搭好了，音乐也响起来了。等张奶奶他们过来时，已经围满了人，大家都伸着头观望着，生怕错过了什么。

一个二十多岁的小伙子上场了，他服饰华丽，皮肤白净，身材高挑，左手拿着话筒，右手捏着兰花指，说起话来细声细气：

"各位朋友，节目开始前，我先给大家报告一个好消息：香港著名房地产开发公司'幸福家'入住高新区，将倾情打造'十里长河十里墅'，配套高端商业、教育，打造高新区繁华地带。一期项目将于明年三月份开工，不久的将来，我们脚下的这片土地，将成就一座城市的梦想，是成功人士的荣耀！朋友们，机会就在我们的面前，从今天起，我们的预约通道开启，凡预约者，奉送精美礼品一份。"

小伙子终于说完了，他把兰花指放在了腰间，兴奋地看着台下的人。大家都听得糊涂了，你看看我，我看看你，谁都不敢相信自己的耳朵。

小伙子见状，伸着兰花指，指着脚下比画着："就是这里，要盖别墅，明白了吗？"

张奶奶从人群里挤了过来，站在了舞台边，望着小伙子，朗声问道："你的话我早就明白了，我不明白的是为什么要在这里建别墅？"

"这里的风水多好啊，你不觉得不盖别墅太可惜了吗？"

第二十二章　童年的领地

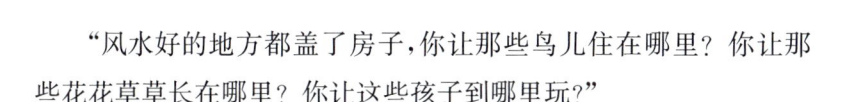

"风水好的地方都盖了房子,你让那些鸟儿住在哪里?你让那些花花草草长在哪里?你让这些孩子到哪里玩?"

"奶奶你逗我呢,都什么时代了,你还在玩情怀啊,大家都很忙,忙着赚钱,哪有闲工夫玩啊,有空还是陪着你家孩子去上辅导班吧。"

"小伙子,你的眼里除了钱还有什么?"

"还有房啊,今天不买房,一年都白忙。机会难得,抓紧预约吧。"

"看你捏着兰花指,像个唱戏的,原来是做房产广告的啊。"

"这位奶奶态度不太友好哦,做人要懂得感恩,我们带来的是福音,'幸福家'是国际知名房地产开发公司,为我们高新区打造豪华社区,不久的将来,这里会有全市最高端的教育、最顶级的商业中心……"

"那又怎么样?与我们有关系吗?"王大力的话点燃了孩子们的情绪,他们大声地叫了起来:"不要在这里盖房子,这里是我们的狗尾草基地。""这里是我们的,不允许你们霸占。"

"孩子们说得对,这里属于他们。在这里他们一眼就能看到太阳,能闻到花香草香,在这里他们想跑就跑,想跳就跳,想笑就笑,在这里他们才是真正的孩子。这些是你们高端社区给不了的,小伙子我说这些你不一定懂,回去告诉你们老板,给孩子们留一块属于他们的地方。"

张奶奶说完这番话,看着眼前的孩子们,胸口隐隐地疼。卢奶奶早已按捺不住了,她挥着拐杖,在人群里喊道:"老张,他们眼里只有钱,说再多也没用,把他们赶走!"

"把他们赶走,不准在这里盖房子!"

众人齐声呐喊,声势如虹。

房产推销人员一看形势不妙,只好拿着设备,灰溜溜地走了。小伙子走了十几米远,转过身来,一边向后退着,一边挥着兰花指,气急败坏地叫着:"疯了,你们都疯了,守着你们伟大的情怀吧,幼稚,幼稚!"小伙子越说越激动,一下子退到了沟里,摔得"哇哇"大叫。同伴们把他拉上来,搀着他狼狈而逃。

孩子们蹦着,笑着,欢呼胜利,就像打了一场大胜仗,赶走了入侵者。

这件事情来得太突然了,就像有人故意在搞恶作剧。张奶奶忧心忡忡,她知道事情没有这么简单。卢奶奶从来没有这样严肃过,她用拐杖狠狠敲了几下地面:"实在不行,我就是拼了老命,也要为孩子守住这个地方。"王奶奶忽然想到了什么,连忙提醒道:"你看那个小伙子像个正经人吗?八成就是骗子,要是这里搞开发,怎么事先一点风声都没有呢?你们说谁会到这里盖别墅啊。"

"对啊,老王的话有道理,看来是虚惊一场!"卢奶奶一拍大腿,拐杖掉在了地上。"要真是这样就好了!"王奶奶的话让张奶奶的心里宽慰了些,她想起了王大力爸爸,让他去打听打听不就知道了吗?

一直等到晚上八点钟,王大力爸爸才回家。

听完了王大力爸爸的话,张奶奶的心情格外沉重。王爷爷不在,她想守好这个地方,给孩子们守着一个去处,给鸟儿守着一个家。可是真的要建别墅了,张奶奶的心里堵得慌。

"张阿姨,不要灰心,只要我们积极地争取,事情说不定会有转机。陈老师已经向分管教育的王市长反映了情况,环保协会刘会长和丁教授正在撰写《保护香草河生态环境》的报告,大家已经行动起来了,我们耐心地等待消息。"

第二十二章 童年的领地

张奶奶回到家时,张小云已经睡着了。她睡在对面的床上,张奶奶怕吵到她,就轻手轻脚地钻进了被窝,被窝里热乎乎的,她看了看张小云,张小云竟然打起了呼噜,她一下子明白了:小云给自己暖了被窝,她在等着自己回家。张奶奶没有惊动她,装睡的人是叫不醒的。

张奶奶的心里暖暖的,她闭上眼睛,享受着这种感觉,这感觉是花钱买不来的。

几天过后,在小土堆旁边,竖起了广告牌,上面写着:"黄金水岸幸福家,自然中,繁华里,最生活,传世府邸,辉耀流金岁月。"

狗尾草地开发别墅的消息,就像一股龙卷风,席卷了每一个角落,成了人们谈论的焦点。就像丢了最心爱的玩具那样,孩子们情绪低落。

冬日的风呼呼地吹着,广告牌被吹得"哗哗"作响,那只黑鸟落在上面,"呱呱"地叫着。张小云仰着头,看着广告牌上的小区效果图,眼前的一切仿佛在变幻着,狗尾草地上盖起了一幢幢别墅,张小云觉得那广告牌向她压下来,让她窒息。

孩子们耷拉着脑袋,谁都没有心情玩耍。

王大力来回地走动着,嘴里不停地叨咕着:怎么办?怎么办?

卢奶奶面色凝重,拄着拐杖默不作声。张奶奶心疼孩子们,可她爱莫能助,只能不停地安慰着:"这个地方要是真盖别墅了,我们就到别的地方去,再种上一片狗尾草,给鸟儿重新安个家。"

王大力想不明白,为什么偏偏要在这里盖别墅,他捡起一枚石子,扔向了广告牌。"这里是我们的!"王大力吼着。

"这里是我们的!"孩子们吼着。

张小云深深地吸了一口气,平复了一下心情,一个声音在她心

狗尾草

中响起:不能这样干等着,要做点事情,哪怕有一点点希望,也要去争取。她把小伙伴们招呼在了一起,大家商量着办法。

这让张奶奶感到欣慰,遇到了困难,孩子们没有放弃,而是积极去争取,这是成长中最难得的经历,他们好样的!

几天过后,狗尾草地边插上了鲜红的队旗,上面写着:"给童年一块领地——狗尾草基地宣。"沿着狗尾草地竖起了一块块木牌,每块木牌上都贴满了孩子们的文章,记录着他们在狗尾草基地的成长故事。

越来越多的人知道了他们的故事,越来越多的人开始讨论着一个话题:童年的领地。大家突然发现,孩子们已经没有了童年。他们开始追问着:孩子们的童年哪里去了?是谁弄丢了孩子们的童年?是谁把童年圈养起来了?他们反思着:为什么越来越多的孩子愿意躲在虚拟的世界里?为什么现在越来越多的孩子会麻木迷茫?为什么越来越多的孩子觉得父母为他们付出一切是应该的?为什么越来越多的孩子失去了灵性?为什么……

他们感慨着无处安放的童年。

越来越多的大人加入了孩子们的行列,狗尾草地边木牌越来越多了,成了一道独特的风景。

这天是星期天。

一位五十多岁的男人来到了狗尾草地边,他认真地读着每一篇文章,静静地聆听着大家的心声。

张小云的信已经寄出了两个星期了,不知道市长收到了没有,陈老师一直没有出现,王大力爸爸也在忙着,不知道有没有希望,孩子们围在一起,说着听来的消息。

那人挤到了孩子们中间,听着大家的议论,笑眯眯地问道:"这

第二十二章 童年的领地

里打造一个高端社区,建一所国际化学校,建一流的商业中心,有什么不好啊?"

王大力看了看说话的人,只见他目光如炬,举止儒雅,一脸慈祥的笑容,透着一股亲和力。他怎么会说出这样的话呢?王大力看着对方,冷冷地将了一军:"这是大人的问题,我们小孩子不关心。"谁知道对方不但不生气,还哈哈大笑起来:"那小孩子关心什么呢?"在孩子们的认识中,大人只会用自己的眼光看待小孩子的问题,难得会有大人想知道小孩子的想法,管他是谁呢?只要有人听就好,孩子们把憋在心里的话一股脑地说了出来:

"我们关心能有一块地方,想跑就跑,想跳就跳,想笑就笑,想打滚就打滚,想发呆就发呆。"

"我们关心能有一块地方,没有大人唠叨,没有作业的烦恼,我们可以和风儿赛跑,我们可以和鸟儿说话,我们可以看着种子发芽,我们可以聆听花开。"

"我们关心有一个地方,云朵慢慢地飘向天边,牵牛花爬到了树梢,小鸟在枝头筑巢。"

"我们关心有一个地方,只有快乐,没有指责;只有自由,没有约束。在这里不用担心考试成绩,不用比谁是第一名。"

……

那人认真地听着,不时地点点头,露出会心的微笑。张小云拉着他,走到了狗尾草地里:"伯伯你听听,狗尾草会和你说话,枯萎的花儿会和你说话,飞过的鸟儿也会和你说话,只要你用心去听,一切都是有灵性的……"

那人变成了一个听话的孩子,一会抬着头,一会俯下身子,看着,听着,他闭上了眼睛,伸出了双手,身体自由地旋转着:"孩子们

狗尾草

说得太好了,你们给我上了一课!"说完他竟然大声朗诵起来:

"童年和我们只隔着一片狗尾草地的距离,来吧,你是多年以后,一直住在心中的那个小人。来吧,风儿属于你,天空属于你,花儿属于你。来吧,落在枝头的那些阳光属于你,落在草尖上的那些梦想属于你,落在四野里的那些笑声属于你,落在梦里的那些傻事属于你。"

这是王大力写在小木牌上的一段话,他居然背了下来,王大力是丈二和尚摸不着头脑了。这人是谁?他是干什么的?王大力刚想问,那人挥挥手,转身走了。

孩子们越想越奇怪,大家议论纷纷,卢奶奶听了,敲着拐杖叫道:"这是骗子,装模作样假惺惺,我看就是开发商的卧底。"

卢奶奶一说,孩子们紧张起来。

周三下午,香草小学放早学。

六(1)班的同学刚要离开,李老师匆忙跑来:"同学们等一下,陈老师有话要和同学们说。"

终于看到陈老师了,王校长陪着她,走了过来。见到了同学们,尽管她微笑着,但依然可以看到满脸的疲惫。

大家的心仿佛要跳出了胸膛,陈老师带来的是好消息还是坏消息?他们不敢多想。

"孩子们,让你们久等了,这么多天终于等来了好消息,黄市长让我代表他来告诉大家,狗尾草基地是你们的!在市委常委扩大会议上,黄市长表扬了你们,他说听了你们的想法大受启发,他还当场朗读了王大力同学写的一段文字。"

什么情况？同学们你看着我，我看着你，王大力是彻底懵了。

难道星期天遇到的那个人是黄市长？同学们恍然大悟后，立刻傻了眼，王大力捂住了嘴巴，张小云搓着双手，同学拍着胸脯，想想都紧张。

"黄市长说过几天再到狗尾草基地去看望同学们！"

"啊？还要去？""不会吧？这样会吓死宝宝的！"

"难道同学们不欢迎吗？黄市长还要和同学们一起商量，如何把狗尾草基地建成儿童活动中心，他说孩子们的事情要用孩子的眼光办，所以要多听听你们的意见，请你们出出主意。"

"好！欢迎！欢迎！热烈欢迎！"

叫好声，欢笑声，传遍了整个校园，六(1)班教室外围满了学生，他们也高声地叫着。有的人按捺不住喜悦，一蹦一跳地跑出了校园，他们要把这个好消息告诉每一个人。

狗尾草基地又热闹起来，孩子们欢快地叫着，开心地闹着，他们才是这里的主人。

张小云静静地坐在树屋旁，听着风儿从草尖上吹过，她的内心变得宁静又美好。陈老师走了过来，挨着小云坐了下来，她搂着张小云的肩膀，张小云感到那么亲切，她睁大了眼睛打量着陈老师，她越看越觉得陈老师像一个人。

陈老师似乎明白张小云的心思："是不是觉得我像紫荷？"张小云眼睛瞪圆了，身子立了起来："你怎么知道？难道你真的是……"陈老师点了点头："我是紫荷的妈妈。"

张小云像触电一般，一下子跳了起来，太不可思议了，她想说话，竟一时语塞。

"一直没有告诉你，是有原因的，你看完这封信就明白了。"陈老

狗尾草

师从口袋里掏出了一封信,交给了张小云。陈老师转身走了,风儿吹过她那单薄的背影。

张小云拿着紫荷的信奔跑着,跑累了,就躺在了狗尾草地里,轻轻地打开了信:

小云:

你好!

当你读到这封信的时候,请答应我,心情要平静下来,这样我才能安心地和你说话,答应我好吗?我亲爱的朋友。

分别一年多了,我从来没有忘记你。你知道吗?我经常会梦到你,梦到那片狗尾草,我们牵着手站在暖阳里,谁也不说话,一切都是那么美好。

也许你会说,我为什么不和你见面?小云,我怎么不想见到你呢?只是命运和我开了一个玩笑。

那次出院后不久,我又发了高烧,检查结果出来后,医生说我得了白血病。我一下子坠入了无底深渊,眼前一片黑暗。我无助,我绝望。命运为什么会如此冷酷?上天为什么要和我开这样的玩笑?

小云,最让我害怕的不是病痛。

有一次我站在镜子前,看到自己面色惨白,头发几乎掉光了,我被彻底打垮了,蜷缩在墙角,不停地拍打着自己,无助地哭喊着:"还我头发,我的头发……"从那天起,我心灰意冷,开始自暴自弃。妈妈的眼泪都快流干了,可是我真的没有勇气让自己振作起来。

直到有一天,我遇到了一位特殊的病人。

第二十二章 童年的领地

她姓吴,是一位大学教师,退休没几年就得了白血病。她每天都乐呵呵的,她说要过好每一天,让自己快快乐乐的。她建了一个白血病病友群,在群里我才知道,有好多像我一样的小患者。吴老师在群里给大家做心理辅导,她是病友们的精神支柱。在她的鼓励下,我开始给小患者们讲故事。后来我开始自己写故事,写我们自己的故事。有一天,一位妈妈给我发来消息,说她的孩子听了我的故事以后,人变得乐观了,对明天充满了希望。

小云,你能想象出我当时的心情吗?我让别人看到希望了!我要让更多的人看到希望!我要让自己看到希望!这是我的世界变得黑暗以来,照进的第一缕光。我幡然醒悟,越是黑暗的世界,越要照进希望的光芒。

我终于鼓起了勇气。

当我再次站到镜子前,从容地看着狼狈不堪的自己,平静地露出灿烂的笑容。

说到这里,你一定在为我担心。我的朋友,医生说这个疗程结束后,我就可以出院了。小云,你一定为我高兴,笑一笑吧。

我一直关注着你,关注着狗尾草基地。妈妈每次说到你和小伙伴们,我仿佛就在你们的身边,和你们一起欢笑,和你们一起流泪,我记下了你们的成长故事,故事的名字叫"狗尾草",等见面的时候我读给你听。

小云,你迈过了心中的那道坎,战胜了自己,战胜了挫折。你现在是那么优秀,我为你自豪,你是我心中的那只白天鹅!

成长,是一场场告别:与冬天告别,与春天告别;与昨天告

狗尾草

别,与过去告别,与稚嫩告别,与畏怯告别……成长,是一次次前行。陪伴我们的,有白天,有黑夜;有痛苦,有欢乐;有摆脱,有追求;有风雨,有阳光;有成功,有失败……而这些都是生命的一部分,交织成人生的底色。

当我明白这些时,世界不再灰暗,世界多姿多彩!

直到有一天,我突然发现,就连那些暗淡无光的日子里,也有着无尽的欢喜!

小云,我好久没有看到外面的世界了,想你陪着我,躺在狗尾草地里,让阳光落在我们的眉梢上,让风儿吹过我们的耳旁,我们拉着手,一个劲地笑着。那时岁月静好,到处都有快乐的笑脸,我们把幸福藏在童年的光阴里。

当然还有我的小病友,他们喜欢听"狗尾草"的故事。我们有一个约定,春天里,我们在狗尾草基地相聚,让四月的春风,见证我们明媚的童年。

那一天,我会戴着那枚蓝色的蝴蝶结,站在你的面前!

春天快到了,希望会在温暖的日子里,迎着春光生长。

小云,在春天里等着我!

你的好朋友　出水的荷
1月8日

后　记

写一部长篇小说,就是一场文字的马拉松。

煞笔时,是午夜时分。

历经多少个这样的夜晚,终于完成了!然而此刻却没有想象中的欣喜,因为那些印在我脑海中的画面,此时无比清晰。

"这道题你怎么还做错?你脑子里到底在想什么?"楼上的一位家长大声吼叫着。

"这都十点多了,你还要多久才能做完作业?"家长的话语里满是怒火,"每天都要这么晚,做作业磨磨蹭蹭,都十点多了,你知道陪你学习有多辛苦吗?不做了,睡觉去,明天到学校给让老师罚你……"

"哇哇……"孩子的哭叫声刺痛人心。

这样的事例有很多。

教育的痛大家深有感触。

作为家长,绝大多数是焦虑的。无疑他们非常爱自己的孩子,而这种爱越来越沉重,因为家长们正把关心变成了担心:他们为孩子的每一次考试成绩担心,他们为孩子是否能考上名校担心,他们担心自己的孩子能不能有一个好未来……这种担心,在爱的包裹

下，越来越不能得到孩子们的理解，到了高年级，甚至起了矛盾和冲突，以至于家长和孩子的关系非常紧张。所以我们的家长爱得无奈、爱得焦虑。

作为学生，孩子们是痛苦的。他们既是家长的希望，也是家长的面子。他们被安排着，被设计着，在一遍又一遍地说教中，在一道又一道作业习题的练习中，许多孩子开始讨厌学习，甚至和家长、老师对着干。这些坐着长大的孩子们，这些在学堂和书房两点一线间埋头学习的孩子们，渐渐地，眼睛了失去了神采，心中没有了活力，人生找不到坐标，他们变得理性、麻木、迷茫，他们的视野变得狭窄，他们的思考变得肤浅，他们的思维开始固化，那些本该属于孩子的灵性、灵气、诗意、纯真、美好……正在渐行渐远。

这样的学生怎么会有童年的活力？这样的学生怎么会有诗意的想象力？这样的孩子心中怎能形成一个美好的世界？……这样的学生怎么会有学习的动力？

我们的孩子正在失去无限的可能性。

想到这些，我的心中会隐隐作痛：作为一名语文教师，我能做些什么呢？

于是，我开始创作这个故事，以此为孩子们发声。

当童年被机械的学习生活占据、淹没在题海中后，孩子们就会因为失去了精神的原点、失去了美好的世界，而变得麻木迷茫，没有了想象力和创造力。

生命何以觉醒？

我们只有站在了儿童的立场上，用孩子的眼光，看孩子的事情，站在儿童的视角，看待儿童的世界。给孩子们一颗丰盈的童心，他们才会有灵性、有灵气，才能拥有善良、美好，才能充满求知的欲望，

后 记

生命才能觉醒,教育才能和谐发展。

这个世界需要孩子们的声音。

孩子们的成长,需要一片精神生长的领地,童年是住在心中的那个小人,他将伴随着人的一生,影响着每个人。

写这个故事时,我力图变成孩子。在简简单单的故事里,以童心唤起童心,以美好唤起美好,以成长唤起唤起。在矛盾冲突中,解决问题,走向美好。读完故事后,若孩子们会有"我要是书中的人该多好"这样的想法,那将是我最开心的,因为童心正在苏醒,种子正在萌发,生命里照进了希望的光。

我更期望这本书也能给成人带来思考。这个故事透过孩子成长,折射出在物质欲望的驱动下,人们的精神家园日渐萎缩,眼前利益的追求与人的精神需求越发矛盾。这不仅仅是教育的问题,也是社会的问题,这不仅仅是儿童的问题,也是成人的问题。人如何更好地生存与发展?童年是我们的精神故乡,那里住着心中的小人,幸福快乐的密码在他的手中。

但愿简单的故事背后,引发更深层次的思考:何为完整的人?何为儿童世界?儿童世界与人的一生有何关联?

所以,我们要不断地追问:生命何以觉醒?

期待更多的人能够发出这样的呼吁,让生命的觉醒成为实实在在的行动!

最后向我的良师益友们表示最真挚的谢意!

图书在版编目(CIP)数据

狗尾草 / 刘长永著.—南京:南京大学出版社, 2019.6(2024.5 重印)
ISBN 978-7-305-21416-5

Ⅰ.①狗… Ⅱ.①刘… Ⅲ.①散文集－中国－当代 Ⅳ.①I267

中国版本图书馆 CIP 数据核字(2019)第 008320 号

出版发行　南京大学出版社
社　　址　南京市汉口路 22 号　　邮　编　210093
出 版 人　金鑫荣

书　　名　狗尾草
著　　者　刘长永
责任编辑　黄隽翀

照　　排　南京紫藤制版印务中心
印　　刷　南京人民印刷厂有限责任公司
开　　本　880×1230　1/32　印张 10.25　字数 248 千
版　　次　2019 年 6 月第 1 版　2024 年 5 月第 2 次印刷
ISBN　978-7-305-21416-5
定　　价　36.00 元

网　　址:http://www.njupco.com
官方微博:http://weibo.com/njupco
官方微信:njupress
销售咨询热线:(025)83594756

* 版权所有,侵权必究
* 凡购买南大版图书,如有印装质量问题,请与所购
　图书销售部门联系调换